講談社文庫

鉄槌

ポール・リンゼイ｜笹野洋子 訳

ディック・ボーリスの霊に
すばらしい刑事であり、すばらしい友人であった彼は
二〇〇一年二月十九日に殉職した。

目次

鉄槌

●主な登場人物〈鉄槌〉

ジャック・キンケイド　ＦＢＩ捜査官
モーリス・ウォーフマン（ウォーフ）　キンケイドのポーカー仲間。保釈保証人
アルバート・バルトリ　ＦＢＩシカゴ支局の副支局長
ロイ・Ｋ・ソーン　ＦＢＩシカゴ支局長
ビリー・ハットン　シカゴ市警副署長
ダン・エルキンズ　シカゴ市警の警部補
ベン・オールトン　ＦＢＩ捜査官。黒人
テス・オールトン　ベンの妻
サラ・オールトン　ベンの娘
コール　ジャック・キンケイドの息子
コンラッド・ツィーヴェン　クロアチアからの移民。エンジニア
リーア・ツィーヴェン　コンラッドの娘
ウイリアム・スローン　無職の若者
ローラ・ウエルトン　スローンの義姉
アラン・トラーベン　チャイナ・ヒルズ署の元刑事
スティーブ・トラス　ＦＢＩの心理分析官

1

米司法制度が煩雑さを増す今日このごろ、てきぱきと難問を解決していきたいFBI捜査官なら、ときには任官時の宣誓にとらわれず、多少の法規違反に及ぶこともあるのは周知の事実である。中にはそういった違反をささいなこととみなしたり、あまつさえその勇気をたたえる者までいるのだが、司法・警察当局なら、そういった行為を重大な犯罪だとみなすのはまちがいない。ジャック・キンケイドにしても、若いころなら職務遂行の過程でそういった違反をあえて犯したかもしれないが、銀行から四度目の盗みを働こうという今、司法や警察は、彼にとって避けたいものの筆頭にあった。

万が一必要になったときの唯一の言い訳は、重罪ではあっても軽い重罪だということだった。数ドル、数セント、多くてもせいぜい二〇〇〇ドルから三〇〇〇ドルといったところだ。勘定したことが一度もないのは、そんなはした金のために危ない橋を渡っていることを、思い知るのがいやだからだろうと自分で考えていた。そして盗っ人特有の浅はかな考えで、こう自分に言い聞かせていた。なあに大丈夫だ、捕まりっこないさと。薄くなってきたダークブラウンの髪を何回か指ですきながら、無意識のうちにその密度を調べてみる。かつてはこの髪も、不屈の精神を体現しているかのように、もてあますほどふさふさとしていたものだ。新たな死骸を二本、指のあいだにつまんで抜きとると、それを子細に調べた。毛根はまだついているが、そこから二度と生えてくることはないだろう。デスクにかがみこみ、目の前にある傷だらけのグラスにウォッカを注ぐ。

ひと月前に銘柄を変えて以来初めて、そのウォッカが黄色みを帯びていることに気づいた。まるでためてあった古い雨水だ。モーテルの汚れた窓越しに射しこむ夕日のせいだろうか、それとも七五〇ミリリットル八ドルの安酒だからだろうか、とグラスを掲げながら考えた。ボトルをまわしてラベルを読んでみる。

ピストル・ピートのウォッカ
あなたのために手作りしました
テキサス州ヒューストン

そろそろと口に含み、舌の上に薄くリボンのように広げてから香りを吸いこむ。何かが焦げたような後味がしたが、予想に反して重油のような臭いではなかった。ピストル・ピートのウォッカは、どうやらグイとひと飲みにしたほうがよさそうだ。そうやって、金曜の夜に酒場に集《つど》うカウボーイたちの味蕾《みらい》を素通りさせるようにできた酒なのだ。これから銀行法を犯そうという、味にうるさいＦＢＩ捜査官向きではない。

がぶっとひと飲みした。強い刺激がこのウォッカの欠点を一時的に隠してくれたが、すでに手遅れだった。頭の奥に引っこんでいたかすかな欲が目を覚まし、生きては捕まるまいと誓ったのだ。

おかしなことに、ここに至ってこんな気持ちが頭をもたげてきた。これまでは、無《む》頓着《とんじゃく》・無関心という手を慎重に使うことによって、人生における重大事を無視するすべをほぼ完全に身につけていた。だがその完全性のごくかすかな欠如が、ときに手負いの動物よろしくパニック状態を加速させ、がぶりとかみついてくることがある。

土壇場《どたんば》で襲ってきたそんな脅威から逃げだして、いつもの非現実的陶酔感を取りもどそうと、こういった緊急事態のために用意してある万能のおまじないを唱えはじめた。〈へっちゃらだ、へっちゃらだ、へっちゃらだ〉。そしてふたたび自分のドリンクに目をやる。

明らかに変色している。ピストル・ピートはこのままじゃ飲めない。

キンケイドは部屋の中を見まわした。何年か前から、このモーテルの半分が、週単位や月単位で賃貸しされるようになった（ここに居着いている客たちは〈コンドミニアムになった〉という表現を好んでいる）。それを機会にちっぽけなキチネットが付け加えられた。そのほかに変わったことといえば、週単位の宿泊料を三〇ドル値上げされたことと、一つしかない長さ一メートル足らずの棚の下にウエストまでの高さの冷蔵庫が置かれたことだけだ。キチネットのカウンターにはオーブントースターが鎮座しているが、フローズン・ディナーによる度重なる出火のせいで黒こげがいっぱいできている。そのまわりにあるビーツやオクラやライマメやミンスミートの缶詰は、代々の前住民が（彼の想像によれば悪意をもって）残していったものだ。それらのあいだに散乱している小袋入りの調味料は、その大半が持ち帰り料理についてきたものだった。

冷蔵庫を開けた。コーラが一缶あるだけで、あとはからっぽだ。ウォッカにコーラを混ぜようかと一瞬思ったが、この際ソフトドリンクは、翌朝の二日酔いの薬として貴重な存在だと思い直す。ちっぽけな冷凍庫の中を探したが、たった一つある空のアイストレイが青い霜のとげとげで覆われているだけだった。

棚の上にある包みの中身を広げてみて、透明のビニール袋に入った焦げ茶色の醬油《しょうゆ》を加えるのもやめにする。そのとき、ほとんど使われていないタバスコソースのびんが目に入ったので、それをもってデスクにもどると、一滴だけそっとウォッカに落としてみた。軽くかきまぜてから見ると、飲みたくなるほどにはウォッカの色が変わっていない。さらにきっちり四滴加える。指でかきまぜてから、おそるおそる口に含んでみた。それから、あと一滴の量が多すぎると爆発するとでもいうように、そーっと六滴目を落として、また味見をする。

うまくはない。しかし、このところ何事を試すときでもこんな調子なのだが、ウォッカに含まれる地下水か何かをタバスコが中和したんだろうと考えることにした。偉大なるテキサス州は、その物質をラベルに記載することをピストル・ピートに義務づけそこなったにちがいない。またひと口、がぶっと喉に送りこんだ。昔の薬のようなまずい味だが、彼はうまいと思うことにした。このところ混乱の度を増してきた彼の日常において、このドリンクを飲むことだけは、それなりの贖罪《しょくざい》行為になるのだ。ちょうどアイリッシュのカトリック教徒が、理不尽だと思うことに出くわしたとき、それをてこにしてかえって開き直るのと似ている。

これだから、アルコールはいいのだ——じわじわと温かく体に浸みわたり、しつこくつきまとってくる〈ものの道理〉というやつを確実に忘れさせてくれる。部屋の向こう端にボーダーコリーが寝そべっている。その顔がきれいに二等分されていて、半分は黒くて目が茶色、もう半分は白くて目が冷たいブルーだ。斑点《はんてん》のあるグレーの脚のあいだに気持ちよさそうにあごを載せている。キンケイドは、われ関せずといった顔の犬に向けてグラスを掲げると、きっぱりとした力強い声でいった。「喜んでくれ、B・C、ピストル・ピートの手作りウォッカみたいな粗悪品のおかげで、おれは〈最低市民〉の終身会員になれたよ」自嘲《じちょう》的なこの宣言に呼応するかのように、ベッドサイドテーブルに置かれた時代遅れの黒電話が鳴った。

堕《お》ちていく軌道に入った彼の人生で何か利点があるとすれば、もはや自分の行為がもたらす結果を気にかける必要がないということだ。そうなると、敵というものをほとんど無視していいことになる。そして電話は、すべての電話は、敵といえるのだ。モーテルに居を移して以来、電話がいい知らせをもたらしたためしはない。果たすべき義務と彼とをつなぐ唯一の導管が電話なのだ。借金取りや、裁判にいろいろ口出しをするいわゆる〈裁判所の友〉や、ＦＢＩ、そのほか彼にカネや時間や力を貸してくれた連中が、この細い一本の線を通して彼の居所を突き止めかねないからだ。

　また電話が鳴った。「味方か？　敵か？」そう質問されたボーダーコリーは、それに答えようと義理堅く目を開けた。垂れた耳を一瞬すましたが、これもご主人様の独り言だったとわかり、それがアルコールの臭いを伴っているので、答える必要がないと知った。ボーダーコリーは、また眠そうに目を閉じた。

　電話に出ないほうがよさそうだと思ったが、いずれにしろ、今の決意を鈍らせるようなものではないはずだ。しつこいプロの追跡者は週末に電話してこないと経験上わかっている。それに、カードゲームに関する電話なら、おそらく中止になったという知らせだろう。彼は受話器を取りあげると、自分の声を録音するときのような抑揚のない無機質な声でいった。「特別捜査官ジャック・キンケイドです。ただいま留守にしていますが、百八分の超過勤務時間はおわりました。月曜の朝八時十五分に連絡してください。伝言を残されても結構ですが、その時間までは無視いたします」

「すみませんねキンケイドさん、ビル・チャップマンから伝言を頼まれたんですよ」

　ＦＢＩで夜勤の事務員をしているトム・リーディだった。リーディはＦＢＩで五年勤めるかたわら、その給料でロー・スクールに通い、最近卒業している。まだ司法試験は受けていないものの、天性の法律家ならそうなのだろうが、得にもならない有象無象《うぞうむぞう》の叫びを無視するという法律家の能力をすでに身につけている。とりわけ、非番の時間を邪魔されたくないという捜査官の努力は無視することにしているのだ。

「録音じゃないって、よくわかったな」

「留守電ですって?」リーディが笑った。「そんなのがついてるわけないでしょう。局の公用車でさえ、使わせてもらえないのに」

「そうだな。たった一回飲酒運転で捕まっただけなのに、車を取りあげられちまった。だが、連中をコケにする方法を考えついたよ」

リーディは共犯になりそうな情報は一切耳に入れたがらない。少なくとも法律家の資格を手に入れて、重罪を隠すことが職業倫理に反しないばかりか、それによって金を稼げるようになるまでは。しかしながら、キンケイドの口調からして、彼の告白を聞かざるをえないはめになったことをリーディは悟った。

「どうするんです」

「自分の車で酔っぱらい運転をする」

「そいつはいいや。そうすれば、ダメなのは車のほうじゃなかったと局でも思い知るでしょうからね」これを聞いてキンケイドは笑った。リーディに冗談が通じたことがうれしかったのだ。キンケイドはたばこに火をつけ、氷のないドリンクを音をさせないようにひと口飲んだ。「何度呼びだしても、そっちからかかってこなかったんですよ」

キンケイドはデスクのほうを見た。黒いポケベルの横に電池が置いてある。ポケベルが支給された日に、電池を抜いたのだ。「チャップマンというと——逃亡班の班長だっけ」シカゴ支局に来て半年になるのに、いまだに誰がどこの班長であるかもはっきり覚えていないのだ。なぜかこのことが、彼の中に小さな喜びの火をともした。たばこをゆっくりと吸いこむと、シャツの前に灰が落ちた。それを払い落とす手のひらが、ベルトの上にせり出した腹の肉に触れた。やっかいな中年の使者だ。出っ張るのは当然だろ、というように彼のほうを見返してあざ笑っている。キンケイドはそれを手でつかんで、どれだけ肉が増えたか測ってみた。わざとおおざっぱに見積もった結果、ウエストまわりは前とほとんど同じだと安心する。つまり、ズボンのウエスト寸法より三センチたらず太いだけだということだ。テニスをしていたころは、ズボンのずり落ちをかろうじて阻止できるだけの肉しかついていなかったのに。だがそれは大昔のことで、アイビーリーグの一つ、名門ダートマス大学を卒業できたのも、そのスポーツの奨学金のおかげだった。

若かりし日々。ただ一つ残念なのは、若いときは不死身であることを理解していなかったことだ。結果など考えずもっと向こう見ずに、自分の驚異的資質を利用すればよかった。肉体だろうと精神だろうと、いかにひどく痛めつけられようと回復には二十四時間あれば十分で、反省などはすぐに忘れてふたたび無謀な行為に突進することができたのに。年を取るなどということは仮定の概念でしかなく、それは何億光年も先のことに思えた。そんなことは起こりえない。恐れるに足ることではない、と思っていた。

「ええ、そうです」リーディはなんとか話をつづけようとしているらしく、忍耐強く答えた。「ポートランドの支局から連絡が入って、あっちで追ってる逃亡犯の一人が、ディカルブ市にあるスタークレスト・モーテルの三三一号室に泊まってるそうです」

「待ってくれ、ペンを取ってくるから」キンケイドはデスクに行き引き出しをあさったが、紙が見つからない。古新聞と鉛筆をもって電話にもどった。「よし、つづけてくれ」

「被疑者の名前はダニエル・ルイス・オキーフ」リーディがいった。

「何をやらかした」

週末の仕事を断る理由に、その答えも利用するつもりだとわかっていたので、リーディはためらった。「保釈金を踏み倒したんです」

「もともとは何をした」

「離婚した後子どもに養育費を払っていません」

「養育費不払いだと⁉　おいおい、そんなの月曜まで待てないのか」

「すみませんね、これを書いたのは私じゃないんです。私は読んでるだけで」

「自分と同じ不運に見舞われたやつを追跡するのは、気が進まんな」

「誰かが捕まえなきゃならんでしょう。ポートランドによると、そいつがいつまで泊まってるかわからないそうです。だからチャップマンが今夜中にそっちに連絡するようにといったんです」

「ポートランドか。なんでもかんでも捕まえようとする。小さな支局ほどやっきになるからなあ。わかった、あとはなんと書いてあるか教えてくれ」リーディが読み上げる連絡書のつづきを、キンケイドはほとんどうわの空で新聞紙の隅に書きつけた。リーディが読みおわるとキンケイドがいった。「それだけか」

「それだけです。ハッピーアワーがもうすぐだってのに、時間を割《さ》いてつき合ってくれてすみませんね」

どうやら、酒やそのほかの楽しみに対するキンケイドの嗜好《しこう》は、あまり好意をもって受け止められていないようだ。しかしながら、苦痛を感じるほど杓子《しゃくし》定規なＦＢＩの中にあって、ある程度の悪評を受けるのは、むしろ好ましいことなのだと彼は思っていた。新聞に書いたメモの部分を破り取ると、それを上着のポケットに押しこむ。

「今のＦＢＩの問題はこれなんだよな。勇猛果敢な捜査官にとって、下《した》っ端《ぱ》職員は煙たい存在なんだ」

「こういう言葉を知ってますか。できるやつはやる、できないやつは堕落への道を進む」

「そいつは、イリノイ州法律家協会のモットーかね」

「そのうち私にご用ができたら、いつでもお力になりますよ」

2

その貸しトラックは、クック郡刑務所の裏手に止まると、素人くさいきしり音をたてながらギヤをバックに変えた。助手席のドアに偽物のロゴがあるほかは、郡で以前から使っている白い車と同じ色をしている。中に積んであるのは、標準的なフォークリフト（これも借りたもの）とメタルケースに入った三六〇キロの爆弾だ。

運転しているのは、コンラッド・ツィーヴェンという男で、隣人や同僚からは礼儀正しく勤勉な男だと思われている。電気技師であるこの男は、ひどい不公正がまかり通る東欧を二十五年前に脱出し、家族とともにアメリカに移住してきていた。彼の生まれたクロアチアでは、正義は複雑な様相を呈していると同時に、頼りにもならなかった。だから司法に見放されたときは、自分の手でなんとかする必要があった。移住先の国では司法が守ってくれるということで、彼は大いに胸をなで下ろしたものだ。だから昔のやり方を持ちだしたりして、やっと手に入れた自由と安全を危うくするようなリスクはこれまで冒したことがない。ところが三年前の秋、雨の降る午後に、十六歳だった娘のリーアが、歯列矯正器をはずしに歯医者のところへにこにこしながら車で出掛けた。車はその夜遅くコンビニで発見されたが、彼女は二度と見つからなかった。

ツィーヴェンの顔には、彼が生きた二つの国の文化が奇妙に混在している。一つ一つの造作は紛れもない東欧のものだが、二十年以上も炭水化物の多いアメリカの食事をとってきたせいでぶよぶよと二重あごになっている。悲しげな褐色の目は深く落ちくぼみ、飽くなき好奇心でまわりの世界を追いながら一瞬動きを止めて評価を試みるが、またもやアウトサイダー特有の絶えざるとまどいをもって動きはじめる。小柄な彼が身につけているのは、黒っぽいありふれた衣服だが、それがたるんでよれよれに見えるのは、ここ数ヵ月でかなりの体重が減ったせいだ。

夕闇が夜の闇に変わるころ、ツィーヴェンはトラックをバックさせながら、貨物積み下ろしホームのほうに近づいていった。ハンドルに置かれた彼の手が、かなり正確にトラックを導いていく。意外にも、ほとんどためらいを感じない。昔の習《なら》い性《しょう》は容易には消えないのだろうか。それとも血に流れている反権力の精神のせいか。彼の父親は、ウスタシャというクロアチア分離主義者の集まりのメンバーで、このグループは一九三四年にアレクサンダー一世を暗殺している。ところがグループが権力を手に入れたとたん、彼の父はなぜかグループに敵対するパルチザンに加わった。一年もたないうちに、以前の同志との戦闘で父は死んだ。ツィーヴェンは、こんなばかげたヒーロー熱に自分までがとりつかれていなければいいがと思った。

娘が誘拐されて今日でちょうど三年になる。千と九十五日だが、最後の千日のあいだ、ＦＢＩは、娘を捜す努力をほとんどしてくれなかった。最初の三ヵ月がすぎると、ツィーヴェンが金曜の朝まで必死に我慢した末にかける電話も、毎週ほとんど答えてもらえなくなった。新しく事件の担当になった捜査官をなんとか捕まえても、返ってくる答えは、役人が問い合わせの電話をさっさと切り上げたいときに使う、とりつく島のない決まり文句だけだった。つまり、捜査は継続中だが、三年がたった今、新しい展開は何もなく、リーアや誘拐犯を捜しだすための打つ手はないというのだ。

千日が忍耐の限界だった。その間、やはりクロアチア人である彼の妻は、一人っ子を失った怒りを鎮めようと医者の処方薬を飲みつづけて中毒になった。東欧の粛清を生きのびてきた人間は大概のアメリカ人よりは精神的にタフだと思っていたので、自分の妻が薬に負けたことは、ツィーヴェンにとっていっそう腹立たしいことだった。

ふた月前、妻は精神安定剤ベイリウムの処方箋を偽造して薬を手に入れたことで逮捕された。父親として夫として、ツィーヴェンはどんな犠牲を払ってでも何か行動を起こさなければいけないと思った。うまくいく可能性はきわめて少ないが、失うものが何もなくなった今、行動を起こすことしか考えられないのだった。

クロアチア人はテロにかけてはエキスパートであり、虐《しいた》げられて勝ち目がないとなると、どうしても爆弾作りのほうへ向かう。だが、彼の祖先は物や人間を吹き飛ばすことを目的としたが、ツィーヴェンの爆弾は、もしすべてがうまくいけば爆発することはないはずだ。彼の目的は何かを破壊したり命を奪うことではなく、ＦＢＩに自分の要求をのませることにあった。

今夜クック郡刑務所では、週末恒例の小規模な職員の交代がおこなわれる予定だった。ツィーヴェンはトラックの後部を積み下ろしホームのほうへそろそろと近づけ、あと一〇センチほどのところで車を止めた。外に出て、監視カメラの届かない運転席側から後ろに行く。入り口の押し上げ式ドアが驚くほど軽く上がって、ドア枠にぶつかる音が大きく響いた。わりと平静なはずなのにこんなヘマをやるようでは、アドレナリンが体内を盛んに駆けめぐっているにちがいないとツィーヴェンは考えた。そうなると、思わぬ失敗をやりかねない。彼はゆっくりと大きく息を吸い、さらにちょっと待ってから中に入った。

強烈な夕食のにおい——ピザだろう、あるいはハムかもしれない——が、厳重に施錠された調理場から、建物の奥にある通気口を通して吹きつけてくる。ツィーヴェンは、最後に食事したのはいつだったろう、と思い出そうとして急に空腹を感じた。刑務所では、食事時は看守の大半が秩序維持に忙しい。彼はフォークリフトのエンジンをかけた。そのブレードに載せてある爆発物は長方形のボックス状だ。市販の冷凍庫とほぼ同じ大きさのものが横倒しにしてある。それをトラックの荷台より三〇センチ高くもちあげて前へ進める。

今度の計画をたてたとき、どんな面倒がもちあがりそうか、この刑務所に来てさぐってみた。建物の構造を見て、爆発物を置く最適の場所がわかった。この積み下ろしホームは、シカゴの悪天候から荷物を守るために、刑務所の裏側から内部へ入りこんだところにある。それに、施錠されたスチールの押し上げ式ドアが奥にいくつかあり、その前に三メートル半ほどのスペースがあるので、かなり大きな荷台に積んだ貨物でも置けるようになっている。ここに置けば、爆発物はかなりの脅威になるだろう。

だが彼の計画で一番肝心な部分は、この刑務所から服役者を避難させられないということだ。この刑務所の定員超過はひどいものだった。ここに入っている服役者は、一万五〇〇〇人という信じられない数で、軽罪犯はもとより、重罪を犯した未決囚や州刑務所への移送を待っている既決囚にいたるまでが詰めこまれているのだ。ツィーヴェンがこの計画を思いついたのは、この点だった。テレビのニュースによると、州の拘置所も刑務所もすべて定員超過の状態で、市民運動の活動家は連邦政府が解決に乗りだすべきだといい、これ以上の人権侵害を防ぐために、大量の早期釈放を要求していた。しかしテレビのリポーターによると、シカゴの街が犯罪者であふれかえるといって市民が猛反対したため、当局は現状を早急に改善する気はなさそうだという。

ツィーヴェンにとって、こういうところがアメリカのわからない点だった。つまり犯罪者に甘いということだ。自分の家族が犯罪の犠牲になったからだけではない。クロアチアでは、法律を犯した者は、社会からめいっぱい仕返しされて当然だと思われている。だが今、ツィーヴェンは、アメリカの犯罪者がそういったおかしな同情心でもって扱われていることを喜んでいた。市民運動家と刑務所当局とのあいだは、わずかに細い糸で平和が保たれている状態だが、ツィーヴェンはその糸を断ち切ろうとしていた。

用心しながら爆発物をコンクリートの貨物積み下ろしホームに下ろす。爆発物は鉄板で完全に密封されていて、角はすべてきれいに溶接してあるので凹凸がなくなめらかにふさがっている。上面には、つまみを上下させて切り替えをおこなう一〇個のトグルスイッチが一列に並んでいて、それぞれのスイッチには0から9まで、一桁《けた》の数字がつけてある。上面にはまた、鉛筆ほどの直径の穴が中央に一つあいている。突然ザーッという音がして、ツィーヴェンからは見えない場所にあるスピーカーから、気の抜けたような声が聞こえてきた。「ちょっとそこの人、金曜の午後五時以降は荷物を受けつけないよ」

ツィーヴェンは監視カメラをちらっと見て、大きな柔らかいキャップを引き下げた。すでにサングラスをかけ、ジャケットのえりは立ててある。

妻が逮捕された日、ツィーヴェンは一晩中起きて、次第に抑えきれなくなる復讐心と闘っていた。我慢強く待っていれば正義がおこなわれるという幻想は、朝までには消えていた。このまま何もせず行動を起こさなかったらひどい目にあうばかりだ、と考えて典型的クロアチア式決定を下したのだ。誘拐犯に罰を下したかったが、それが誰であるかまったく見当がつかない。それに、FBIの仕事ぶりからすると、犯人がいずれ捕まるとはとても思えない。

この三年間、彼はいい市民であり、正しいと思うことをやってきた。つまり捜査をFBIに任せて、捜査が少しも進展しないことの責任を問うたりはしなかったのだ。FBIは最後の頼みの綱だった。訴えをもっていこうにも、FBI以上の上部機関はないのだ。これから起こそうとしている行動の結果は恐ろしかったが、もはや選択の余地がないことを彼は知っていた。

それからの二ヵ月間は計画を練ることに全力を尽くした。いやしくもエンジニアだし、なんといってもクロアチア人なので、少なくとも理論的には爆弾の作り方を知っていた。だが彼の計画が成功するためには、FBIの専門家が爆発物を処理したり無力化したりしては困るのだ。そのためには、少々調査をする必要があった。まずは図書館で、爆弾が使われた刑事事件についての古い文献を読みあさり、つぎにインターネットで調べたが、ねばり強く探しさえすれば、インターネットで見つからないことはないといっていい。

監視カメラに向いたトラックのドアには、プラスチックのマグネット式プレートが取りつけてあり、それには〈クック郡フードサービス〉と書いてある。そのプレートは店で作らせたが、クック郡のロゴは自分でかなり正確に描き加えたものだ。といっても、ビデオカメラでばれない程度に正確に、ということだが。このロゴは、FBIが彼を特定できるように残しておく手がかりの一つだ。

ツィーヴェンが答えないので、警備員の口調がとげとげしくなった。「おい、聞こえたのか」ツィーヴェンはフォークリフトをトラックにもどしてエンジンを切ると、落ちついて積み下ろしホームの上の爆発物に近づいた。

「名前をいえ」声がいった。それはＦＢＩ次第だ、とツィーヴェンは思った。十分な手がかりは残してある。あまり簡単に身元が割れても困るが、こっちの身元を割りだせるだけの有能な人物がいて、自分が誰だか突き止めたら、その人物に娘を捜すよう要求するつもりでいる。娘の生存をまだ信じているわけではない。そんな幻想は千日前に消え、その後も、見当はずれの望みをもってはそれを無慈悲に打ち砕かれるというくり返しを何度経験したことか。だがもし娘が発見されたら、きちんと埋葬してやり、そして何よりも、きちんとその死を悼《いた》んでやりたかった。

それにむろん誘拐犯はまだ自由の身で、一〇万ドルほどの身代金《みのしろきん》、というか彼の収集した切手を売ったカネを使っているのだ。この犯人については、ツィーヴェンはクロアチア式裁きを夢みていた。すなわち、すばやい、暴力的な、究極の裁きを下すのだ。

ツィーヴェンは細いプラスのねじまわしを尻ポケットから取り出して、メタルケースの上にあるただ一つの穴に差しこみ、パチッという大きな金属音がするまでそれをゆっくり押しこんだ。こうしておけば、ＦＢＩがビデオテープを調べたとき、彼が爆弾の安全装置をはずしたという結論に達し、これを無害化するには一〇個のトグルスイッチを正しい順番で押して解除するしかないと考えるはずだ。そして、順番の組み合わせを計算すると、三百万以上になり、彼がプログラムしたただ一つの順番以外はどの組み合わせも、一瞬にして爆発を起こさせるはずだと思うのだ。

爆発物の専門家なら、この装置の大きさからして、動かすべきでないとわかるだろう。その入念な作りを見て、中に水銀スイッチが取りつけてあると考え、ほんのちょっとでも傾ければ回路がつながって爆発が起きると考えるはずだ。そのほか、彼が調べた結果、爆発物を無害化するもっとも高度な方法でしかも成功度の高いのは、爆発物に放射線を当てることだとわかったが、それに対する対抗手段もすでに講じてあることがわかるだろう。ツィーヴェンは、さらにちょっとのあいだ警備員をとまどわせるため、顔をそむけたままカメラに手をふってみせた。

秋も半ばの今日は、日中の暖かさがまだ夜気に残っていて、この時期特有のけだるさが、記憶と夢の境をあいまいにしていた。ツィーヴェンはトラックにもどって中に乗りこんだ。ドアを閉めて窓を上げたあとでも、警備員がなにやら大声でわめくのが聞こえてくる。ツィーヴェンはエンジンをかけた。隣の座席からパイプを取ると、儀式でもおこなうようにたばこの入ったボウルを無意識にとんとんと数回叩いてから、マッチに手をのばした。この時期、ちょうど熟《う》れてきたリンゴと、くすぶるブライアーパイプのにおいが、手をつないだ女学生たちが笑いさざめくように、彼のまわりでからみ合っている。

車が出ていくとき、バックミラーに映った大きなメタルのボックスを見ることができた。カメラから見えないようになっている前面には、一〇センチ大の黒い文字が、落書きと誤解されないようにステンシルで刷りだしてある。

これは爆弾だ
ＦＢＩを呼べ

3

「さて、ここが駆け出しの連中と、ギャンブル中毒とのちがうところで……」モーリス・ウォーフマンは、いつもに似ず自信たっぷりにそういうと、必要なだけのチップをテーブルの中央《ポット》に落とした。「……あと二〇〇だ」

テーブルを囲んだ男たちが一様に、まいったというううめき声を漏らす。つぎに賭ける《ベットする》のはマニー・トリソンだ。彼は吸いかけの葉巻を口のはしに移動させて噛《か》みながら考えた。ウォーフマンはめったにはったり《ブラフ》をかけないから、それをやったときはいかにも本当らしくみえる。トリソンは椅子の中で体重一三五キロの体の位置を変えながら、自分の手を考えつづけた。ツー・ペアをもっているが――下位のツー・ペアなので旗色が悪いと判断した。必要以上のエネルギーを使うと、ウォーフマンの勝利にさらに貢献しかねないとでもいうように、トリソンはごくかすかに手を動かして、自分のカードを投げだした。残ったプレーヤーのうち、ミッキー・ウォーレスとジミー・ディアロの二人は、当たることが多いトリソンの直感に影響されて、彼にならった。あとはジャック・キンケイドだけが残された。

　毎週金曜の夜に、彼らはロキシーズ・バー&グリルの奥の部屋でポーカーをやっている。そこはメイウッド競馬場から一キロそこそこの場所にあり、ギャンブラーのたまり場として知られていたが、とりわけレースの前後三時間はよくギャンブルがおこなわれていた。だがカードをやるのは大半が常連であり、わずかな場所代で、バーが閉まったあともずっとゲームをつづけさせてもらっていた。そして金曜の夜にテーブルを囲む男たちは、ウォーフマンが自嘲的にほのめかしたように、勝とうが負けようが一ドルでも賭け金が残っているかぎり、帰りそうもないのだった。

　この部屋自体は薄暗く陰気で、木材打ちっ放しの床はここ何年も塗りかえてない。奥にある小さなバーは、今は使われていない。いくつかの小さなテーブルと椅子は壁際に押しつけられ、今男たちが囲んでいる大きなポーカーテーブルがこの部屋の主役だった。ここの空気は、たとえ誰もたばこを吸っていなくても、それまでの夜の名残《なごり》のせいで息が詰まりそうだ。おまけに、こぼれたビールの臭いがときどき床からかすかににおってきて、男の楽しみが、いつまでも消えない不愉快な後味を残すことを、みんなに思い起こさせるのだった。壁を覆い尽くす薄汚れた写真の大半には、シカゴのスポーツ選手たちが写っている。そのすべてに、ロキシーズ・バーへ、というサインがしてあった。

キンケイドはあわててベットするようすもない。ドリンクは三杯目だが、それには
モーテルで飲んだ二杯が勘定に入っていない。彼は、右手の人差し指と中指についた
黄土色のニコチンの痕《あと》を見下ろした。ちょっとのあいだ、手にしたたばこを子細に見
たが、その間にも横にたなびいていた不揃《ふぞろ》いの煙は、ふわふわと上にのぼっては消え
ていく。こういった場面があるからこそ、彼はギャンブルがやめられない。イチかバ
チかの賭《かけ》をする強烈な刺激を感じ、ときにはあきれるほどの無茶もやるが、その場合
もたいていは、勇気があったとあとで思い返すことになるのだ。そんな瞬間も、彼の
もうろうとした頭では、だんだん望めなくなってきた。だが今、大きく賭けてほかの
者の戦意をそごうというウォーフマンに対抗して「コール」し、同額のチップをポッ
トに賭けるというリスクが、キンケイドの錆《さ》びつきかけた頭にスイッチを入れた。疲
れた目にかかったアルコールの靄《もや》が晴れ、積み上げたチップをいじる指の動きが速く
なる。

モーリス・ウォーフマンは、少なくとも比喩《ひゆ》的には、決して自分の手の内をさらけ
出さない男だと、キンケイドは知っていた。冷徹な計算のもとに、自分を実際より単
純な人間に思わせておいて、まわりの者を必要以上に安心させ無防備にさせるのだ。

「別れた女房の弁護士から、〈腐り果てたギャンブラー〉だといつも呼ばれてる身としては、おまえさんの挑戦を受けて立つ義務がありそうだな、ウォーフ」キンケイドは、青いプラスチックのチップを二〇〇ドル分だけ、中央に積んであるチップの上に載せた。

「まだつづいてるのか？　離婚はすっかりケリがついたと思ってたが」ウォーフマンがいった。

「ケリはついたよ。しかし女房がおれをなんとかして裁判所に連れもどそうとしててね。もっとカネがほしいってんだが、なあに息子に会いにいくのを二、三回すっぽかしたもんで、怒ってるだけさ」キンケイドがいう。

七十三歳になるミッキー・ウォーレスが、ものをいう前にいつもするように、咳払いをした。トレードマークになっている紅白のチェックのスポーツコートを着て、フエルトの中折れ帽を、移動見世物の奇術師のように、卵形の小さな頭の上に危なっかしく載せている。「あんたの隠し財産をねらってるんだろうよ、ジャック」これには、ジャック・キンケイドを含めた全員がげらげらと笑った。

ジミー・ディアロは首にかけた金の十字架を指でまさぐった。三十代の半ばで、わずかに残った髪の毛が、光沢のある細い筋になって頭皮に貼りついている。青むくれの肌に気色悪くへばりついているのはクリーム色のシルクシャツだ。ボタンがウエストに向かって半分ほどはずしてあり、そこから密生した黒い胸毛が見えている。「おれが昔のカミさんと別れるときは、いつまでたってもケリがつきそうになかったよ。それがなんと、おれと別れるのがいやだってことがわかったんだ」

一同がおかしさをこらえて顔を見合わせた。やっとミッキー・ウォーレスが口を開いた。「ウォーフ、ここじゃあ、こういった陳腐な冗談は許さないことにしたんだよな？」

またもやみんなが笑ったが、それがおさまったとき、ディアロがいった。「ミッキー、そうきついことをいうな。つぎには『野郎どもと女たち』からのネタにすると約束するよ」

ウォーレスがにっこりして、内緒話をするようにディアロの腕に手を置き咳払いをした。「ジミー、おまえさんに話してくれとみんなから頼まれてるんだが、そのシャツを着るときは……その、なんだな……」

「その、なんだよ？」

「胸毛を剃ってもらいたいんだがね」

ディアロが立ち上がって出ていくそぶりをした。「どこへ行く」ウォーフマンが訊いた。

「ロキシーに針と糸をもってないか訊いてくるよ。この爺さんにひどいことをいわれたからさ」

ウォーフマンがテーブルに向き直った。「おれが離婚したときは、一切合切《いっさいがっさい》隠してるにちがいないと弁護士に思われた」

「隠してたのか」キンケイドが訊いた。

保釈保証人であるウォーフマンは、職業柄、担保財産を隠したり捜しだしたりするプロだと誰もが知っている。「もちろん。だが隠しおおせた」

「あんたとちがっておれの勢力範囲は広くないからな。女房は当時のうちの財産を正確に把握してて、おれがギャンブルですってんてんになって、情けないことに隠すもののがないことを知ってたよ」

「なんにももってなかったのか」

「じつはもってた。十七年使ってたダッジのミニバンで、走行距離三三万キロって代物。今のところ、おれの所有物では一番値の張る財産だ」

「何年結婚してた」マニー・トリソンが尋ねた。離婚してないギャンブラーが一番知りたがるのが、このことだとキンケイドは気づいていた。自分たちの結婚生活も秒読みの段階に入っているのかもしれないと思い、もしそうならどうやったら期限切れの日を予測できるかと考えているのだ。おしまいにする時機を読みそこなって、妻にいくらかのものがいくことを明らかに恐れている。そうなれば、弁護士に吸い上げられるのは目に見えているからだ。

「十年間」

ウォーレスがギャンブラーらしくない共感をこめて首をふった。「十年も結婚してて、それっぽっちしかなかったのか。奥さんは何を取った」

「女房の弁護士によると、おれの〈でたらめな生活を楽しむ能力〉のせいで、彼女には残りすべてを手にする権利があるそうだ。まあ、争うようなものは大してなかったけどね。家具と、それから、ペンシルベニアの家にまだ少し資産価値が残ってたから、それを手に入れた。こいつはまだ、おれがぜんぶ使い果たしてなかったもんでね。だがはるかに値打ちのある資産は、男という人種に対するきわめて健全な冷めた見方を身につけたことさ。そして、堕落したあんたらがよく知ってるように、そうすれば彼女は、走行距離がギネスブック並みのミニバンを手に入れるより、はるかに安全に前へ進めるからね」

ウォーフマンが笑った。「ところで、〈コール〉するのか〈レイズ〉なのかね」

「コールだ」

ウォーフマンが自分の伏せ札を開いて、ツー・ペアだと明らかにした。

キンケイドが微笑んだ。「クイーンのスリー」彼は三枚目を見せてから、ポットのチップをかき集めだした。

「たんなる好奇心から訊くんだが」ウォーレスがいった。「あんたの儲《もう》けの半分も、もとの奥さんにいくのか」

「当たり前。それに、彼女の半分の取り分から、おれの悪友どもに一杯おごってやれと彼女はいっている」

一同が気前のいい前妻に対して祝杯をあげているとき、キンケイドが、「B・C！」と怒鳴った。瞬時にしてボーダーコリーの白黒頭がテーブル越しに現れ、ひたむきなまなざしを彼に向けた。「カクテルだ」。犬は、ためらうことなくまっしぐらにバーの方角へ走っていくと、前足で半開きのドアを大きく開けて出ていった。

「B・Cって名前がどこから来てるか、教えてもらったことはないよな」ウォーレスが訊く。

「ボ《B》ーダーコ《C》リーだ」

「ボーダーコリー？　たったそれだけか？　ありゃあ賢い犬だ。ほんとの名前をつけてもらう資格があるとは思わんのか」

「試用期間がおわるまではだめだ」

「試用期間？」

「あいつは、モーテルの部屋についてたんだよ。最初の日に、ドアの外を引っ掻《か》きはじめた。マネージャーによると、おれの前に住んでた家族が捨ててったらしい。こいつがほんとに居着くことがわかるまで、わざわざ名前をつけるなんてことはしないつもりだ」

「すると、奥さんはあんたのことをJ・Kと呼んでたんだな？」トリソンがいった。

「そんなことはないが、彼女はいつもおれのことをA・Hole《くそったれ》と呼んでいた」

五分後、ボーダーコリーに呼ばれたウエイトレスのスーが、ドリンクをもって入ってきた。二〇ドル札二枚をエプロンのポケットに押しこんだキンケイドは、無意識のうちに手の甲で彼女の肉付きのいい腹をしきりになでていた。「ここで最後までやれないことを今始めないでよね、お役人さん」彼女の声は、男ばかりの部屋で容赦なく相手を攻撃できる、ベテランウエイトレスの威厳に満ちていた。

キンケイドはどうしようかと考えてから手を引っこめた。「悪徳は多く、人生は短しだ。おつりはいらないよ、いい子ちゃん」

つぎの二時間、キンケイドは一回も勝てず、もっていた六〇〇〇ドルを徐々に減らしていた。手持ちのチップを指でもてあそびながら、残った二〇〇〇ドルをひそかに何度も数えなおす。ウォーフマンのほうをちらっと見ると、彼もチップを数えているのがわかった。

「一〇〇を追加」ウォーフマンが自分のチップをポットの上にもっていき、自信たっぷりににっこりした。FBI捜査官だということは、ポーカープレーヤーとしてのキンケイドに一つの強みをもたらしている。何年ものあいだ被疑者の話を聞いてきたが、彼らのいうことを信じるかどうかは、賭でいくらかのカネを儲けるなどということでなく、彼らの自由がかかっているのだ。その結果キンケイドが学んだのは、被疑者の嘘《うそ》を見破るには、ごくささいな点を見逃さないのが一番だ、ということだ。ウォーフマンは椅子の背に寄りかかって、両手を頭の後ろで組んでいる。ということは、この保釈保証人が、自信たっぷりであると人に示している一つ目のシグナルだ。一つのシグナルならわかる。だがいつも一筋縄でいかないウォーフマンが、二つもシグナルを出すとは、どういうことだろう。今度もはったりか？

ウォーフマンが太くてごつごつした指をしているところを見ると、祖先が何代にもわたって石切りか家具職人をしていたのかもしれない。すばやく正確に動く指だ。キンケイドはいつも気づいていたのだが、〈ベット〉が順におこなわれるとき、ウォーフマンの前に三人のプレーヤーがいる場合でも、いくら賭けるかすでに決めて、自分の番が来るずっと前から彼の指は必要なだけのチップを手際よく取り分けておいている。ほかのプレーヤーは、前の者がいくら賭けるかを見て自分の成功のチャンスを考えながら、できるだけ遅く決めようとするものだ。ウォーフマンはカードが配られて開かれたカードを見たとたん、みんなの手が頭の中に入ってしまうらしい。したがって、彼はいつもあわてず騒がず、冷静さを保っていられるのだ。これは破壊と強奪が横行する金曜夜のゲームでは、相当有利なことだった。だが今、彼はシグナルを送ってきている。あれこれ考え合わせると、これ以上賭けるのはまずいかもしれない。だがキンケイドはまたもや、成功と失敗のあいだのわずかなはざまに引きつけられていく自分を感じていた。

ウォーフマンは、キンケイドが自分の手を見ているのに気づいて、両手をキンケイドから見えない膝のあいだに下ろした。だがつぎに、肘から先をまわして、両手の指先をつき合わせていることを示した。被疑者尋問の場合、これは明らかに自信があることを示すサインだ。だが抜け目のないウォーフマンは、たとえテーブルの下であっても、ＦＢＩ捜査官がそういったサインを見逃さないことを知っているにちがいない。キンケイドはまたテーブル中央のカードを見た。開かれた五枚のカードは、エース一枚、10が一枚、3が一枚、そしてジャックのペアだ。キンケイドは二枚の伏せ札が9のペアなので、目の前に開かれたジャックのペアと合わせて、ツー・ペアにすることができる。だがウォーフマンは、自分の伏せ札の中にエースがあると思わせようとしていて、そうなるとエースとジャックのツー・ペアになり、キンケイドに勝ち目はない。あるいは、三枚目のジャックをもっている可能性もある。

キンケイドは自分のほうが形勢は不利だとわかっていた。だがウォーフマンもそれを知っている。もし彼がいい手をもっているなら、彼らしくもないシグナルをなぜ送ってくる？

キンケイドは、ウォーフマンがはったりをかけていると思うことにした。ウォーフマンがめったにはったりをかけないことは誰もが知っているので、彼がひと晩に二度もそれをやるとは驚くべきことだ。それに今夜、キンケイドが自信がもてなくて不安を感じたのは、さっきと今の二度だけだった。「おれはあんたの一〇〇に加えて、あと一〇〇を賭ける」キンケイドは残ったチップをありったけ投げだしながら、もしウォーフマンがはったりをかけているなら、こっちが賭け金を倍にすることにより、今回もそれが失敗したと思ってくれるよう祈った。

ウォーフマンが自分のチップに手をのばし、一〇〇以上を数えはじめたとき、キンケイドはそうは問屋が卸《おろ》さなかったと悟った。「五〇〇に上げる」ぞっとするほど落ちついた声でウォーフマンがいった。

キンケイドはゆっくりとドリンクをひと口飲んで、もう一本たばこに火をつけ、時間稼ぎをした。ウォーフマンがはったりをかけているかいないかは、もはや関係ない。おしまいなのだ。もしこの持ち札《ハンド》で負けたら、今夜はもうゲームができないから、モーテルの部屋で独り苦い思いをかみしめなければならない。ないとわかっているのにポケットに手を入れてカネを探していると、新聞の切れ端が出てきた。養育費不払いで逃げた父親に関するオレゴン州ポートランドからの連絡事項を書き留めておいたものだ。「保釈金を踏み倒して州外から逃げてきたヤツを捕まえると、差し押さえられた保釈金の十パーセントが手に入るよな」

「それは交渉次第だが、ふつうはそういうことだ」

「この男は一万ドルを踏み倒した。現在ディカルブのスタークレスト・モーテルに泊まっている」キンケイドは新聞の切れ端をウォーフマンに渡した。「これは一〇〇〇ドルの値打ちがあるわけだ。五〇〇の代わりにそれを取っておいてくれ」

ウィルスがいっぱいついているとでもいうように、ウォーフマンはくしゃくしゃになった新聞を指先でつまんだ。「これはFBIの正式な文書か」

「心配するな、ちゃんとしたやつだから」

「電話してくる」

キンケイドはがぶっとドリンクを飲み干した。室内が静まりかえり、みんなの目が自分に注がれているのを感じる。ギャンブル中毒になった人間は、自分が欠点だらけなのを知っているので、他人のことをとやかくいいたがらないものだ。とりわけ、ポーカーのゲームで何を賭けようと批判したりはしない。これまで人のさまざまな欠点を見てきて、それらを、自分が選んだ人生につきものの人間の弱さだとして受け入れてきた。だがこんなことは初めてだった。自分たちの仲間にこんなことをする人間がいるとは。キンケイドとは何ヵ月もいっしょにギャンブルをしてきて、彼の中に自分たちと同じ弱さがあるのを見てきたが、なんといってもキンケイドはFBI捜査官なのだから、いつかはゲームをつづけるのがばからしくなって、もうやめたといいかねないと思っていた。自分たちの世界の外には、まだ腐りきっていないものが存在すると信じることが彼らにとって大事だった。たとえ自分たちが率先してそういうものの維持に努めることはできないにしても。

トリソンが小さな銀のライターを取り出して、またたばこに火をつけ、天井に向けて煙を吹きだした。煙が光の中に消えたあとも、彼はずっとそちらを見つめている。ほかの者はだまってドリンクを飲んだり、自分のチップをいじったり、ありもしない服のほこりを何度も払ったりしている。ミッキー・ウォーレスは身をかがめて、B・Cのすべすべした黒い耳をなでた。

キンケイドには彼らの怒りが理解できた。自分はある意味で裏切りを働いたのだ。FBI捜査官であるからには、最後のところで踏みとどまって、義務感を維持しなくてはいけない。FBIに入った当時は少なくともそう信じていたが、長い年月を経た今は、そんな理想主義的考えは駆け出しが想像する空疎なトンネルの中にしか存在しないと思うにいたった。

ウォーフマンがもどってきた。「おれがこれを受け取って、そいつがモーテルにいなかった場合でも、そっちにはやはり五〇〇ドルの借りがあることになるぞ」

ウォーフマンは、自分が雇った賞金稼ぎにカネを払えば、賭で手に入るはずの五〇〇ドルをまるまる自分のものにできないのだ。それはキンケイドにもわかっていた。だがウォーフマンは、珍しい戦利品を手に入れるこんなチャンスを逃したくないはずだ。なにしろFBI捜査官が事件を売ってくれるというのだ。キンケイドが答える。

「それは当然だろうな」

ウォーフマンは、初めてキンケイドに会ったとき彼に好感をもった。なにしろアイビーリーグ出のＦＢＩ捜査官で、ユーモアのセンスもある。酒とギャンブルが好きで、ときには度がすぎることもあるが、気取ったところがまったくない。だが毎週ここで会ううちに、賞賛の気持ちは少しずつ減っていった。現在のキンケイドは、髪はのびすぎだし、スーツはいつもくしゃくしゃで、いつ見てもスエードでできた安物のカジュアルシューズしか履いていない。保釈保証人のウォーフマンは、むちゃくちゃな人間を数え切れないほど見てきた。キンケイドは逃亡犯追跡の件を軽率に賭のカタにすることにより、自分をどん底にまで引き下げ、尊厳のかけらもない人間になりさがったのだ。キンケイドには畏《おそ》れる気持ちがまったく残っていない。ギャンブルの痛みは、鈍磨《どんま》した彼の神経が感じることのできる数少ない刺激の一つで、それなくしては生きられなくなっている。

部屋の中のみんなが、どっちが勝つか低い声で話し合っているあいだも、二人はだまって腰を下ろしていた。

「すると〈コール〉なんだな」ウォーフマンがいった。

「〈コール〉だ」

ウォーフマンは伏せてあったカードを開いた。三枚目のジャックをもっていた。

キンケイドはフンとひと声鼻で笑うと、自分のカードを投げだした。相手の身振りや表情を読むキンケイドの能力を、ウォーフマンは逆手に取ったのだ。さっきキンケイドに勝たせたのは、より大きな今度の獲物を釣るために仕掛けた罠だった。キンケイドはウォーフマンが一筋縄ではいかないことを知っていたのに、あえて自分の勘を無視した。「裏の裏をかくとは大したものだ」

ウォーフマンがゆっくりうなずく。「そういうことだ」。キンケイドはばつが悪そうに唇を引き結んで立ち上がった。B・Cがすでにそばに来ている。「帰るんじゃないだろうな、ジャック」

ジャック・キンケイドはテーブルにかがみこむと、吸い殻があふれかえった灰皿で自分のたばこを押しつぶした。「すまんな、ウォーフ、逃亡犯の追跡で忙しいんだ」

「二〇〇ばかり貸そうか」

「いや。安らかにこの世から消えようかと思ったが、いくらかカネを手に入れて、その計画を一時棚上げにするかもしれない」

「ほんとか？　このゲームはまだしばらくつづきそうだから」

「たぶんまたもどってくるよ。いくらかカネが引き出せるか、見てくる」

「ATMから引き出すのか？　預金はぜんぜんないといってたはずだが」

「ありがたいことに、ＦＢＩにいると、いろんな手を覚えるんだよ」

4

夜中の一時半、クック郡刑務所の裏手で、ポータブルの高輝度照明器が照らしだす広い半円形の中心に爆発物があった。目がくらむような白い光の中を、シカゴ市警の爆発物処理班に属する二人の警官が、頭からつま先まで分厚く詰め物をした黒い防護服を着て保護用ヘルメットをつけ、大振りな動きで苦労しながら作業をしている。

爆発物をあらゆる角度から調べられるように、貨物積み下ろしホームの押し上げ式ドアは大きく開けてある。二人のうちの背の高いほう、ダン・エルキンズ警部補が、爆発物のまわりを一回りしたあと、もう一人に後ろに下がれと合図した。それから慎重にヘルメットを脱いでホームに置いた。強烈な光に照らされて、彼の金髪が白く輝き、白い肌は新生児のように紫がかって見える。やせて薄っぺらな感じの顔は長すぎてハンサムとはいえないが、澄んだ青い瞳が危険を前にしてらんらんと輝き、それなりに魅力的だった。爆弾まで十数センチのところに近づくと、エルキンズ警部補は四つんばいになった。それからしばらくのあいだ、用心深くそのまわりをはい回りながら五〇センチから六〇センチ進むごとに止まっては地面に顔を近づけて、陰になった部分を小さな懐中電灯で照らし、爆発物と地面が接する部分をくまなく調べていく。

ふたたびヘルメットをかぶる前に、相棒に声をかけた。「よし、X線吸収装置を設置して、ここを出よう」共に危険な作業をする仲間同士は、無言のうちに仕事を進め、フィルムの入ったホルダーを爆弾の背後に並べてそれぞれの端をきっちりつき合わせ、放射能漏れがないようにした。それから、防護服をつけて動ける範囲で可能な限りすばやく照明器の光の外に歩いていき、二メートル近いサンドバッグを二重にめぐらした壁の外に出た。

シカゴの爆発物処理班に属する別の警官が、折りたたみテーブルを前にして腰掛け、特大のラップトップコンピューターの画面を見ている。その背後にはFBI捜査官たちが一〇人あまり、ブルーの薄手ナイロンに黄色の大きな文字でFBIのイニシアルをプリントしたジャケットを着て群がっている。その中心にいるのが、支局長代行のアルバート・バルトリだった。バルトリは、正式には副支局長だが、主任捜査官つまりシカゴ支局長が早期退職したので、彼より経験のある人物が支局長に就任するまで、シカゴ支局の最高責任者を務めているというわけだ。三十一歳の彼は、シカゴ級の大支局の主任捜査官には若すぎると考えられている。その顔は、ちょっと見たところ心の中が容易に読める単純な人物のように思える。上半分は、発達したほお骨《ぼね》のおかげでしっかりと感じのいい作りなのだが、下あごが少々発達不全で弱いので、顔全体がなんとなく子どもっぽい印象を与えるのだ。このことと、わざとらしく首をかしげる仕草《しぐさ》とが相まって、アル・バルトリにおどおどした印象を与え、FBI内部で権力の座をめぐり日々くり広げられる白兵戦に加わる野心がないか、それとも巻きこまれるのを巧みに避けているのかわからないが、未熟で威厳に欠けると思われている。

生やした口ひげは、ほかの部分同様手入れが行き届いているが、下端だけは切りそろえずに上唇にかかるようにしてある。これは、すべすべと女のような感じの口を隠すためだ。これまで彼を過小評価していた者たちもいうとおり、彼がやることはすべてにおいてこの調子で計算が働いているのだった。彼が現在、FBIの中でも最大級の支局でトップの地位に就いているのは、偶然ではなかった。仕事を通じて接触のあったある企業に手をまわして、前の支局長のためにポストを用意させたのだ。それがあまりにもおいしい申し出だったので、前支局長は二つ返事で引き受け、ワシントンの本部が後任を考えているあいだ、バルトリが空席を満たすことになったというわけだ。彼の肩書には、あとに〈代行〉とついているものの、履歴にハクがつくことはまちがいなく、それは近い将来どこかの出先機関でトップの座に着く能力があることを示すものだった。

　スーツにタイにぱりっと糊のきいた白いシャツを身につけた彼は、ぺらぺらの青いジャケットを着ていないため、大勢の捜査官の中でいっそうきわだっている。それにまわりの男たちは、みんな明らかに彼よりは若く未経験だった。バルトリが、自分と爆弾のあいだに、彼らの大半が入るような位置にいることは、だれ一人として気づいていない。

　これより人数の多いのが、制服警官と保安官代理たちからなるグループで、少し離れた場所に、これもひと塊《かたまり》になっている。一台の車が、暗がりで急停車した。中から、シカゴ市警副署長の制服を着た黒人が出てきて部下たちに声をかけ、何人かの保安官代理と握手をした。

　ビリー・ハットンは鋭いブラウンの目をした五十代の男で、細かく縮んだ白髪が、帽子の下から見えている。彼がＦＢＩ捜査官たちを見まわした。「責任者は？」

　捜査官たちが道をあけると、バルトリが進みでて手をさしだす。「アル・バルトリです。支局長の代行をやってます」

「ビリー・ハットンです」副署長が握手をしてにこっと笑った。「代行？　ということは当面の間だけってことですか、それとも単に形だけ？」

バルトリは手を握ったままハットンを引き寄せ、秘密めかした口調でささやいた。

「両方。残念ながらね」

ハットンは握られた手を離して、かすかに後ろに身を引いた。ハットンがFBI捜査官の伝説的行状について知ったのは、盗難車担当刑事をしていた若いころだった。月曜の朝になると、判で押したように一人か二人のFBI捜査官が現れ、前週末に発見された州外からの盗難車がないかといってくる。翌日には、その〈成果〉がワシントンの本部に報告されるというわけだ。ここ何年かにかいま見たFBIの実態も、FBIを相手にするときの警戒心をゆるめさせるようなものではなかった。しかし、とりわけ彼の中で警告灯が赤々とともるのは、FBI捜査官が自分を卑下したユーモアでこちらに取り入ろうとするときだった。来ては去っていく捜査官たちを三十五年間見てきたが、謙譲の美徳を発揮した結果ボスになった者はいなかった。「どうなったんです？　支局長の、えーと……」

「ジェイ・ジョンソンですか」バルトリがあとを引き受ける。「急によそから誘いがかかって、そっちに転職しましてね。本部に前もって通知するひまもなかったもんで、後任が間に合わなかったんです。後任が任命されたんですが、あとひと月は着任しないはずでした。ところがこいつがあるから」といってバルトリがサンドバッグの壁を手で示す。「明口の朝には、やってくるんですよ。名前はロイ・K・ソーン」

「聞いたことがあるような」

「FBIでは伝説的人物ですよ。八年ほど前にカリフォルニア選出の下院議員が殺されたのを覚えてますか。ソーンはあれを担当して解決しましてね。最初の三週間はデスクの横の床で寝たということです。それから、二年前にマイアミで沿岸警備艇がコロンビア人に吹っ飛ばされた事件も彼が解決したんです。あと一、二年でリタイアだから、再就職先を見つけるには、絶好の花道になりそうだと思われてますよ」

「楽にリタイアできるとは思えんが。少なくとも今のところは」

「これを解決するとしたら、彼しかいませんね」

ハットンはサンドバッグの壁の切れ目に近づき、爆発物の前面に刷りだされたステンシルの文字をすばやく読み取ってから尋ねた。「このおたくのファンが誰だか、心当たりはあるんですか」

「あなたの部下が丹念に調べてましたよ。テロリストじゃなさそうだということだけは見当がついてますが」

「テロリストじゃなかったら、誰が爆弾を置いたりするんです」

「確かに、これも威嚇《テロ》が目的なんですがね。しかしこれまでわかっているテロリストを考えても、どのグループにも属していないようなんですよ。彼らが爆発物の存在をこちらに知らせるのは、たいてい爆発によってであり、そのあとで犯行声明を送ってくるんです。ところがこれは、脅すだけで、目的が何だかさっぱりわからない」

ハットンがエルキンズ警部補に声をかけた。「ダン、どうだね」

「こんなの、初めてですよ。爆弾じゃなかったら、家具として売りに出してもいいくらいです。誰が作ったか知らんが、まったく器用なやつだ。外側は、五枚の金属板で完璧に覆ってある。継ぎ目をきれいに溶接してから、どうやら高速研磨機で表面をなめらかにしたようです。何もかもすっかり心得たものだ」

「犬はもう連れてきたんだろうな」

「ええ、たちまち嗅ぎつけましたよ。確かに爆発物です。それもこの装置の特異な点なんです。四隅に小さな穴が二つずつあけてありましてね。最初はなんの穴だかわからなかったんですが、そこはまさに犬が臭いを嗅ぐ場所だったんです。犬に爆発物の存在を確認させるためにあけたにちがいありません」

ハットンがいった。「明るい見通しは皆無か」

エルキンズ警部補が遠慮がちに笑った。「この男を過大評価してるのかもしれませんがね。X線を当てるまでは確かなことは何もわからないんですよ」エルキンズが後ろに声をかける。「ラルフの用意はいいか」

「準備完了」後ろの暗がりから誰かが答えた。

「よし、中に入れてくれ」シカゴ市警爆発物処理班の一人が、両手でリモートコントローラーをもって前に進みでる。その横にいるラルフは、身長九〇センチのロボットだ。ラルフはうなり音を立てながら光の中を進んで傾斜を上がっていき、はるか向こうの貨物積み下ろしホームに着くとまっすぐ爆弾に向かう。エルキンズ警部補はコンピューターの画面を見下ろした。ロボットのテレビカメラが、前面のようすをただちに画面に送ってきている。「オーケー、左から右へ、六〇センチ移動させてくれ」

リモコンをもった警官がコンピューターの前に進みでて、画面を見ながらロボットを動かす。ちょっと下がらせてから、少し向きを変えさせると、前進させて爆弾から六〇センチ以内に近づけた。「そこだ、そこがいい」エルキンズ警部補がいった。ロボットから金属音がして、X線写真を撮ったことがわかった。コンピューターに向かった警官が二つキーを押すと、画面が黒くなり、右端だけに曲がりくねった白いものがいくつか映しだされた。エルキンズが、よく見ようと身を乗りだす。「カメラをチェックしたか」リモコンをもった警官に尋ねた。

「ちゃんと作動してます」彼は身をかがめて画面の右端にあるものを調べた。「これは文字でしょうか？」

エルキンズがまた画面を見た。「かもしれん」コンピューターから顔を上げる。「つぎの部分を撮ってくれ」

ふたたびロボットが後ろに下がり、位置を変える。「撮ります」警官がいった。

また画面が暗くなったが、今度は白い文字がはっきり見える。「つぎの場所を撮れ」エルキンズ警部補が命じた。

またロボットが位置に着きX線写真を撮る。すべての部分の写真を撮りおわると、ばらばらのイメージが一つにまとまって、二行からなるメッセージが読めた。

Pb

3M Possible

支局長代行のバルトリがいった。「Ｐｂ？」

エルキンズ警部補が答える。「鉛の化学記号です。爆弾は鉛ですっぽり覆われているということですよ。つまり、X線写真を撮っても無駄だと。X線が遮断されて届かないんです。だからこのメッセージ以外は真っ暗だった。こいつは、自分のほうがはるかに上手《うわて》だといいたいわけです」

「X線は、爆弾処理にどうしても必要なのか」バルトリが訊く。

「これのようにすべての機能を内蔵した独立型装置では、中のどこかに電源がなければならない。つまり、バッテリーがあって、それが電気雷管につながっているはずです。こちらで今やろうとしてるのは、爆発にいたる過程を断ち切ることなんです。ブリーフケースのようなものに入った装置だったら、放水砲が使えるかもしれない。これはいわばロボットにショットガンをもたせたようなもので、水の鉄砲玉を発射して電源を破壊するんです。容器がこれのように金属で覆われていて水が役に立たない場合は、正確に的を絞って爆薬を仕掛けます。使われるのはたいてい、爆発エネルギーが集中するように作られた成形爆薬ですが、何がどこにあるか正確にわかっている場合は、的を絞って起爆装置のコードを取りつけ、それがねらいどおりに作動すれば、やはり爆発にいたる電気的回路を断ち切ることができます。しかしX線が使えないことには、何がどこにあるかわからないので、今いったどの方法を使っても、爆弾が爆発してしまう可能性大なのです」

「どこかに移動させたらどうだろう」バルトリが尋ねる。

「ここまで手のこんだやつなら、水銀スイッチが組みこんであると考えたほうがいいでしょう。水銀スイッチの目的はただ一つ、移動を不可能にすることです。ちょっとでも動かせば爆発しかねませんからね」

「解除が不可能、移動が不可能となると、残った選択肢は？」副署長のハットンが訊いた。

「ここに放置するか、爆発させるか」

「すでに政治的圧力がかかりはじめていることを考えると、放置するのはまずい。爆発させた場合の損害はどれほどだろう」

「中の爆薬はおそらく四〇〇キロぐらいはあるでしょう。そうなると、刑務所のほとんど、あるいは刑務所全体を吹き飛ばすかもしれない」

「ひとりでに爆発する可能性は？」

「爆発物はつねにその可能性がありますね。だが時限装置のようなものがあるかという意味なら、ないと思います。もしあるなら、犯人はそのことをいってきているはずです。期限付きで何かを要求するとか」

ハットンが心底驚いた顔をしている。「メッセージの二行目は、どういう意味だ」

「上に一〇個のスイッチがあるんです。正確には計算してませんが、組み合わせは、三百万《3M》通りほどになるでしょう。犯人がいいたいのは、爆破装置を解除するには、一〇個のスイッチを、あらかじめ決められた順番で入れるしかない、ということです。一つでも順番がちがうと爆発が起きる。われわれが成功する確率は、三百万分の一、というわけです」

「犯人の目的は、なんだろう？」バルトリが訊いた。

「私はたんなる爆発物の技術屋です。おたくには心理分析官《プロファイラー》が大勢いるでしょう。なんだって考えられますね、メシア思想にとりつかれた頭のおかしなやつから、ＦＢＩにはめられたことのある誰かにいたるまで。誰であるにしろ、これを無害化するには、そいつを捜しだして解除させるしかなさそうです」

ハットン副署長が、自己紹介したときと同じような笑みを浮かべて、バルトリを見た。「ま、いずれにせよこれは、肩書から〈代行〉の文字をはずす絶好のチャンスですな」

「新任の支局長は二、三時間したらここに来るはずです。すでに向こうから連絡があって、こっちから概略は説明してある。管轄《かんかつ》の捜査官全員に呼び出しをかけて、これが誰の仕業《しわざ》かさぐらせているところです」最後の言葉は、指揮官として威厳のある物言いをする練習をしているかのような響きがあった。

ハットンがさぐるようにバルトリを見た。「そのソーンっていう新任は、何が待ち受けてるかわかってんですかね」

バルトリは答えかけたが、ハットンの口調から、このベテラン警官が爆弾のことをいっているのではなさそうだと気がついた。

5

そこから四〇〇メートルほど離れた場所で、キンケイドはひと気のない駐車場を双眼鏡でもう一度調べた。それより前、夕方のラッシュアワーを利用して、バリントン・コミュニティー貯蓄銀行の夜間金庫に罠《トラップ》を仕掛けておいたのだ。これまでの経験から、ラッシュアワーが一番いいと知っていた。日の光は急速に薄れているが、帰宅を急ぐ車のすべてがヘッドライトをつけているわけではない。金曜の夕方は、解放感のおかげでライトをつけるなどというささいなルールを無視しがちだし、家に帰って飲む最初の一杯が頭を占領していてまわりのことにまで目が行き届かず、こちらの行動には気がつかないだろうという希望的観測を抱いていたのだ。だがそれから数時間たった今、さっきより暗くなって車もずっと少なくなったとはいえ、トラップを回収するのは、仕掛けるよりもリスクが大きい。もっとも恐れたのは、夜間金庫に預けに来た人にトラップを発見されることだった。誰かが見つけて警察に通報していれば、犯人が取りに来るのを待ち伏せしているかもしれない。

キンケイドは最後にたばこをひと口吸って、それを車の窓から捨てた。ゆっくりと煙をフロントガラスへ向けて吐きだすと、目の前の世界が一瞬ぼやけ、それとともに、これからおこなう行為も彼の中でぼやけていく。

夜間金庫にトラップを仕掛ける犯罪がめっきり減ったのは、鍵のない旧式の投下装置《シュート》が、もっと新しい装置に置き換えられて、旧式は全米でも比較的少ない銀行でしか使われなくなったという単純な理由による。シカゴ郊外では、長い間支店業務がなおざりにされていたせいで、まだ旧式のシュートを使っているところもいくつかあった。

ほとんど廃《すた》れたこの犯罪について、キンケイドがくわしく知ったのは十年以上前のことで、アルフレッド・ジェームズ・マニングという男からだった。マニングが捕まるまで、ＦＢＩでは〈罠仕掛け人《トラッパー》〉という呼び名だけで彼を呼んでいた。彼は警察の目をかわして、一年あまりのあいだに、ペンシルベニア南部一帯の夜間金庫に、手製のトラップを百回以上も仕掛けていた。彼の身元を突き止めて刑務所送りにしたのはほかでもない、当時フィラデルフィアで銀行強盗専門の捜査官だったキンケイドなのだ。

マニングのトラップの仕様は、犯行をくり返すうちに巧妙になっていったが、仕掛けるやり方はほとんど変わっていない。たいてい金曜か土曜の夜だったのは、一週間分の売り上げが入っていて一番実入りが多かったからだ。同じ銀行に二度仕掛けるとか、二週つづけて仕掛けるといった、同じことのくり返しは避けていた。同じことをくり返すと張り込みに引っかかるおそれがあり、そうなると遅かれ早かれ捕まることになる。だがマニングが一つだけ忘れていた原則があった。これは大半の盗っ人に当てはまるのだが、〈自信過剰になるな〉ということだ。それまでの収穫は二〇万ドルにものぼっていたのだが、特別実入りの少なかったある週末に、うかつにもおとりの小切手を現金化したのだ。その結果、キンケイドおよび銀行強盗担当捜査官の大半が、ただちにマニングの住むフィラデルフィア郊外のアパートを突き止めたというわけだ。

キンケイドは一時間近く車の中にいた。その間に、一台しかない町のパトカーが二度ゆっくりとまわってきたが、二度目に見かけたのは、わずか二、三分前だ。少なくともあと三十分はもどってこないだろう。キンケイドは、トラップを回収する前に、あと一回パトカーをやりすごすことにした。車を出してこの時間にふさわしい速度で走らせ、あとをついてきそうな車がないか、見てみる。それらしい車がないので、Uターンをして、色あせたガタガタのミニバンを夜間金庫に近づけた。

横の座席にいるB・Cが、真っ白い前歯のあいだからうれしそうに舌を出している。「何を笑ってるんだ。連邦の銀行法を犯したら、どんな罰が待ってるか知らないんだな」大昔からボーダーコリーに課せられた使命を喚起させられたB・Cは、キンケイドのほうを見て、ご主人様を喜ばせる機会を待つ。キンケイドもB・Cを見た。「いいたいことがあるのか?」自分に理解できる命令が下されるものと思ったB・Cは、シートの中でうれしそうに腰を動かす。「いいたいことがあるのか?」キンケイドがまたいった。犬は熱のこもった目で見返すだけだ。キンケイドはシートの下からすばやくスナブノーズのリボルバーを取り出し、それを犬に向けた。それが乾いた犬の鼻先から数センチ以内に来たとき、B・Cはちょっと首を前にのばして、筒先までの距離を半分に縮めると、なんだろうというようににおいを嗅ぐ。それが食欲も性欲も満たしてくれそうもないとわかると、B・Cは後ろに顔をもどしてつぎの指示を待った。キンケイドはその小さなリボルバーを調べて、五つの弾倉のどれにも弾が入っていないのを確かめてから、シートの下にもどした。それから犬をにらんで顔をそむけさせようとしたが無理だった。「わかった、わかったよ」

キンケイドはバンのドアを押し開けた。外へ出るとき、車がギギーッという金属的な音を立てた。彼は銀行に来た客がやるようにライトをつけたまま犬を呼んだ。「B・

Ｃ、小便したいか」ボーダーコリーが助手席から飛びだし、駐車場の隅の、わずかに草が生えている場所へ走っていく。忠実に耳を立てたまま片方の後ろ脚を上げて、おしっこをしつつ、敵はいないかと鼻をひくひくさせる。これはキンケイドが教えたわけではなく、犬にとって自然の行動だった。Ｂ・Ｃの動物的勘に基づいた行動を見て、キンケイドは警戒心を解きだしたが、そのときいきなり、Ｂ・Ｃは臨戦態勢に入り、そろそろと地面に身を伏せた。キンケイドはどきっとした。彼と犬の目が、まわりを見まわす。突然犬が起き上がり、もう一度あたりのにおいを嗅いでから、なんでもないやという感じでバンに走ってもどった。キンケイドは速くなった脈が落ちつくのを感じた。「よし、入れ」

　Ｂ・Ｃは車に飛びこむと助手席に落ちつき、またうれしそうに舌を突きだした。キンケイドは夜間金庫まで歩いていき、ふたをもちあげた。

　中にある罠《トラップ》は、自由に曲げられる薄いプラスチックのシートで、広さは三〇センチ×六〇センチ、四隅に楕円形《だえんけい》のスロットが開けてあって、それが持ち手になっている。彼の経験から（それからマニングの自白から）わかったのは、持ち手があれば、トラップを仕掛けるときに便利なだけでなく、回収するときも、人に見られることなくすばやく回収することができることだ。なるべくなら証拠を残しておきたくないのは当然だが、彼は指紋を残さないための手袋をはめていない。まだ気候の温かい秋に手袋をしているのを見られたら、疑いを抱かれるおそれがある。トラップについた指紋を発見されても疑いをもたれる危険は少ない。FBIの科学捜査研究所がトラップについた指紋が彼のものだと突き止めても、担当捜査官として証拠の扱いが軽率だったと思われるだけだ。これは捜査官がよく犯す誤りであって、嫌疑をかけられる可能性は少ない。

彼が仕掛けたトラップの事案が最初にFBIに報告されたとき、彼より若い捜査官たちは、大した事件ではないと片づけてしまった。時代遅れの地味な犯罪なのだから、〈古い組織〉向きの事案として軽く扱ってもいいと考えたのだ。小さな事案をいくつも扱って〈数〉を稼いでいた時代ならいざ知らず、〈量より質〉を重んじる頭脳的な現代のFBIではまともに取りあげる必要はない、というわけだ。これはキンケイドにとって好都合だった。上司は、彼が柄にもなくこの件に興味を示したと知ると、これ幸いと彼を担当にして、いくらこれがつまらない事案でもなんらかの成果をあげるだろうと期待したのだった。それからまた、のちに同一犯人によると思われる事件が起きれば、同じ捜査官が担当するのが慣例なので、トラップの事案はすべて自分の担当になるとキンケイドにはわかっていた。

これで四度目だが、油断はするな、とキンケイドは自分を戒《いまし》めた。このように警戒を怠らなかったのは、二度目のとき彼が回収する前にトラップが見つかってしまったことがあるからだ。夜間金庫の利用者がとくに多かった土曜日のことで、中で入金袋がたまってしまい、ある女性客がシュートに入れようとしても入らなくなったのだ。そこで彼女は銀行に電話した。警備員が調べに出てきて、トラップを発見した。その夜遅く、回収に来たキンケイドはトラップがないのを知って愕然《がくぜん》とした。幸いその警備員は、夜間金庫を見張るだけの知恵が働かなかった。そしてつぎの月曜に、その男は得々としてトラップをキンケイドにさしだしたのだった。

いつもトラップを取りつける前に、キンケイドはプラスチックのシートの片面をスプレーで黒く塗りつぶし、外から中をのぞかれても、トラップに気づかれないようにしておく。これも、彼が捕まえたアルフレッド・マニングを見習ったテクニックだった。その裏側には、金庫の中でトラップが落ちないように、持ち手の上に両面テープをつけておく。マニングはいつも透明の釣り糸でトラップを宙づりにし、結び目をシュートの外に出していた。だが、それをテープに変えたのはキンケイドの工夫だった。犯罪者は誰もがそうなのだが、キンケイドも、この創意工夫があるから自分は捕まるはずがないという気がしていた。

そろそろとシュートの中に手を入れていくと、すぐに目の粗《あら》いキャンバス地が触れた――入金袋が一個あったのだ。それを取り出したあと、また中に手を入れ、トラップを金庫の壁から引きはがして外に取り出した。袋とトラップの二つを犬がいる助手席の前の床にすばやく投げこむ。

それからの十五分間は、何度も方向転換をしたり、一方通行路を進んで急に車を止めたりしながらでたらめに走りまわった。尾行されていないことを確認するために、自分を〈ドライクリーニング〉したのだ。やっと安心したところでガソリンスタンドに行き、タンクを満タンにさせた。身をかがめて床から袋を取りあげる。中には〈チルドレンズ・ブティック〉の入金票が入っていて、金額は四〇〇〇ドル近くあり、そのうちの二一三二ドルは現金だった。

車の流れがちょっととぎれたので、キンケイドはアクセルを床まで踏みこんだ。車はガスを吐きだしながらガタガタと音を立ててガソリンスタンドを出ていく。後続の車がスピードを落とすあいだに、彼の車はやっとのことでスピードを上げた。気がついたら、バンは制限速度より二五キロもオーバーして走っていたのでびっくりした。気がつというのも、このところ彼の人生が転落の速度を増すにつれ、急ぐ必要はなくなってきていたからだ。だがそのとき、自分が急いでいるわけに気づいた。ＦＢＩの捜査官と盗っ人との、両方の本能が同じことを彼に命じていたからだ——できるだけ速やかに証拠を処分しろ、すべての証拠を。

彼はゲームにもどらねばならなかった。

6

メディアやさまざまな人権団体から電話が殺到したのを受け、上院司法委員会ではFBI長官を呼んで〈シカゴの騒動〉について説明を求めた。爆発物が置かれた直後から、最新情報の報告を逐次《ちくじ》受けていた長官は、FBIきっての優秀な人物を現地に派遣するつもりだと、上院で話した。長官は、ロイ・K・ソーンに電話して、すぐとはいわないが、せめて翌朝一番に現地に到着するようにと命じた。前もって知らされていたシカゴへの異動は、まだあとひと月後のことだったが、夜中に急派されることはソーンにとって珍しいことではない。特別複雑だったり要注意な問題が生じたとき、彼の電話が鳴るのはよくあることだった。

何年ものあいだ、やっかいな事例を驚くべき短時間で解決してきたが、最近の仕事は大半が内部の問題で、職員の違法行為がからむ事例が増えてきたのはFBI内部のリーダーシップの欠如が原因だとソーンは思っていた。大量の人員を投入した旧来の〈特別捜査〉、すなわち電撃作戦タイプの捜査は、ほとんど影をひそめてしまった。今では、ＦＢＩがすべての事件を解決してくれるとは誰も思っていないようだ。すべてでなくても大半の事件を解決してくれる、とも期待されていないのだ。それよりＦＢＩは政治家の道具にされることのほうが多く、メディアをだまらせるためといった、けしからぬ使い方をされている。近ごろ増えたカージャックとか、家庭内暴力の犯人が州を越えて逃げたといった、明らかに連邦法の管轄でない事例でも、政治家がテレビで一時しのぎの対策を発表するときの言いぐさは、いつも同じ――ＦＢＩの派遣――なのだ。自分たちが何を期待されているか、捜査官たちがわからなくなっているのも不思議ではない。誰一人としてそれがわかっていないのだ。

だが今度の件だけはちがう、とソーンは思った。いくら首脳陣がきりきり舞いしても爆弾を解除することもできないし、脅威を少なくすることもできない。誰が仕掛けたか知らないが、うまいことをやったものだ。それに時が解決してくれるというものでもない。ちがう、これは現場の仕事なのだ。リタイアの時期が迫っている今、ソーンにとってこれは本物の特別捜査に取り組む最後の機会になりそうだった。そして、有意義な仕事をしていたころの感触を、いささか苦い思いでふたたび味わうチャンスがきたことを喜んでいた。

長官からの電話を切ったあと、彼はシカゴ支局と連絡を取った。電話は主任捜査官代行のアル・バルトリのところにまわされ、バルトリが状況を説明した。そこでソーンはバルトリに、ミーティングをおこなうから、朝の九時に全捜査官をクック郡刑務所に集めるよう命じた。

「刑務所の中ですか」当惑気味のうわずった声でバルトリがいった。「安全だと思いますか」

「とんでもない」ソーンはそういって電話を切った。

ソーンの乗った飛行機は、朝の七時二十分にシカゴのオヘア空港に着いた。ターミナルに出ると、きちんと身だしなみを整えたテロ対策班の捜査官が迎えに来ているのを目に留め、そちらに歩いていって自己紹介をした。捜査官は自分のほうからソーンに気づかなかったのでちょっとあわてたようだ。新任の支局長は予想とはちがっていた。グレーの目でひたと見つめられた捜査官は、ソーンのほうから先にまばたきすることはあるまいと、すぐに悟った。それは忠誠心を求めるテストだった。自分に忠誠を尽くす気があるなら目を見よ、というわけだ。支局長代行のバルトリが慎重に選んだその捜査官は、ソーンが口の端を冷酷そうにほんの少し曲げているのに気がつき、目をそらした。

目を上げると、ソーンはすでに手荷物受取所のほうへ向かっている。あわてて追いつこうとした彼は、新支局長が、背が低く小作りなわりには、すいすいと優雅に歩いていくので驚いた。飛行機から降りたばかりなのに、ネイビーブルーのスーツにはなぜか目立つしわがない。それにシャツのカラーは、固く糊がきいていて、その下にまだボール紙でも入っているかと思うほどだ。たくましい首は、左右の皮膚がカラーにはさまれてひだができている。捜査官が追いつくと、ソーンは肩越しに振り向き、誰にも聞かれないことを確認してからいった。「今度の件で、地元紙はなんといってる」

「今日はテレビのニュースも新聞も見るひまがなかったもんで」

ソーンの目が光ったので、またテストをされるにちがいないと思った。「刑務所のまわりでデモなんかやってないかね」

「さあ、どうでしょうか」

「フーバーが死んで以来、メッセンジャーの舌を切ることはしなくなったと思っていたが」

「すみません、意味がわからないんですが」

「そいつは驚いた」

クック郡刑務所の四ブロック手前から周囲の交通が遮断されていて、五二人のシカゴ市警警察官が警備に当たっている。ベン・オールトンはその一人に車で近づいた。その警官は、暴動鎮圧に当たるときのヘルメットをつけていたが、その正面には、黒で縁取りされたシカゴ市警のバッジの複製品がついている。ヘルメットをかぶっているのは、爆発が起きたときに身を守るためと思われるが、こんなぺらぺらのヘルメットでは、この場の緊急性を示すしるしとしてのほうに意味があるのではないか、とオールトンは思った。オールトンは無言で身分証を開いて見せた。彼は捜査官になって十九年になるが、その間ずっと、ＦＢＩの者だ、という言葉を使うのに居心地の悪さを感じていた。そこで、身分を証明するとき、大きなブルーのイニシアルが印刷された身分証にそれを肩代わりさせることにしていた。これまで疑われたことは一度もないが、その可能性が頭を離れたことはない。

こんな気持ちを抱くのは、デトロイトの貧困層向け公営住宅で育ったことからきているのかもしれない。そこではふつう、警官は敵とみなされていたからだ。いずれにせよオールトンは、同僚の捜査官が自分の身分を名乗るとき、いつも違和感を感じるのを意識していた。そればかりか、じつをいうと同僚の捜査官たちを好きでもなかった。彼はコミュニティー・カレッジに行ったあと、ミシガン州で一番カネのかからない大学に入った。友愛会に入ってほかの大学生とつき合ったり、ゴルフをしたりといった、ＦＢＩの面接で〈関連活動は？〉と尋ねられるようなことをする時間もカネもなかった。働かなければならなかったし、仕事をしていないときは、仕事以上に勉強に精を出す必要があった。

警官は、オールトンの身分証を通常より少しばかり念入りにチェックしたが、自分が黒人だからだろうと思いたい気持ちを無理に抑えこんだ。「ＦＢＩのミーティングに来たんですか」

「そう。おまけに遅刻らしい」

「駐車場で空いてるのはあそこだけですよ」何台かの車が駐車している場所を警官が指さす。

「刑務所まで、どれくらいあるのかな」

「三ブロックです」

その四〇〇メートルばかりを歩くのは、オールトンにとってマラソンを走るのと同じくらい不吉なことだった。半年前、向こうずねの痛みが次第にひどくなるので調べてもらおうと病院に行ったところ、結局検査に半日もかかってしまった。後ろの開いたガウン姿で部屋から部屋へと移動させられ、最後は診察台の上に裸で座らされて検査された。カサカサ音を立てる台の上の白い紙は、肉屋の紙を連想させた。彼を最後に診察した医者が入ってきて、ガンを患《わずら》っているとこともなげに告げた。左の下肢の骨に腫瘍があり、かなり進行しているので、脚を切断しなければいけないという。外科医によると、転移を起こす前に発見されたので運がよかったそうだ。今では、困難ではあるが、残った脛骨《けいこつ》と義足の助けを借りて歩けるようになっている。オールトンは足をブレーキからはずした。「そこに停めよう」

車を停めてエンジンを切った。ここ何年も感じなかった不安が彼の中でつのっていく。片脚を失うのは、四十五歳でも確かに悲惨な話だが、十七歳で失うよりはまだましだろう。若いときとちがって、完璧な人生を送りたいなどとはもう思っていないが、これからの望みは、大きな制約なしに人生を送りたいということだった。だからこそ彼は職場復帰予定日のひと月前にここへやってきた。ガンで失ったのが、片脚だけかどうか知りたかったのだ。

急いで外に出るようなことをせず、しばらく車の中にいた。これもまた、ＦＢＩへの初出勤だった。すべてを最初からやり直さねばならない。バックミラーを見ながら、ネクタイを少しきつめに締め直す。首が前より細くなっている。そろそろと手をのばして義足にさわる。固く温かみのない手触りにびくっとした。彼は義足が心底嫌いだった。手術から五ヵ月たった今でも、残った足をシャワーのときにまともに見ることができない。それに、あれから妻のテスを抱いていない。抱きたいという衝動も、ほとんど感じなくなった。これは肉体的なものなのか、精神的なものなのか、彼にはよくわからない。今でもそういった行為ができるのかどうかさえわからない。それを知りたいという気がないではないが、ここに座って、これからほかの捜査官と顔を合わせなければならないときになり、彼にははっきりわかった。自分の生活のどの部分であれ、何かに失敗すればもう立ち直れそうもないということだ。今のところは知らないほうがいい。車のドアを開け、体をくるっとまわして両脚をだすと、慣れない義足の重みが感じられた。

危なっかしい姿勢で体を後ろに曲げて、前の座席からブリーフケースを引っぱりだすとドアをロックした。まっすぐ立って、ちょっと時間をかけて両脚に均等に体重をかける。妻のテスと娘がそばにいないときは、足を引きずらずに歩こうと心がけていた。短い距離なら、ふつうに近い足取りで歩けるのだが、三ブロックも歩くのはこれが初めてだった。さらにまずいのは、遅れて入っていって、みんなの前を歩くはめになったことだ。みんなが知らないわけではない、誰もが知っていた。だが、人にそのことを思い出してもらいたくなかった。

向こうに刑務所が見える。あの中に彼の望むすべてがある——そして恐れるすべてがあった。


アイク・ウォーベックは、デスクの前の椅子にふんぞり返って、区切りごとにわざと短く鼻を鳴らしながらしゃべっていた。上流社会でなら、育ちが悪いと思われかねない話し方だ。これは、このクック郡刑務所長が、自分の縄張りにマーキングする彼なりのやり方だった。ウォーベックは、身長一九八センチ、体重一二二キロという、他を威圧するような体格をしている。遠い昔に折った鼻はいまだに治していない。折れたところがこぶになった大きな鼻は、弧を描きながら下にのびて、その先端は口の左端にまで及びそうな勢いだ。鼻を治療していないということは、鼻息と同じく、彼が儀礼や慣習を完全に軽蔑していることを人に知らしめていた。

支局長のロイ・ソーンはこれまでにも、FBIと管轄が重なり合うとき、ほかの警察官から似たような初対面の挨拶を受けたことがあったので、ウォーベックの無言のメッセージが理解できた。握手したときの痛みをまだ感じながら、少しでもこの緊張を和らげたいと、ソーンはこれ見よがしに手をこすりながら、これが戦いの一種ならおまえの勝ちだと相手に伝えた。「アイク、型どおりの挨拶やくだらん前置きはさっさと飛ばし、どっちが小便を遠くまで飛ばせるかなんてこともやめようじゃないですか。ここはおたくの縄張りだ。こっちは派手な手柄を立てに来たわけでも、敵を作りに来たわけでもないんだから」

「これまでの経験からすると、その二つがＦＢＩのもっとも得意とするところじゃないのかな」ウォーベックがまた鼻を鳴らした。

「だからこそ、ほかの人間ではなく私がここに来たんですよ。捜査の指揮はそちらに任せるつもりだ。だから、メディア関係でもなんでも、すべて好きにやってもらっていい」

ウォーベックは前に体を揺すって、デスクの上で分厚い手を組んだ。「かつぐつもりじゃないでしょうな、ロイ?」さぐるような笑みが、彼の顔を和らげる。

「とんでもない。じつをいうと、こっちは手を引いてもいいくらいだ。こういう事案はさんざん扱ってきたが、今度のやつは時々刻々とプレッシャーがひどくなるいっぽうだと思うんでね」

ウォーベックが笑う。「手を引いてもいいとは――うまいことといって。こっちには、こういうことを率先してやるほどの人材も人員もないのはわかってるでしょうが」

「では、こうしたらどうだろう。爆発物には、うちの名前が書いてあるから、うちで捜査して犯人を見つけるが、刑務所に関することはすべておたくで扱うというのは」

「メディア対策も？」

「メディア対策は特に」

「権限が重なるようなことが出てきて、意見が一致しなかったら？」

「そのときは、ぜんぶそっちが決めればいい」ソーンがいった。「約束する」

「よさそうですな。ところで何か名案はありますかね」

「爆弾を移動も解除もできないからには、収容者を動かすというのはどうだろう」

ウォーベックは椅子の背に体を預けた。「おたくのようなやり手のベテランが、そんなことを考えるはずがない。どうやら、ワシントンにいる誰かさんの運命がかかってるようだな」

ソーンが微笑む。「なにしろ、うちの長官が議会からえらくせっつかれてね」

ウォーベックは、政治がからんでいるのは承知の上だというようにうなずいた。

「仮に、連中を移せるような別の施設がほかにあったとしても、後方支援がどれほどやっかいか、わかりますかね。輸送手段、警備、人員なんか。それにもちろん、ほかの拘置所も刑務所も空いてなんかいない。空いたベッドすら、どこにもない始末だ。それから、大半の囚人は軽罪で入ってるとしても、それが大きな集団になると、札付きの凶悪犯と同じになる。昔、比較的少人数の囚人を一時的によそに移す必要があったが、それこそえらい目にあったものだ。脱走したり、脱走を企てたり、暴れる者がつぎからつぎへときりがないくらい出てきた。そういうことをやらかす義務があるとでも思ってるみたいだった。一万五〇〇〇匹の獣を、警備が手薄な移動手段で移すなんて、無理な話だ。こっちに試練を与えてくれと連中に頼むのにひとしい。それに、一時的に移動できたとして、爆発が起きて刑務所が吹っ飛んだらどうなる。一万五〇〇〇人をシカゴの街に放すしかない。それで政治的圧力がなくなるとでも思いますか」

「わかった。ちょっと訊いてみただけですよ。犯人を見つけるのにそう長くはかからんでしょう。この男は、こっちが見つけるのを待ってるような気さえする。しかし、そのうち全米がこの事件に逐一注目するようになると、政治家がちょっかいを出してきて、時間がたつと捜査全体が立ち往生する事態にもなりかねない」

「わかってますよ。こっちも上から圧力がかかりつつあるんでね。しかしうちには逃げ道がある」ウォーベックがにやりとする。「ＦＢＩに話してくれ、といえばいい」

「それで結構。もともとこっちの事案なんだから」ソーンは立ち上がって、デスク越しに手をさしだした。「時間を取ってくれて、感謝してますよ。あなたの意見をうちのボスに伝えておこう」

ウォーベックはちょっとためらったあと、椅子に掛けるよう、ソーンを目顔でうながした。「今後のことを考えるために、ちょいと細工をして二日ばかりおたくに時間的猶予《ゆうよ》を作ってあげられる」ソーンが椅子に座り直す。「メディア向けにわざとリークさせるんですよ。つまり、囚人に危険が及ばないように、全員をここから移動させたあとでFBIが爆弾の処理に取りかかれるよう、秘密裏に手はずを整えているところだが、警備の問題があるので、移送は極秘裏におこなう必要がある。そのための用意に二、三日を要するだろう。これを肯定も否定もしなくてすむように、その間私は雲隠れする」

「そうしてもらえれば、うちでいろいろやってみる時間ができる。もし手間取って、二、三日以上かかったら？」

「そうなったらこっちで声明を出してその噂《うわさ》を否定し、そんな噂を流したFBIを非難せざるをえなくなる」

「そうなれば、あとはこっちで好きなようにやる」

ウォーベックはしばらくソーンをにらんでいた。「こういうことは、どうやら初めてじゃなさそうですな」

「で、見返りは？」

「おたくの捜査官がうちの看守をいろんな罪でぶち込みたいと、年に二、三度はやってくる。たいていは、麻薬がらみでね。誰だって自分のところから縄付きを出したくない。前もってちょいと警告してもらえれば、こっちでカタをつけて、うちのオフィスにキズがつくのを防げるんだが」

ソーンはまた立ち上がって、デスク越しに手をさしだした。「ランチにでも誘いたいところだが、おたくが言いだしたと噂になるとまずいんでね」


スーツのボタンをきちんと掛けたソーン支局長は、クック郡刑務所の会議室で正面に立ち、入ってくる捜査官たちを見守った。どこへ行っても同じだ。上司だの部下だのといった区別を意識している集団というより、個人個人がばらばらに日々の仕事をこなし、目の前のちっぽけな目標しか頭にない。一人の捜査官が、頭を剃って左耳にイヤリングをぶら下げ、モーターサイクルジャケットを着て入ってきたのは、自分は覆面捜査をしているのであり、そっちのほうがこんなちっぽけな事件よりよっぽど大事なんだ、というメッセージを送っているのだ。背広姿も数人いたが、大半はまるで春の休暇中に呼ばれてきたとでもいう服装で、しぶしぶここにやってはきたが、スキあらば反乱を起こしてやるぞ、といわんばかりの態度・表情だった。

だがもっとも顕著なのは団結心の欠如だ。彼がFBIに入って最初に感じたのがこの団結心だった。夜も明けやらぬころ職場に行くと、熱いブラックコーヒーのにおいがあちこちからただよってきたものだ。捜査官たちは、まだ眠気を引きずっているもののの、盛んに冗談を飛ばしながらも前日のことを議論し、相手の競争心をあおっては互いに意欲をかき立てようとしていた。毎日、何かしら明るい見通しがあり、それが、自分たちが信じたいちょっとしたFBIの神話につながっている。そういったことすべての底には、無言の団結心があり、何かまずいことが起きても——それがたとえどんなにまずいことであっても——みんながついている、独りではないという暗黙の了解があった。仕事をしていくうえでの最大の強みは、このことだった。そういった友情は、もはや存在しないらしい。目の前に今あるのは、自分が入った三十年前のFBIではない。大きな目標と、FBI捜査官であるという共通認識によって生まれた仲間意識は消えてしまった。だがそれももうすぐ変わるのだ。

ソーンは、入ってきたもう一人の捜査官を目で追った。四十代後半で、中年という年齢はとりわけ彼に厳しい結果をもたらしたらしく、ぶくぶくと膨らんだ体がふらついている。びくついたようすで落ちつきなく体を動かし、頭を左右にせわしなくふりながら、建物の内部構造をさぐっている。最後にふり返って見た壁が爆弾からもっとも近いとわかると、迷うことなくそこからもっとも遠い席に腰掛けた。ソーンが立っている場所から三メートルと離れていない席に着いたその捜査官は、ここに来るよう彼に命じた男がそんな近くにいるとは気づいていないらしい。このときになってソーンは、彼が太りすぎなのではなく、ジャケットの下に防弾チョッキを着けているのを知った。極端な反応にはちがいないが、ソーンはそれを見て、自分のもくろみが功を奏している証拠だと思った。こういうときは、恐怖が確実な味方になる。

午前九時ちょうどに、ソーンはドアを閉めるよう命じ、用意してあった二五〇脚の折りたたみ椅子に掛けるよううながした。予想どおりかなりの者がなかなか席に着かず、しかも腰掛けながら新しいボスのほうを不愉快そうにちらちらとにらんでいる。前列は大半が空席になった。ソーンはバルトリのほうを向いた。「来ていないのは何人だ」

「私の推測では全員がそろってると思いますが」

ソーンは声の調子を上げ、支局長代行以外にも聞こえるような声でいった。「〈推測〉で勤まるなら、ウォール街にでも行ってるよ。くり返すのはこれが最後にしてもらいたい。欠席は何人だ」

バルトリは急いで班長たちを前に呼び集めた。待つあいだ、ソーンができるだけ多くの捜査官の顔を一人ずつのぞきこんではじっと見つめたので、見つめられた捜査官は居心地が悪くなって目をそらした。ロイ・K・ソーンが新しい友だちを作りたがるような男ではないと、ヒラの捜査官たちが気づくのに時間はかからなかった。

バルトリがもどってきて、メモを取ったカードを見ながらいう。「一八人は、病欠か有休を取っています。六人は現職研修あるいはそのほかの研修を受けています」

「それ以外は、全員いるのか」

「一人だけ、駐在事務所のジャック・キンケイドがいません。彼の家やポケベルに一晩中呼び出しをかけてるんですが」

「そいつの監督をしそこなった者にいうんだ、居場所を突き止めたらその男の尻を蹴り上げるのはほかならぬ私だとな」ほかの者にも聞こえるように大声でいった。

「わかりました」

「しかし、そのほかは全員いるんだな」

「えーと、遅れると連絡してきたのが、二、三人います」

　まさにそのとき、後ろのドアが開いて、二人の捜査官が入ってきた。ソーンがいう。「こちらへ」前列の空いた席を手で示し、二人がちょっととまどってから前に来るようすを見守った。席に着くまでソーンが目で追っているので、二人はさらに落ちつきをなくした。それからソーンは、話を始めようと、中央よりに位置を変える。

　たっぷり一分ほど待ってから口を開いた。「私はロイ・ソーンです。みなさん、よく来てくれました。私は、ひと月後にここに来て支局長に就任する予定でしたが、ゆうべ遅くなって、長官がその予定を繰り上げることにしたのです。正式にシカゴ地域担当の主任捜査官に就任したわけですが、この事案が解決するまでは、私の忍耐と寛容の気持ちは、十六世紀中国の武将並みだと思っておいてほしい。忘れているといけないが――きみたちの服装からすると、どうやら忘れているようだが――FBIは民主主義の通用するところではない。特に、現時点のこの支局ではそうだ。懇願も受けつけないし、家族が死のうが、そして本人が死のうが休みは与えない。憲法も、権利章典も、雇用機会均等委員会も、オンブズマンも関係ない。夜もたっぷり眠れないし、家族と食事したり、ジムに行くこともできないし、映画やショッピングも、大学時代のバスケットボールだかフットボールだかの仲間と馬鹿話をすることもあきらめてもらう。この爆弾が」といってソーンは、貨物積み下ろしホームのほうを指さした。

「きみたちの生活のすべてだ。きみたちが私についてどんな話を聞いているか知らないし、何を聞いていてもこちらは気にしない。きみたちが理解すべき唯一のことは、私が実存主義者だということだ。大学時代に勉強より誰かと寝ることに精を出していた者がいるといけないから説明しておくが、実存主義者とは、自分がやったことをやりそこなったことに責任をもつ者のことだ。この一件が落着するまでに、きみたち全員は、否応《いやおう》なしに哲学のことをよく理解するようになるだろう」

後ろのドアがまた開いて、ベン・オールトンがそっと入ってきたが、たちまち気づかれてしまった。ソーンが目を上げると、オールトンが席のあいだの通路を汗まみれの顔で歩いてくるところで、隠そうとしても足を引きずっているのが一目瞭然だった。あわててそばに来たバルトリのほうにソーンが顔を向けた。「あれはベン・オールトンです。ガンで脚を切断したばかりなんです。何ヵ月も休みを取っていまして、まだ仕事に復帰するはずではなかったんですが」

「今入って来たきみ」ソーンがいった。「ここの席をきみのために取ってある」

オールトンは、全員の目を意識しながら、苦心して前へ進んだ。脚を失ったあとの彼を見た者は数人しかいない。今やみんなが自分のことを哀れみの目で見ているのがオールトンには感じられた。彼はぎこちなく、どさっと席に倒れこんだ。ソーンがオールトンを見る。わずかの怠慢も許さないソーンの方針を示す絶好のチャンスだった。「この会議の開始時間は知っているかね」

「駐車場からあんなに遠いとは知らなかったんです」

「建物のすぐ前に、何台分かの駐車スペースがあるじゃないか」

ソーンを見あげたオールトンの顔に、隠しようのない怒りの色があった。「あれは、身障者用のはずです」

この答えはソーンの虚をついた形になった。オールトンに同調する声が部屋のあちこちでささやかれる。誰かが、むかつく野郎だ、とつぶやいた。ソーンが微笑んだ。

「それはうっかりしていた」というと一歩後ろに下がって話をつづけた。「ミーティングを開く場所をここにした理由がわかる者はいるかね」誰も答えない。「きみたちが勇敢だからここにしたと思う者がいたら、つけあがるなといいたい。われわれは、ほかの者より勇敢だなんてことは決してない。もし勇敢だったら、ミスター・フーバーはＦＢＩのモットーに〈勇敢〉の文字を加えて、世間にそう信じこませようなんて気を起こさなかっただろう」ソーンはちょっと間をおいて自分の言葉を浸透させた。「ＦＢＩがここにいるのは、ひとえに現実を伝えるためだ。囚人であれ、ＦＢＩ捜査官であれ、そのほかの誰であれ、人生には危険や予期せぬリスクがつきものであり、ときにはその不安定な状況を受け入れねばならない、という現実を示すためにここにいるのだ。今やきみたちは、〈忠実《Fidelity》〉でもなければ、〈勇敢《Bravery》〉でもなければ、〈高潔《Integrity》〉でもないかもしれないが、この爆弾が無害化されるまでは、あたかもそうであるように仕事をし行動しなければならない。そして、この件が解決したら、私は支局長室に引っこんできみたちをほっとさせ、ほかの熟年官僚のように、どこかの無邪気な企業が家のローンを肩代わりしてくれないか、リタイア後の職探しを始めることにするよ。そうしたら、きみたちはまた、そこいらのジムやショッピングモールに繰り出していいし、友人や家族や隣人に、世界を危険から守っているのはおれだと打ち明けていいし、自分が載った新聞の切り抜きを見せて、この記事のとおりだと話してやってもいい」

　ソーンが見まわすと、数人が怒りを含んだ目でにらみ返してきた。「この事案も、ほかの場合同様、人と話をすることで解決する。人間は、様々な理由から、われわれに知ってることをぜんぶ話したがらないものだ。われわれを好きだろうが嫌いだろうが、ＦＢＩ捜査官はそれなりの外見をしていて、それなりの行動をとるものだと庶民は思っている。彼らに会えばわかるが、ＦＢＩの有能さは神話にすぎないなどということは彼らは知らないのだ。だから、きみたちは、山羊《やぎ》ひげを剃り、入れ墨を隠し、耳や乳首や舌のピアスをはずせ。手錠を捜しだしてきて、銃に弾をこめろ。それから、しまい込んだ背広を引っぱりだしてくるんだ。相手と同じ服装をしたら、ほんとのことを話してくれるはずだなんて夢にも思うな。与太者《よたもの》みたいなやつと話したかったら、連中は仲間と話をするさ。大学出の背広を着た人間が力になってくれと頼みに来るから、連中はそれを誇らしく思うんだ」ソーンはバルトリのそばへ行き、何事かをささやいた。「さて、きみたちが現場で給料に見合う仕事をしてるあいだ、この私は何をするのかと思われるかもしれないから、いっておくが、私の仕事はただ一つ、最善を尽くしてないやつはいないか、目を光らせることだ。そして、いたら私は必ず見つけだす。きみたちが幸せになる近道を教えてやろう。それは、その私のリストに載らないことだ」また間をおいて、自分の言葉をみんなに行き渡らせる。「質問は？」部屋の左側にいた捜査官が、ためらいがちに手を上げた。ソーンは彼をちょっとのあいだにらんだあとでいった。「質問がないようだから、仕事に取りかかろう。手元の袋を開けて書類を見てくれ。エルキンズ警部補」

捜査官たちがそれぞれの椅子に置いてあった封筒を開けていくにつれ、紙のこすれる音が部屋に広がった。ベン・オールトンはすでにざっと目を通していた。シカゴ市警から来たブロンドの警部補が前に進みでるあいだに、オールトンはソーン支局長を観察した。ソーンに関する噂が本当だったのは確かだ。昔気質(かたぎ)で恐ろしく有能で、いっしょに仕事をするとえらい目にあう。ソーンは緊急事態解決につぎからつぎへと送りこまれ、ますます増えてきたFBI内外の些事《さじ》をことごとく無視できるだけの力を備えてきた。最初は彼に恥をかかされたものの、オールトンはソーンの下で働けるのは好ましいことだと思った。結果がすべて、というのはオールトンの望むところだ。何ができないかではなく、何ができるかで判断されるのだ。

「シカゴ市警爆発物処理班のダン・エルキンズ警部補です」封筒の中の写真や図形を参照させながら、エルキンズ警部補は、爆発物の構造や刑務所に置かれた位置関係などを話した。つぎに照明を暗くするよう求めてから、スライドを使って爆弾をさまざまな角度から詳細に説明していく。犯人からのメッセージのクローズアップ写真もあった。爆弾が設置されるところを写した監視カメラの映像を編集したものがそれにつづく。最後に、犯人がいかに周到な計画と、巧妙な工夫のもとに爆弾を作っているかということを、手短だが的確に話しておわった。

ソーンはエルキンズに礼をいってから、さっきより少し穏やかな口調でみんなに話しはじめた。「どうやら、この人物はFBIに不満を抱いているようで、こちらに身元を割りださせてから、要求を突きつける気でいるにちがいない。なぜ最初から要求を出してこないのか、私にはわからないが。身元が割れれば、それもすぐわかるだろう。だが一度に一つずつ解決していこう。そこで、どうやって身元を突き止める？」

誰も答えない。「こういうときこそ、きみたちに何かしゃべってほしい」

やっと手が一つ上がった。「トラックがビデオに写っています。たぶんレンタルでしょう。レンタルの店をしらみつぶしに調べたらどうでしょう」

「そこから始まるのは確かだ。しかし、それでわかるほど簡単だとはとても思えない。エルキンズ警部補の説明にもあったように、この男は先の先まで読んでいる。それに、ワールドトレード・センターやオクラホマ・シティの爆破事件を、そうやってうちで解決したことを知っているにちがいない。しかし、きみのいうとおり、それはどうしてもやらねばならないことだ。それから、ビデオで見たとおり、これにはフォークリフトが使われている。トラックと同じ場所から借りたとはかぎらないから、フォークリフトのレンタルもすべて当たりたい。ほかには？」

別の手が上がった。「ビデオに男が写ってますが――それをメディアに流すというのは？」

「かなり巧妙に顔を隠しているが、その線も見逃せないな。ほかには？」

手を上げる者はそれ以上いない。大半の捜査官は、これまで使われた方法によって事件を解決するという安易なやり方に頼っていて、よほどせっつかれないかぎり捜査方法に工夫を加えようとはしない。だがソーンが難事件を解決するという評判を取っているのは、捜査官に小言《こごと》をいっていじめているからではない。つねにイマジネーションを働かせようと努力しているからだ。爆弾と刑務所の写真がワシントンにe－メールで送られてきて以来、寸暇を惜しんでそれを調べていた。その結果あるアイデアが浮かんだのだが、誰にも話さなかったのは、適当な時機が来たら、いかにもとっさに思いついたように見せかけて、捜査官たちにも機転を利かすようながしたいと思ったからだ。今がそのチャンスらしい。「警部補、外側を覆っている鉛のシートだが、厚みを測る方法はないのかな」

エルキンズがちょっと考える。「この男がいいたいのは、その鉛を切り裂いてみろということらしいです。それしかX線で中を写す方法がないですからね。でも、うんと端のほうから写真を撮れば、ひょっとしたら厚みがわかるかもしれません」

「するとそこから……何が？」ソーンは捜査官たちに疑問を投げかけたが、誰も答えないので、話をつづける。「もし厚みがわかれば、その用途もわかるかもしれない。何かに使われるもののはずだ。それを突き止めれば犯人を割りだせるかもしれない」

別の手が上がった。「トラックの横のプレートはどうなんですか。自分でプラスチックに書いてマグネットで取りつける類《たぐい》のもののようですが」

ソーンがいった。「よく思いついた。そういう店も当たることにしよう」その線もソーンが考えていたことだったが、話さないでおいて、誰かに考えさせようと思ったのだ。誰かが考えついたところをみると、少なくとも一人は、眠りから覚めて本気で犯人を追跡する気になりつつあるということだ。「ほかに何かあるか」といったあと、ちょっと間をおいたところ、いくつかの折りたたみ椅子が床をこする音が聞こえてきた。捜査官たちがいらいらし出したようだ。「よし、班長は全員前に来てくれ。今あがった線を検討して、割りふりするから」

ソーンはバルトリを呼んだ。「われわれの役割をはっきりさせておこう。当面は、捜査の指揮は私がとる。きみには、こいつが無害化されるまで、支局の実務を担当してほしい」

「わかりました」

「このオールトンという男は、しばらく復帰しないことになっていたのか」

「正確な日時はわかりませんが、少なくともあとひと月は」

「そういう目にあった者にも仕事をさせたいところだが、彼は限定的任務に就けたいと思う。彼に犯人を追跡させるなんてことはしたくない。どうやら特別扱いをいやがるタイプとみたが、限定的仕事とは、デスクワークのことだ」

「そのように手配しましょう」

「誤解のないようにいっておくが、これは同情からいっているのではない。私にとっての最優先事項は、爆発物を処理することしかない。二本脚の人間でさえ、それに手こずってるんだ、わかるかな」

「わかります」

「それから、キンケイド捜査官にも悪いニュースを伝えたいと思っている」

バルトリはユーモアをこめてというより、まじめな調子で答えた。「その楽しみを、奪うつもりはありません」

7

ベン・オールトンは、副支局長のオフィスにすぐ行くよう秘書にいわれた。副支局長のアルバート・バルトリは、忙しく書類仕事を始めたところだった。「ベン、今朝のミーティングでは話す機会がなかったな。調子はどうだい」バルトリの発音に、かすかなニューヨーク訛《なま》りがある。これは、部下に対しておまえたちの仲間だといいたいときに現れて、上司を相手にするときに消える訛りだった。そして〈仲間〉の部下たちは……少なくともオールトンは……バルトリを仲間だとは思っていなかった。

こういった場面にふさわしい行動を取るのにまだ慣れていないオールトンは、椅子に掛けようとして、思いどおり体をコントロールできず、どさっと椅子に倒れこんでしまった。「私は大丈夫です」

バルトリがデスクをまわって、隣の椅子に腰掛けた。「病院に見舞いに行けず、すまなかった。支局の面倒をみるはめになって、余裕がなかったもんでね」

「あの五ヵ月間は、私にとってもあっという間でした」

病気になる前のオールトンも、バルトリに対してそれほどいんぎんな口をきいていたわけではないが、今や彼のぶっきらぼうな口ぶりには、断固とした何かが新しく付け加わっている。「そのとおりだ、私はなんとか時間を作るべきだった。言い訳はできないな」

「いいですよ、誰かに訊かれたら、あなたのことを私の親友だといっときますから。ところでなんの用ですか」

バルトリが、かすかな傲慢さをにじませて、口をむっと引き結んだ。「くだらん世間話の時間はないというわけだな、ベン」

「ガンになると、社交辞令をかわす気もしなくなるんですよ」

「よし、きみがそのほうがいいというならそうしよう。きみの任務は限定的なものになることを、理解してほしい」

「というと?」

「うん、つまりオフィスの中だけで仕事をするということだ。しかし、きみは銀行強盗班の調整官《コーディネーター》だから、調整の余地は大してないということになる」

「早くいえば爆弾の仕事はするなってことですね」

バルトリがいかにも場慣れしているが、かといって説得力があるとはいえない身振りで両手を上げてみせる。「使いっ走りを撃つなよ。ゾーンにいわれただけなんだから」

「すると、彼のところへ行って頼んでも、同じことをいわれるってことですね」

「嘘をついてるとでも思うのかね」

「ひと月早く復帰したのは、この事件の捜査に加わるためなんです」

「誰もここに来いと頼んでいない。あとひと月ゆっくりしていればいいだろ」

オールトンはバルトリをにらみながら、ゆっくり首をふった。その動作をなんと解釈されようとかまわなかった。ここのところ、病院に閉じこめられていて第一線から遠ざけられたが、第一線を自由に歩きまわるには二本の丈夫な脚をもっていることだけが要求されるというわけだ。オールトンにとってこの仕事のいいところは、自由だということだった。事案を渡されて、あとは好きにさせてくれる。一生懸命やれば悪人が遠くに逃げ切ることはありえない、という漠然とした信念だけに支えられてスタートを切る。それが誰であれ犯罪者には世界中に隠れ場所がある、などといった自信喪失につながりそうなことは考えない。やがて、数時間後のこともあれば数年後のこともあるが、突然重力から解き放たれる幸福感とともに——人生の小さな奇跡が起こる。つまり犯人逮捕に成功するのだ。始まりと同じくらい唐突におわりは来る。だが今や、こうしたことすべてが奪われるのだ。もっとも恐れていたのは、職員名簿の中でも、脇のほうの狭い場所に移されてしまうことだった。だがこれまでの経験から、困難な事件になればなるほど、実績のある者を無視できなくなるとわかっていた。だからつねに、騒動の中心から見える距離のところを離れないようにしなければいけない。

ソーン支局長のところへ行こうかとちょっと考えたが、刑務所のミーティングでのうむをいわせぬ支局長のやり方を見ていたので、時間の無駄だと思った。爆弾のことしか頭にないソーンにとって、個人的な要望など、一顧の価値すらないはずだ。だがオールトンがこれまでの職業人生で学んだことがあるとすれば、それは、成功したかったら辛抱するしかない、ということだ。彼はＦＢＩ捜査官の中でも特別敏捷《びんしょう》なほうではないが、辛抱強さでは人後に落ちない自信があった。立ち上がるのがまた一苦労だった。「ほかに何かありますか」

「きみが休みを取っているあいだに、銀行強盗の検挙率が落ちてしまった。そっちのほうでも考えたらどうかね」

オールトンは、苦笑いした。「そういうのは、ほっといてもなんとかなりますよ」

ゲームは一晩中つづき、キンケイドは朝の十一時少しすぎにモーテルにもどった。最後の精算がすんでみると、カネのほとんどぜんぶがキンケイドのところへ入ってきたので、彼は全員に朝飯をおごった。バリントン銀行からもどったあとは、配られる手《ハンド》がどれもこれも勝利ハンドばかりで、まるで銀行から盗んだものを失うことが許されない罰でも受けているかのようだった。たまに最初の手が悪いことがあると、キンケイドは大きく賭けてみて、そういった場合につきもののスリルを味わおうとするのだが、結局はまた大きく勝ってしまうのだった。ポーカーでこれほど勝ったのは初めてだったのに、まったくといっていいほどうれしくなかった。モーテルにもどり、札束を取り出して数えた。五八〇〇ドル以上ある。

それをベッドの上に投げだしてみると、この部屋の中でぐしゃぐしゃになっていないものは、その札束だけだった。六ヵ月のモーテル暮らしで、最初の夜を除いて、一度もこのベッドで寝ていない。あの夜、夢があまりにも鮮やかで現実味を帯びていたので、またここで眠るのが怖かった。

〈暗闇の中、ドアをそっと叩く音がする。開けると、寄付を募《つの》りに来た尼僧だった。小銭をもってもどると、尼僧は僧衣を脱いで薄いシルクのドレス姿になっている。それを見る彼の目つきを見た女は、彼の息子のコールが家出をしたと告げて、たちまちドアの外に消えた。あとを追うが、外に出るといつの間にかペンシルベニアで息子を捜していた。人から人へと息子を知らないかと急いで訊いてまわるが、気がつくと誰も英語を話さず、これまで聞いたことのない古いオランダ語を話しているのだった。車にもどり、猛スピードで走りながら、英語の標識がないかと探した。ガソリンが切れたころ、遠くで誰かが息子を連れて急いで遠ざかるのが見えた。車から出ようとするが、ドアが開かない。息子はふり返って肩越しにキンケイドを見るが、どんどん遠ざかっていく。そのとき暗闇が彼を呑みこんだ〉

その夜、二度と同じ恐怖を味わいたくないと、キンケイドは隅にある壊れたリクライニング・チェアに逃げだした。眠りに落ちて夢の責め苦で汗まみれになるくらいなら、一晩中起きていたほうがましだと思ったからだ。その夜は夢うつつの状態で、眠ったのか眠らなかったのかわからなかった。それ以後、ときどきベッドで寝ようとするのだが、いつも翌朝はリクライニング・チェアで目を覚ます結果になるのだった。

この夢がどういうことか、気にはなったが、それがどこから来ているかいったんわかってしまうと、この苦悩が解消するよりさらに大きな苦悩が付け加わりそうだという気がしていた。それでもこらえきれずに分析してみると、問題は罪の意識ではないかと思われた。お世辞にも一流とはいえないこのローマン・インにチェックインするとき、オーナーが一日単位の宿泊費にするか月単位がいいかと訊いた。キンケイドは迷うことなく月単位の宿泊費を選んだものだ。これは、生活を正常な状態に引きつけていた引力が消失したことを無意識のうちに悟ったせいだと、あとで彼は解釈した。そして、男にとっての正常な生活の魅力といえば、八時間以上ベッドで横になれることぐらいしか思いつかないので、彼の中に住む小鬼《グレムリン》たちが眠りを邪魔したのだ。彼の意識より多くを求めがちな潜在意識が忠実に見張りをつづけ、一晩といえども見逃さず、日々のさまざまなダメージを修復することを許さないのだ。キンケイドは別の解釈も用意していた。その一つは、彼の頭と心の位置関係に関わっている。ベッドにいると、心臓は頭の位置まで上がることができ、同じ立場に立てばつねに感情が理性に勝つのだ。しかしながら、椅子に掛けていれば、上にある頭は感情の刺激を受けずはっきりしたままでいられる。彼の罪の理論は明らかにフロイトから来ているが、頭が心より上にあるという解釈は、『オズの魔法使い』や、土曜の朝刊の漫画に登場するキャラクターあたりに影響されて出てきたのではないかと思っていた。

リクライニング・チェアの横のテーブルに置かれた紙袋をボーダーコリーが嗅いで、自分もまだ食事をしていないことを如才なくキンケイドに思い出させた。ゲームをやった者は全員が朝食を取ったが、キンケイドはコーヒーを飲んだだけで、たばこを吸ってほかの者の話を聞くともなく聞きながら、これまでにない大当たりだったのになぜこんなに気が晴れないいんだろうと思った。帰りしなに、持ち帰りのハンバーガーを二個注文した。今その一つを開いて、汚いカーペットのほこりがつかないように、包み紙を敷いた上に置いた。「ほら、B・C」犬がやってきて、ちょっとにおいを嗅いで満足すると、パンから肉をゆっくりと引っぱりだした。

キンケイドは、いつも傾いているチェアにまたどさっと腰掛け、自分のハンバーガーを開けると、それをにらんでなんとか食欲を出そうと努めた。疲労感が体中を包みこんでいく。今なら、少なくとも二、三時間は眠れそうだ。かがんで自分のハンバーガーも床に置く。B・Cは食べるのを中断して、この幸運が本物かどうか確かめようと、キンケイドを見あげた。「そう、ぜんぶおまえのものだ。静かに食えよ」後ろによりかかって目を閉じると、次第に意識が薄れていくのを感じたが、やがてそれに気持ちのいい浮揚感が加わり、深い眠りに落ちていった。

ドアを強く執拗《しつよう》に叩く音がする。どのくらい眠ったのかわからないキンケイドが、下を見ると、B・Cがちょうど二個目のハンバーガーに取りかかるところだった。まだノックがつづくので、椅子から降りたが、足からうまく着地したというより、椅子の腕を越えて落ちたといったほうが当たっている。

モーテルのオーナー、ジミー・レイ・ヒラードだった。「困るじゃないかジャック、また電話のコードを引っこ抜いたのか？」キンケイドの向こうにある、ベッドの横のテーブルを見ようと、頭をひょいと動かす。

「入れよ、今寝ようとしてたところだ」

「あんたのオフィスが捜してて、一晩中電話してきてたんだぞ」

「一晩中？」

「一晩中」

「駐在事務所か、それともダウンタウンの支局？」

「ダウンタウンだ。頼むから電話して、おれを悩ますのをやめさせてくれ」

「すまなかった」キンケイドはドアを閉めて、電話のところへ行った。コードをつないでダイヤルする。年配の男が出た。「もしもし、こちらジャック・キンケイド。電話するよういわれたもんでね」

「ああ、やっとかけてきたか。ダン・グディングだ。当直なんだけど、ソーンの命令で一晩中あんたを捜してた」

「ソーン？　どこの班長だ」

「新任の支局長だよ。今朝着任したばかり」

「まさか、ロイ・K・ソーンじゃないだろうな」

「残念ながらそうらしい」

「すると、おれはすでに彼のお気に入りってわけだ」

「今朝、あんたは刑務所であった全捜査官会議をすっぽかした」キンケイドがだまっているので、グディングがいった。「クック郡刑務所の爆弾の話、知ってるよな」

「町にいなかったもんで」

「町にいなかった？　全米のニュースになってるぞ。ソーンが〈できるだけ早く〉会いたいとさ——もっとも、その〈できるだけ早く〉は、何時間も前のことだけど」

「なんで彼がおれを捜してる」

「主な理由は、会議に無断欠席したからだが、おれの見るところ、おまえさんが爆弾の学校に行ったこともからんでいるんじゃないかな。だから役に立つと思ってるようだ」

キンケイドは七年前にアラバマ州ハンツビルにあるレッドストーン兵器工場に行ったことがあり、そこで四週間研修を受けたが、大半は、酒を飲んだりそこの基地に駐屯している兵士たちとポーカーをやってすごしたものだ。「役に立つって？　とんだお門《かど》違いだよ」

「おれだったら、できるだけ早くここに来るがね、ジャック。ソーンは見せしめにする人間を捜してるんだよ」

「だったら、彼はついている。それこそ、おれの得意分野だからな」

支局長の秘書は、ジャック・キンケイドを見るのが初めてだった。彼が入っていくと、秘書はにこやかな笑みを浮かべた。「やあ、ジャック・キンケイドだけど、支局長に会いたいといわれたもんで」

笑みはまだ顔に貼りついていたが、その目はとがめるように鋭くなった。支局長秘書のつねとして、彼女も絶大な力をもっている。その力の大半は、ボスからたびたび意見を求められることから来ている。秘書の仕事の一つは、誰が面倒な立場に陥っているかを判断することだ。さらに有能な秘書になると、前途に待ち受けている懲罰《ちょうばつ》の程度までかぎ分けることができる。今日はソーンの着任第一日なのに、この秘書の目はすでにキンケイドの入る棺桶《かんおけ》の大きさを測っている。「どうぞお掛けください」

彼女がブザーを押して支局長に知らせているあいだ、キンケイドは狭い部屋の壁ぞいに並んだ六脚の椅子の一つに腰を下ろした。彼女から三メートルしか離れていないというのに、内緒話をするような抑揚のない低い声で話す彼女の電話の内容は、まったく聞き取れない。電話を切ると、その顔から職業的な笑みを消して、デスクの左手にある閉まったドアをさしていった。「すぐにお入りください」

かなり広い支局長室の一番奥に小さな会議用テーブルがあり、ソーンは三人の男とともにそのテーブルの前に掛けていた。近づくと、グレーター・シカゴ地区の地図が何枚か広げてあって、その大半はソーンのほうに向けてあるのがわかった。「担当者が決まったら、ただちにすべての歯科用品を扱うところに電話をかけてほしい。それを四時までに完了させる。何か問題があるかな」

「それが、今日は土曜でして。店を開けてないところもあるはずですが」一人がいった。

ソーンは椅子の背に寄りかかって、両手をポケットに入れた。「仮定の話をしよう。電話が四時より一分遅れるごとにきみの給料の支払いを一日遅らせるといったら、何時に電話がおわるだろうか」

ソーンが必ずしも仮定の話をしているわけではないと気づいたその捜査官は、まずかったという顔で笑った。「四時きっかりに」

ソーンはまた地図の上に顔をもどした。「トラックとフォークリフトを借りるときに使った偽名からわかったことは？」

「名前と住所は偽《にせ》でした。犯人が提示したIDについてさらに調べているところですが、そこから何かわかるとは思えませんね」

「表示板のほうはどうだ」

「数は多くありません。そのぜんぶに当たりましたが、一軒だけ、店の主人がなにかの用でフロリダに行ってまして。ジャクソンビルの支局に指示を送っておきました」

ソーンは一メートル半ほどのところに立っているキンケイドのほうへ目をやった。

「なんだ、その〈指示を送った〉というのは」

「最優先で連絡を取るようにという指示書です」ソーンは〈おれにいわせる気か？〉というように、その班長を見た。「私のほうからすぐに電話しておきます」

ソーン支局長は鉛筆を取って手帳にメモをした。「私のほうからもジャクソンビルの支局長に電話して、今週は土曜も日曜もないと念を押しておこう。ほかには？」

「今はありません」

「ちょっと休憩だ。五分ほしい」

三人を見たキンケイドは、彼らの顔にかすかな失望の色が浮かんだような気がした。死刑執行の現場に立ち会うチャンスがフイになりそうなのだ。しかも執行人は伝説的なロイ・K・ソーンだというのに。三人はそそくさと出ていった。

メモから顔を上げたソーンの目は、小さく鋭い点になっていた。「座れ」

キンケイドは、テーブルの端の比較的居心地のいい場所を選んで距離を置くようなことをせず、ソーンの隣に座った。「私はロイ・ソーンだ。私について何か知ってるかね」

「私といっしょにランチをしたいということのほかにですか」

「そう、そのほかにだ」

キンケイドは、「一九八〇年代末にフィールディング下院議員殺害事件を、えーと、三週間でしたっけ？　で解決したでしょう」といって、右手の親指と人差し指で血走った目の目頭をつまみ、疲れを取り去ろうともんだ。「それから一九九四年に沿岸警備艇エロイーズの件は、わずか一週間あまりでしたっけ？」まだ目をもんでいたが、ソーンがいくらか好奇心をもったらしくこっちをじっと見ているのに気づいた。

キンケイドは手を下ろして、できるだけさりげなく脚を組んだものの、ズボンがB・Cの毛だらけで、まるで模様のように見える。それを払い落としたくてたまらなくなった。「少し待ってもらえれば、まだ思い出しますよ」

ソーンが、驚きのため片方の眉をかすかにつり上げたあといった。「今のような事案を知っているところからすると、この組織に誇りをもっていたこともあるということだ。それに、十年以上捜査官をしているからには、呼び出し二時間ルールを知っているものと思う。きみは、少なくとも十時間居場所がつかめなかった。どこにいた」

「呼ばれたのは、私のいた場所を訊くためですか、それとも私の今後について話されるためですか」

「つまり情状酌量を申し立てる気はないわけだな」

「病気の友に一晩中付き添ってたという類のことを考えておられるなら、そんなことはしていません」

「きみを呼んだのは、一つにはFBIがかなりのカネを使って、きみを爆弾専門捜査官に育てたからだ。ところがきみは出てこなかった。これはとうてい容認できない」

ソーンは立ち上がって自分のデスクのほうへ行く。そこでファイルを取り、それを読みながらもどってきた。「ダートマス大を卒業。最初の勤務地はフィラデルフィア。かつては相当優秀な捜査官だったにもかかわらず、二年前に飲酒運転で捕まっている。どうやら、ここのところ生活が乱れているようだが、何が起きた」

「私は飽きっぽい人間らしいです」

「だったら、なんでここにいる。アイビーリーグの大学出なら、ほかに働き場所が見つかるだろうに」

「ほんとのことをいえと？」

「これはセラピーじゃない。嘘をつかせるために、難しい質問をしてるわけではない」

「この仕事には、山ほど隠れ場所があるからです」

「〈隠れ場所〉というと、実際は何もせずに給料をもらえる場所がある、ということだな」

キンケイドがにやりとする。「私は、そこそこの目標を自分に課すことにしたんです」

ソーンがファイルを閉じた。「そうか、あいにくなことに、私は部下の捜査官が、〈そこそこ〉仕事をするなどということを許さないために、給料をもらってるんだ。それにきみは、いい仕事をする能力をもっているようだが、モチベーションが欠けていると見たので、それを提供しなければならない。今からこの事案にフルタイムで取り組むよう命じる。そして百パーセントの努力に少しでも欠けるところがあれば、きみにはさらなる監視が必要だと解釈する。その第一段階として、駐在事務所というおいしい隠れ家から引っぱりだして、本部へ異動させることにする」

キンケイドは〈そんなことはへっちゃらだ〉というおまじないを唱えたかったが、

そんな言葉はひと言も浮かんでこない。それどころか、これまで無視していた小さな恐れが、ものすごい勢いで膨らんできた。駐在事務所から異動させられたら、夜間金庫トラッピングの件はほかの捜査官が担当することになる。証拠は残していないつもりだが、本当に大丈夫か？　誰かが見つけたらどうする？　「この事案にすべての注意を向けることにします」

「注意を向けるだと？　注意だけじゃなく、おまえさんが毎朝そのズボンに突っこむものすべてを、おれが握ってるんだぞ。わかってるな」

「そのつもりです」

「そのつもり？　今ここではっきりいっておくが、これまでのようにちゃらんぽらんな態度をとりつづければ、ユタ州のド田舎で渡り鳥条約の担当にでもさせるからな」

ソーンはメモに目をもどしてしばらくそれを検討していた。「ホイートンの町はきみの管轄か」

「そうです」

「あそこに歯科用品の会社がある。そこを当たってくれ」

「歯科用品？」

ソーンはほかにも部屋に誰かいるとでもいうように、右と左の肩越しに後ろを見た。「なんだと？　ふざけてるのか。おまえさん、面倒な立場になってるからここに呼ばれたとわかってるのに、この事案について調べもしなかったのか。これについてどこまで知ってる」

「クック郡刑務所に爆弾が仕掛けられ、それをシカゴ市警の爆発物処理班が解除できないってことだけです」

ソーンは、全捜査官会議で配った資料の封筒を彼に渡した。「まわりが鉛で覆われている。それが何を意味するかわかるか」

「X線を通さない。だから電源ユニットがどこにあるかわからない。それから、それを作ったのが頭のいいやつだってことです」

「科捜研の計算によると、鉛のシートの厚さは一ミリの十分の三だそうだ。その厚さの鉛がもっともよく使われるのは、病院や歯科医院で患者をX線から保護するための鉛のエプロンだ」

「だから犯人は、医療用品を扱う会社からそれを手に入れたと思うわけですね」

「イリノイと周辺の州にあるそういった会社をぜんぶ調べてるところだ」

「シートは何枚使われてるんです」

「研究所がなんとか試算したかぎりでは、一〇枚から一五枚だ」

「一人で注文するような量じゃないな」キンケイドはいって、ヘビースモーカーらしくぜいぜいと苦しげな咳《せき》をしだした。

ソーンは咳がおわるのを待った。「どうやら、頭はまだ働いているらしい。だから、これだけのものを一人で注文した人間が見つかれば、そいつはまちがいなく、われわれの探してるやつだ」

「シートの厚みに着目したのは、誰なんです」キンケイドが訊いた。「なかなか利口なやつだ」

ソーンは、おや？　というように首をかしげた。自分はそこそこでいい、などといっている男が、こんな質問をしたので驚いたのだ。「そんなことを訊くのは、どういう人間だかわかってるのか」

「ミーティングをすっぽかしたやつなんでしょ」

不遜《ふそん》な返事にはかまわず、ソーンがいった。「まだ完全には燃え尽きていない人間だ」

シカゴの西方にあるホイートンの町に工業団地があり、ターナー医療機器はそこの一番奥に位置していた。二十四時間受け付けの番号が電話帳に載っていたのは、キンケイドにとってついていたといえる。会社の記録にアクセスできる人物と話す必要があることを、電話に出た受付に納得させると、副社長の一人に電話がつながった。今世間を騒がしているクック郡刑務所の爆弾事件に関する捜査だと説明したところ、会社のオフィスで販売部長と会う手はずが整えられた。

ホイートンの会社に着いたときには、販売部長はロビーで待っていた。キンケイドが身分証を見せて自己紹介する。土曜日に事件の捜査で事情を聞くなどということは、相手にとって迷惑千万な話だ。平日なら、それぞれが決まった仕事に就いていて、いきなりFBIが訪ねていってもかえって気晴らしができると喜ばれることもある。だが人は自由な時間を大事にしているものだ。その販売部長もそうだとキンケイドにはわかっていた。シカゴに来て以来、仕事熱心な人のことがよくわかるほどあちこちで事情を聞いてまわったわけではないが、ソーンの脅迫が頭にのしかかっていたとはいえ、鉛のシートについて週末に販売部長から話を聞くのは、キンケイドにとってひどく気の重いことだった。

肥満体のビル・オブライエンが古ぼけた服を着ていることから察するに、市民としての務めを果たすために彼が中断したのは庭仕事だったらしい。シャツもズボンもすでに体に合わなくなり、普段はビジネススーツの下に隠れているはずの大きな腹が丸見えだった。にこやかな作り笑いは、いかにもセールス活動に明け暮れるセールスマンらしい。「私は何も悪いことをしてませんよ、なんてね」といって笑いながら手をさしだした。「どういうご用件でしょうか？」

法的責任をおそれる企業は、年々捜査官に対する情報開示を渋るようになってきている。そういった障害を回避するためにキンケイドが見つけた方法は、自分は機密情報を打ち明けられるほど信頼されていると、相手の人間に思いこませることだった。このやり方でいくと、相手は仲間に入れてもらったような気持ちになるのだ。「どこか二人だけで話ができる場所はありませんかね、ビル」

ビル・オブライエンは誰もいない部屋にキンケイドを案内した。キンケイドはオブライエンの服のほうを目顔で示すと、スポーツバーで人を冷やかすときの口調をそっくりまねていった。「なんか大事なことをやってたのを、邪魔したんじゃなきゃいいが」

「芝を刈ってたんですよ、午後に試合を見ようと思ってね」

「イリノイ対ミシガンの？」

「この週末に、ほかの試合がありますかね」

オブライエンの熱烈なファンぶりには降参というように、キンケイドが両手をあげる。「イリノイが勝つと思いますか」

「勝てばいいが、ミシガンのほうが十ポイントばかり分《ぶ》がいいらしい」

「あんたが賭をするかどうか知らないが、今朝OCにいるやつと話したところでは」といってキンケイドが声をひそめる。「イリノイに必ず損の埋め合わせをさせるといってましたよ」じつのところ、スポーツ賭博に目がないマニー・トリソンが、昨夜のカードゲームのときに、イリノイに賭ければぜったい損をしないと言い切ったのだ。

「OCって？」

「組織犯罪《オーガナイズド・クライム》。だけど、私から聞いたっていわないでくださいよ」

オブライエンが口をつぐんで、この情報を考えているのがキンケイドにはわかった。彼がこの〈内部〉情報を利用して実際に賭をするかどうかは、じつはどうでもいいことだ。FBIの捜査官から、信頼しているという意思を示されたからには、今度は彼のほうがお返しをする番だ。「ところで、どういった記録を見たいんですか」

一時間半後に、販売部長に礼をいって会社をあとにしたとき、キンケイドは三つの有力な可能性を手にしていた。一つはある歯科医院、二つ目は外傷センターをオープンしたばかりの地域の病院、それから、チャイナ・ヒルズに住むコンラッド・ツィーヴェンという人物。

8

オブライエンから注文票を見せられたとき、コンラッド・ツィーヴェンが一番あやしいと思っていることを悟られないように用心した。ツィーヴェンの注文票にはなんの関心もないというように、もっとほかの伝票を見せてほしいといったりしたのだ。オブライエンはそのまま退屈な作業をつづけ、結局、歯科医院と病院をリストに加えた。キンケイドの緊張感に勘づいていたら、オブライエンはマスコミに連絡するという誘惑に駆られていたかもしれない。まさかとは思うが、世間で騒がれている事件の場合、とりわけ新聞記者などの知り合いがいると、情報が漏れたことがこれまでにもあるのだ。勘づかれないようにするのはかなり努力を要することなので、ふつうならキンケイドはそこまで気を遣わないのだが、情報が漏れたりしたら、それが意図的であってもなくても、支局長から大目玉を食って、たちまちどこかに飛ばされるかもしれないとおそれたのだ。

ほぼひと月前に、鉛の遮蔽物《シールド》一四枚がツィーヴェン宛に発送されている。宛先は、これもシカゴの西の郊外にあるチャイナ・ヒルズだ。わかったのは、その名前と住所だけだった。トラックのレンタルと同じくその名前も偽名かもしれない。だが、住所は役に立ちそうだ。なにしろシールドはそこに配達されているのだから。名前は外国風で、おそらく東欧だろうが、東欧はこれまで爆弾騒ぎやクーデターでおなじみだった地域だ。だがこういったことはすべて推測でしかなく、その住所を訪ねてドアをノックするまでは、確かなことは何もいえないのだ。

だからといって、あわてて飛びだしていき、有力な容疑者の地元にいる利点をフイにするつもりはない。勇猛果敢に突進すると、かなりの労力を要するにもかかわらず、分別を働かせた場合にくらべて見返りは少ないものだ。ロイ・K・ソーンにハッパをかけられたからといって、考えなしに突き進む気はなかった。この情報を自分にとって有利なものにするにはどうすればいいか、しばらく考える時間が必要だ。そこで、ちょっとばかりピストル・ピートと相談することにして、自分のモーテルに向かった。

運転しながら、これほどの難事件がこれほどあっけなく解決するものだろうか、という疑念がわいてきた。心当たりを一ヵ所だけ当たって、爆弾事件の犯人の身元が割れるとは。

そんなことは考えられない。それに今では、大事件を解決する能力より賭のオッズを分析する能力のほうによほど自信がもてる状態なのだ。だが、誰にどんな能力があるかを判断できなくなっただけのことかもしれない。ともかく自分がこの事件で手応えをつかんだことだけは確かだった。

彼はいざというときのためのおまじないを呼びだすことにした。〈これもそのうちおわりが来るさ〉

文明が生んだいかなる窮境も、冷徹な英知に屈しなかったものはないのだ。この地区の全捜査官が爆弾事件の捜査に当たっているからには、たとえこの容疑者でラチがあかなくても事件はさっと解決するだろう。そして最後には、また以前の隠れ家にもどることができるはずだ。

ローマン・インの駐車スペースに車を入れると、一台の車がキンケイドの部屋のすぐ前に停まっていた。どうやらＦＢＩの公用車らしく、黒人が運転席にいる。キンケイドは前庭の反対側に駐車して外に出ると、後ろからそっと近づいていった。車の中の人物は本を読んでいる。隣のシートに無線のマイクが置いてある。やはりＦＢＩの車だった。「ウィンストン・チャーチルの伝記だって?」キンケイドがいった。「少々退屈なんじゃないかな」

ベン・オールトンは読んだところにしるしを付けて本を閉じた。「ところが、なかなかおもしろいんだな」そういいながらも、自分のいうことに自信がないかのように目をそらした。そして車から出た。「ジャック・キンケイドさんを待ってたんだが」オールトンは、目の前にいるのがキンケイドだとわかっているよ、というように相手を見た。

「その使命は達成されたわけだ」オールトンが自己紹介して二人は握手した。「入れよ、犬は外に出すから」ドアを開けたとたん、ボーダーコリーが現れて、キンケイドであることを確かめるように鼻を突きだす。犬をなでてやってから、キンケイドがいった。「小便してこい」犬が建物の脇を駆け抜けて、雑草の茂った草原に消えた。

一時間あまりここで待っていたオールトンは、車から出ていつもよりよけい足を引きずって歩いた。「私は銀行強盗班の調整官です」〈銀行強盗班の調整官〉というところを、少しばかり強調していて、ほかの捜査官とはちょっとちがうんだとでもいいたげだった。FBIの中では少数ながら、つねに自分の値打ちを相手に印象づけようと大変な努力をする捜査官がいるものだ。そういう人間はたいてい自分に自信がなくたえず孤独感にさいなまれていて、なんとかして自分というものを打ちだそうと努力する。たとえ地位や役職をもってしても、同僚のあいだで尊敬を勝ち取ることはできない。相手が滑稽《こっけい》なまでにそういったことにこだわっているとわかると、キンケイドはなんとかしてそういう連中を避けようとしてきたものだ。

「出身は？」

「デトロイト」と答えてから、キンケイドがその答えに納得していないとでもいうように、オールトンは付け加えた。「ブルースターの公営住宅で育ってね」

オールトンは四十代の半ばだろうか、そんなことをわざわざ打ち明けるような青臭い態度を取るには少々年を取りすぎているような気がするが、そこで育ったということが、彼を知るうえでもっとも大事なことなんだろう、とキンケイドは考えた。彼の声には苦いプライドがこめられていて、〈公営住宅〉というところをいやに強調している。人目を気にする気の弱さがそこに表れていて、かなり無理をしてしゃべっているようだ。それぞれの言葉の最後の音節を注意しながら発音し、とくに文の最後の音節には非常に気を遣っている。「大変な場所だよね」とキンケイドが口添えした。

二人は部屋に入った。衣服や新聞がいたるところに積み上げてある。この乱雑ぶりを見られてもキンケイドが平然としているらしいので、オールトンは驚いた。「公営住宅は行ったことがある？」

「うん、ただしフィラデルフィアだけどね」

オールトンが控えめに短く笑う。「まあ、似たようなものかもしれない」

オールトンは無礼にならないようにほんのちょっと目を合わせはするが、すぐに目をそらしてつづきを話すことに、キンケイドは気づいた。「銀行強盗の仕事でここにいるって？　全員が爆弾事件にかかりきりだと思ってたが」

「限定的任務に就いてるもんで」

キンケイドはたばこに火をつけた。「足を引きずってるようだが、ひどく具合が悪いのか？」

「ただのガンでね」オールトンがにこっとして、そんなことはなんとも思っていないという顔をする。「脚を切った」

「なんと。すまなかった」キンケイドがたばこを口から抜いてドアの外にはじき飛ばす。

「これは本気でいってるんだが——気にしないでほしい。たばこはなるべくなら吸ってほしくないけど、どうしても吸いたいなら、吸ったってどうってことはないんだから」今回は相手が答えるまでしっかり目を見ている。

「わかった。限定的任務に就いてるのは、あんたがオフィスから出られないからだと思ったもんで」

「この場合、限定的任務に就けられたのは、爆弾犯を追ったらけがをするんじゃないかと思われたからだよ。おれが脚を切られてるあいだに、銀行強盗の検挙率が下がったというのが、その理由づけでね。デスクに座って仕事してれば、なぜか検挙率が上がるらしい」

「というわけで、ここで銀行強盗を担当することになったってわけか」

「今朝一番にデスクで発見したのは、バリントン・コミュニティー貯蓄銀行の夜間金庫にトラップが仕掛けられていたという訴えだった。ここ何年もそういった事案に出くわしたことはないが、シカゴの西部郊外じゃ四件目で、ぜんぶがここ半年のあいだに起きている。すべておたくの担当なんだな？」

「最初の三件はそうだよ。今度のもおれの担当になるだろうな」

「何かつかめたのか？」

「大したことは何もわからない」

「今のところ、今年になってこの地区で起きた銀行の窃盗や強盗事件で未解決のものは十一件ある。これらが解決すれば、検挙率はかなり上がるだろう。いつも見まわる場所で、私が力になれるようなところがあったら、行ってみようかと思ってね。駐在事務所に行けば会えるかと思ったんだが、あそこにはあまり顔を出さないから、捕まえるにはここが一番確かだといわれたもんで」

オールトンは一見、人目を気にする内気なところがあるが、なじみのある分野に関してはうちに秘めた自信をもっていて、ひとたび何かを嗅ぎつければそれを執拗に追いかけるタイプだと、キンケイドは見た。彼のような人間を何人か知っている。ひとたび奮起するとプライドをかけてあくまでも食い下がってくる。必ずしもやり方はスマートではないが、やり手であることは確かだ。キンケイドはこんな人物が自分の仕事に首を突っこんでくるのは願い下げにしたかった──夜間金庫にトラップを仕掛けるのが仕事といえるならの話だが。「そいつはありがたいが、新任の支局長から、爆弾の事案に四十から五十時間をかけるようにと、はっきり言い渡されてるんでね」

オールトンが動きを止めてかすかに鼻を上げた。「なんのにおいだろう、ペンキかな」

トラップ作りに使ったものはぜんぶ片づけたはずだが、黒いスプレー・ペンキの臭いがまだ確かに残っている。彼はなんとかして相手の気をそらす必要があった。「犬だろ。しょっちゅう何かを外からもちこんでくるんでね。ちょっと失礼するよ、あいつがどこに行ったか見てくるから」キンケイドがドアを開けて、口笛を鋭く三回鳴らした。すぐにボーダーコリーが駆けこんできて、ベッド脇の床の、お気に入りの場所におさまった。それから、「ちょっと見てほしいんだが」というとブリーフケースを開け、医療機器会社で見つけた情報の概要をオールトンに渡した。

「一人で鉛のシールドを一四枚もなんに使うんだろう」オールトンが尋ねる。

コンラッド・ツィーヴェンが大いにあやしいと、オールトンも気づいたらしい。ゆっくりと、彼の目が大きく見開かれていったからだ。「ここを当たる前に、駐在事務所に電話して誰かに応援を頼もうと思ってたんだ。電話代の節約をさせてくれるかな」

「この事案に関わってはいけないと、はっきり言い渡されてるんだけど」

「別れた妻は、病めるときも健《すこ》やかなるときもおれを愛すると、はっきり言い渡したもんだ」

オールトンは軽く笑い、ちょっと考えたあとで、「いいだろう」といったが、キンケイドがペンキの臭いから巧みに話をそらしたのに気づいていることを、そぶりにも見せなかった。なぜキンケイドがそうしたかわからなかったが、あとでさぐってみようと心に留めた。今のところはそれは脇に置いておいて、この容疑者は大いに有望だから、この事案に関わるなという命令に背くことにしよう。まわりまわって、爆弾事件の捜査に加わるチャンスが訪れたわけだ。オールトンはまた仲間入りできたという気がした。「これだけの鉛をなんに使ったのか、ツィーヴェン氏に会って訊こうじゃないか」

コンラッド・ツィーヴェンの家は、切妻《きりづま》屋根の質素な木造住宅で、通りから奥まったところにある二本のアメリカハナノキの陰に隠れるようにして建っていた。この二本の木は、家が建ったときに植えられたらしく、今では大きく育って家の両脇を包みこむように茂っている。その横に母屋《おもや》から独立して建っているのは、車が二台入る車庫で、これも同じく壁が白、枠が明るいブルーで塗ってある。

オールトンが家の敷地に車を入れ、二人は外に出た。三段のステップを上がってポーチに立つ。キンケイドがベルを押した。三十秒後にドアを強くノックした。「芝生はひと月刈ってないな」とオールトンがいった。

キンケイドは芝生を見て、それから同じ通りのほかの家に目をやった。またドアを前よりもっと強くノックする。しばらくしてキンケイドは、窓のカーテンの端から家の中を見られないかと、手すりから身を乗りだした。「裏を見てくる」家の横からキンケイドの姿が消え、裏のドアを叩く音がオールトンのところまで聞こえてきた。まもなくキンケイドがもどってきた。「誰もいないようだ」

オールトンはガレージのところへ行き、二枚の押し上げ式ドアが開かないかと、そっと引いてみたが、どちらも鍵がかかっている。両方のドアに、四角い小さなガラス窓が三つずつついている。一つの窓のまわりを手で覆って中をのぞいてみた。ポーチにもどったオールトンが声をひそめていった。「溶接タンクが中にあったよ」

「そりゃあ、すごい暗合だ」

「〈すごい暗合〉を法律用語でなんというか知ってるか」オールトンが訊いた。

「まさか〈相当の理由〉といいたいんじゃないだろうね」

「それだよ。しかもこの場合、緊急事態にも相当するから、令状なしに中に入ることができる」

「相当の理由を誤って解釈した場合、法律でなんというか、知ってるかね」オールトンはだまってキンケイドをにらみ返し、うまい答えはないかと考える。「住居侵入」キンケイドが自分で答えを出した。

「フィラデルフィアにいたんなら、もうちょっと弾力的な法の解釈を覚えたのかと思ってたが」

「わかったよ、銀行強盗班の調整官がかまわないというなら、こっちとしては反対のしようがないな」

「待っててくれ」というとオールトンはガレージ横手のドアまで歩いていき、誰か見ている者はいないかとさっとあたりを見まわしてから、そのドアに手をかけた。それも鍵がかかっている。もう一度見られていないか調べてからちょっと後ろに下がると、いいほうの脚で踏ん張っておいて、肩でドアに体当たりした。ドアは彼の重みでちょっとしなったが、もちこたえた。思ったより痛手が大きかったというようにオールトンが肩をさする。キンケイドのほうをちらっと見たあとドアから四歩下がり、足を引きずりながら飛びだしていき、全体重をかけてドアに当たると、ドアはバリバリと枠からはずれてオールトンを上に載せたままガレージの中に倒れこんだ。

キンケイドは無造作にそっちへ歩いていった。「片脚なのに大したもんだ」キンケイドは手を貸してオールトンを助け起こした。

「しかも黒人だ」

「おまけに公営住宅出身ときた」

「そう、公営住宅出身のね」といってオールトンがにやりとする。

どこにも手を触れないように気をつけながら、キンケイドはあたりを調べはじめた。最初に目に入ったのは、オールトンが押し上げ式ドアの小窓から見た溶接タンクだ。そばの床には、シートメタルの切れ端や、トーチで切断された鉄筋の端が散らばっている。キンケイドは亜鉛メッキされた銀色のメタルの切れ端を手に取った。「爆弾の覆いに使ってあったのと同じやつだ」

オールトンが作業台のほうへ歩いていく。「はんだごてとケーブルもある」

キンケイドは段ボール箱の中に手を突っこんで、トグルスイッチを五、六個取り出した。「この男が爆弾犯じゃなかったら、爆弾を作るまたとないチャンスを逃したことになるな。だが、これだけでは、爆弾の構造まではわからない。どうやったら無害化できるか何もわからない。設計図が必要だ。たぶん家の中にあるんだろう。これで捜索令状を取れるだけのものは手にしたはずだ」

「しかしこれは違法な捜査から得た成果だよ」

「そうだな——ところで、こんなことを訊くのはいやなんだが——これからどうする」

貧困層向け公営住宅の劣悪な環境から抜け出すために、オールトンが自らに課したのは、法を守るということだった。たとえどんなにばかばかしく思えることでも、ぜったいに法律を破ったりはしなかった。誰も見ていなくても、やましいことは一切せず、前へ向けて進むことに全エネルギーを使ったのだ。

しかし、今ここで止まったら、またこの捜査からはずされる可能性が大いにある。ガレージに押し入ることは、とりわけ溶接タンクを見たあとだから、違法とはいえ住居侵入よりはよほどましである。ガレージには人は住んでいないし、特にこのガレージには誰もいなかった。だが、住居侵入となると——その行為を正当化するのは、はるかに難しくなる。まわりには、コンラッド・ツィーヴェンが犯人であることを示すものがいっぱい散らばっている。オールトンは、捜査官として苦渋の決断をした。つまり、家に押し入り、あとでそのツケを払わねばならなくなったらそのときはそのときだ、と考えたのだ。「これからどうするか、いうまでもないだろ、ジャック」

キンケイドは感に堪えないというように首をふった。「よしわかった。だが暗くなるまで待とうじゃないか。まずは腹ごしらえをする必要がある。どこかまともな店でね。なにしろムショのめしは臭《くさ》いというから」

ポーリーズ・ビーフ・スタンドで、ベン・オールトンは堅いブースの端にぎこちなく腰を下ろすと、ちょっとほっとしたようすで義足を通路にのばした。キンケイドはカウンターのところで立ったまま、イタリアン・ソーセージ・サンドイッチを待っていた。熱い油の中で泡立つポテトフライのにおいが、狭いレストランいっぱいに広がり、炒めたピーマンと、焦げる豚肉の強烈なにおいが、こもった空気を突き抜けてくる。キンケイドはプラスチックのトレイをテーブルに置き、オールトンにコーラを渡した。「ほんとに何も食いたくないのか」炒めたピーマンがキンケイドのパンのあいだから落ちかけたので、それを指でパンにもどしはじめる。

オールトンは、注文された食べ物をカウンターの向こうでかき集めているコックを見た。二、三日分のひげを生やしているし、たえず手をぬぐっているエプロンもひげに負けないくらい不潔な感じだ。「同じ年のうちに、ガンだけでなく心臓発作からも生還したと威張りたいのはやまやまだが、まあやめておこう」

「ポーリーは三十五年前にシチリアから来てここに店をもったんだ」キンケイドがいった。「ペンシルベニアからここに転勤してきたとき、フィラデルフィア式ステーキ・サンドに匹敵するやつはないだろうと思ったが、ここのはまさにあれ並みだよ」

「どっちの州も、心臓病の医者が失業することはないだろうな」オールトンはドリンクをひと口飲んでから、氷のかけらを奥歯でかみ砕いた。それから、ひそめた声に急に熱をこめていった。「ところで、どう思う」

キンケイドはサンドイッチの端にがぶっとかみついた。しばらくもぐもぐやってから「うまいよ」といった。オールトンが彼をにらんだまま、答えを待っている。「わかった、わかった。あいつだと思うよ。ただ、令状なしで踏みこんで台無しにしたくないんだ。おれの見るところ、ソーンはこれ幸いとこの捜査における最初のミスを取りあげて、みんなの見せしめにしそうな気がする」

「すると、〈相当の理由〉の宣誓供述をするときになんというんだ。有罪の証拠はみんなガレージで見つけました、とでもいうのか。〈はいはい、確かにガレージに踏みこみましたよ。でもガレージのほうは問題ないんですよね〉とでもいうわけか」

「電話で令状を取る手もあるよ。それだったら、時間はかからないだろ」

「最後に令状を取ったのはいつなんだ」

「だいぶ前だな」キンケイドが答える。

「だったら、検事がいかに危ない橋を渡るのをいやがるか、忘れたんだろ。ガレージの中のものを見ずに連中がゴーサインを出すなんてありえない。爆弾が仕掛けられ、何千人という囚人がいる。それに刑務所の職員もむろん危険にさらされている。緊急事態なんだよ。あとで問題になったら、それはそれで仕方ないじゃないか」オールトンが窓の外を見る。「暗くなった。さあ行こうか」

キンケイドはふた口目をサンドイッチからかみ切ったばかりだったが、残りをトレイに落とした。「よし、腹ごしらえはできた」

「いいか、そっちは何もしなくていいから」

「何かね、一人でやらせろってのか。おれが手出しをしなかったら大したトラブルにならずにすむってわけだな」

車にもどると、キンケイドが火のついていないたばこを手にして訊いた。「つけてもいいかね」

「ああ、いいよ。ニコチンがコレステロールを退治してくれるかもしれないから、どんどん吸って元気になってくれ。ただ、窓はちょっと開けておいてほしいね」

キンケイドはいわれたとおりにしてからたばこに火をつけた。車が郊外の町を走りだすと、冷えてきた秋の空気がキンケイドの注意を外に引きつけた。とぎれることなくつづく家並みが通りすぎていく。家の中の柔らかい光が、暗さを増す夕闇の中に漏れてくる。国内のどこに行っても、その土地特有の家があり、彼のようなよそ者にもそれがわかるのだ。シカゴのは、その住人と同じく、ほとんどの家が飾り気がなくて快適で温かみがある。レンガ造りであれ木造であれ、新築でも古い家でも、こぎれいな家々が集まって地域社会を作り上げている。子どもを育てるのに適した場所なのだ。キンケイドはたばこを吸いおわると、それを外にはじき飛ばして、窓をしっかり閉めた。

ツィーヴェンの家の近くでオールトンが道に車を停めると、キンケイドはすぐに外に出て、並木の陰の暗がりを抜けて敷地の中に入り、脇のドアからガレージに入った。まもなく片方の押し上げ式ドアが静かに開いた。ＦＢＩの車が、まるでツィーヴエンが家に帰ってきたかのように、ライトをつけたままガレージに入っていく。中に入ってからオールトンはエンジンを切り、キンケイドはドアを下ろした。オールトンが訊いた。「裏のドアはどうなってた」

「玄関よりは簡単そうだが、住居侵入の高度なテクニックは、おれが大学に入ったときには教えるのをやめてたんでね」オールトンは懐中電灯をつけて、ツィーヴェンの数ある道具の中から、小さな金《かな》てこを選んだ。

二人はそっと家の横をまわった。オールトンが金てこの曲がったほうを、錠前の位置でドアと脇柱のあいだに突っこむ。ぐいと引くと、小さな音とともにドアがぱっと開いた。中に入り、じっと立ったまま人の気配がないか耳を澄ます。やがて懐中電灯の明かりを頼りにステップを二段上がると、そこはきれいに片づいた台所だった。その向こうに狭いリビングルームがあり、奥の壁ぞいに暖炉があった。暖炉の上に、ポスターほどの大きさの白黒写真がテープで留めてある。それは十五歳ほどと思われる少女の写真だった。見たところアメリカ人だが、ヨーロッパから来て一世代目か二世代目といったところだろう。三世代あるいは四世代を経たアメリカ人の感じではない。髪を無造作にポニーテールに結って、あらわになった大きな耳は、クラスメートのからかいの対象になってもおかしくない。長い眉毛は毛が密集してもじゃもじゃだ。眉の形を整えるほどには、まだ虚栄心が支配的ではないのだ。もっと年を取れば、すっきりとあか抜けして、大人の魅力を見せはじめることだろう。美人ではないが、ほっそりした若々しい少女の顔は無邪気で喜びにあふれていた。

その大きな写真のせいで、その壁は祭壇のように見えた。この部屋に入る目的はただ一つ、彼女の思い出にひたることだ。「これはなんだ」オールトンがいった。写真の前の暖炉の上に、封筒が立てかけてあったのだ。

近づきながらオールトンがいった。「FBIへ、となっている」

「こうなったら、支局長に電話するしかないな」キンケイドがいう。

「そして、重大な違反を二つ犯しましたと白状するのか？　あんたといっしょに来たという事実だけでも、こっちはソーンともめるタネを十分抱えてるんだよ」

「おれと来たからだって？　またもや、加害者捜しの矛先《ほこさき》がこっちに向いてきた」

オールトンはキンケイドを無視した。「この男が誰であれ、われわれが来るのを予測していた。中になんと書いてあるか見てみよう。そのうえで自殺行為に走るとしても、そのやり方がわかるかもしれない。ところで、証拠品用の手袋がいるけど、車の中にあるよ」といって足を引きずりながら裏口へ向かう。「すぐもどってくるから」

オールトンがもどってきたとき、キンケイドはいくつかのライトをつけていて、寝室をオフィスに改造した、家の奥の部屋に腰掛けていた。彼の前のデスクにウォッカのボトルと、液体が半分入ったグラスがある。キンケイドはオールトンの顔色を読んだ。「そっちは飲みたくなさそうだね。これはポーランドのだ」

「仕事中に飲むのは、ちょっとばかり引っかかるんでね」

キンケイドはがぶっとひと飲みしてから、「ここを調べてみる必要があるな」といってデスクの引き出しを引っかきまわした。「爆弾のことで役に立ちそうなものはないようだ。われわれをここにおびき寄せるだけの頭のあるやつだったら、そういうものをこのあたりに残しておくようなことはしないだろう」オールトンがゴム手袋をキンケイドに渡し、自分もはめた。それから台所に行き、木製のラックから魚をおろす包丁を取ってきた。

キンケイドはすでに、リビングルームで少女の写真を調べている。ライトをつけたので、さっきより細かいところまでよく見えるようになっている。オールトンは封筒を手に取って、遺留指紋が見つかるかもしれない表面をできるだけ傷つけないようにと、短い側面に切りこみを入れて開いた。

ＦＢＩへ

目の前にいるのは、私の美しい娘リーアだ。

これを読んでいる人物は、娘の事件を知らないかもしれないが、ここにやってきたのは娘の事件ゆえなのだ。彼女が誘拐された三年後に爆弾を仕掛けた。ＦＢＩは事件発生当初に捜査をしただけで、あとは娘を捜す努力をまったくしなかった。爆弾を解除するための数字の組み合わせを知りたかったら、娘を見つけることだ。私のオフィスに電話がある。リダイヤルボタンを押すがいい。

「リーア・ツィーヴェンだって？　この事件を覚えてるかね」キンケイドが訊いた。

「ツィーヴェンか、覚えてるよ。当時は三週間の現職研修でクアンティコに行ってたけど、事件のことは帰ってきたとき聞いた。ツィーヴェンという名前を聞いたときに思い出すべきだった。支局をあげてこれの捜査に関わってた。ひと月ばかりすると、手がかりはどれもこれもハズレ。身代金も取られっぱなし。父親の切手のコレクションだったけどね」

「おれもいくらか覚えてる。フィラデルフィアの切手ショップを当たってみたりした。娘は見つからなかったよな」

「彼女が誘拐される数ヵ月前に、地元紙の日曜版に父親の紹介記事が載ったんだよ。

成功した移民というわけで、膨大な切手のコレクションまでもっているという話を父親がしていた。一つ失敗だったのは、そのコレクションの値打ちが一〇万ドルだと、記者に話したことだ。だから彼がねらわれたとわれわれは思ったよ」

キンケイドは暖炉の上の写真を見た。「するとあれがその娘ってわけだ」

「そうだ、今思い出したぞ。この父親が何を要求してるか聞いてみようじゃないか」

オールトンが先に立ってオフィスに入り、受話器を取るとリダイヤルボタンを押した。

三度呼び出し音が鳴ったあと、落ちついた声が出た。「よくやった、見つけるのが早かったな」ひどい訛りはなかったが、〈よくやった〉のところに、ちょっと癖があるのをオールトンは聞きつけた。「名前を教えてもらえるかな」相手がいった。

「喜んで教えるが、まずそっちが名乗ってからだ」

「コンラッド・ツィーヴェンだということは、もうわかっていると思うが。リーア・ツィーヴェンの父親だ」

「こちらはＦＢＩの特別捜査官ベンジャミン・オールトン。ミスター・ツィーヴェン、娘さんのことでは、申し訳ないことをした」

「一人か」

オールトンはキンケイドのほうをちらっと見た。「そうだ。それが大事なことかな？」

「あんたが信用に値する人間なら、そのことが大事だ」

「なぜ……」

「もしあんたが一人なら、私の家に押し入ったにちがいない。捜索令状をもっているなら、誰かといっしょに来ているはずだ。さて、あんたは一人かね」

「一人だといっただろ」

「だったら、私が取り引きするＦＢＩ捜査官はあんただ」

「なぜ、私だけなんだ」

「この三年間に何かを学んだとすれば、正義はそれを追い求める人間次第だ、ということだ。こんなに早く私を見つけたからには、あんたは有能な捜査官であるにちがいない。それに、ためらいもなく私の家に押し入ったところを見ると――なんというか――臨機応変に判断ができる人だ。ということは、目的達成のためには、やるべきことをやる人とみた」

「で、その目的がなんであるか、今教えてくれるわけだ」

「ものわかりがいい人でよかったよ。あんたの目的は簡単だ――娘の誘拐犯を捜しだすこと」

「それは三年前に大勢の捜査官がやったことだ。計画どおり解決できない事件もあるんだよ。解決のためにあらゆる努力をすると約束するよ」

「あ、い、い、あんたが約束するか」

オールトンはやれやれというように目をくるりと上に向けた。「約束する」

「そこでこっちは、爆弾解除に必要な組み合わせの数字を話す。あんたは、よくやったとほめられ、こっちは刑務所に行く。刑務所に行くのはいいが、それは娘を殺したやつを見つけるために、何か行動を起こしたあとのことだ」

「三年も娘の誘拐犯が捕まらなかったのが許せないのは理解できるよ。しかし、FBIが人質になるわけにはいかないんだ。ここは両方でなんらかの歩み寄りをする必要がある」

「こっちはさんざん苦労して、こういうことをやったんだ。たんなる口約束を引きだして、せっかく手に入れた有利な立場を手放すわけにはいかない」

「そっちの要求は、責任者に伝えるよ。どうやったらあんたに会える」

「悪いけど私は少々被害妄想気味でね。こっちから連絡したほうがよさそうだ。あんたの職場と自宅の電話番号を教えてくれ。それから私の立場を尊重して、電話の逆探知なんかしないでくれよ。今にわかるが、私はエンジニアだし、ＦＢＩの目をくらます方法は誘拐犯から学んでるからね」

「電話番号は教えるが、一つ質問していいかな」

「いいよ」オールトンは職場の番号を教えたが、自宅は偽の番号をいった。「それで、質問はなんだね、オールトン捜査官」

「爆弾だが、あれには時限装置がついてるのか。期限はあるのか」

「それに答えても、こっちの得にはなりそうもないな」

「質問に答えるといったじゃないか」

「質問してもいいかとそっちが訊いたんだ。そこであんたは質問した。すぐにこっちから電話するよ。今のところは、あんたのほうにもっと大事な仕事があるだろう」電話が切れた。

「畜生！」オールトンがいって、受話器を置いた。すぐに電話を取ってリダイヤルボタンを叩く。

録音された声が聞こえてきた。「八時四十一分五十秒をお知らせします」

「畜生！　あいつ、リダイヤルメモリを消して、プログラムし直しやがった」オールトンがキンケイドのほうを向いた。「さてと、そっちはこれに関わるか、それとも抜けるか？」

キンケイドはすぐにも逃げだしたかったが、支局本部に連れもどすぞという支局長の脅しを考え、もしそうなったらオールトンが、銀行のトラップの件を直接担当することになりそうだと思った。オールトンがやみくもにガレージのドアに突進する姿が、キンケイドの頭によみがえった。「ソーンには自分で電話するのか、それともおれがしようか」

オールトンはどっと疲れを感じた。今朝は六時から起きている。ここ五ヵ月というもの、寝たいときに好きなだけ寝ていたのだ。「どっちが電話したってかまわないだろ」

「二件の住居侵入罪を犯したけど、そっちはさらに重大な罪を犯している——事件に関わるなという上司の命令に背いたんだ。おれが電話したほうがよさそうだな」

9

支局長と一つの班が丸ごとやってきたので、簡素なコンラッド・ツィーヴェンの家と敷地は、たちまち事件の現場に早変わりした。証拠収集チームが家や庭で仕事を始めたのを見届けると、ソーン支局長はせわしなく手をふってキンケイドとオールトンについてくるよう合図した。オフィスに使われている寝室に二人を連れて行き、ソーンはドアを閉めた。ちょっとのあいだ、キンケイドのほうを無表情だが興味ありげに見てから、オールトンのほうに目をやる。「きみは命令に従う男だと思っていたが」

キンケイドがいった。「私がいけないんです」

「自分のことは自分でしゃべります」オールトンが挑むような口調でキンケイドをさえぎった。「自分のやってることぐらいわきまえてます」

「私が疑り深い人間だったら、この件に関わるなと言い渡されたときから、すでにこういうことをもくろんでいたと思うだろうな」

「ボス、それは買いかぶりってもんです」

〈ボス〉と呼ばれるのはソーンにとって久しぶりだった。ボスという言葉は、古いFBIを連想させるということで、〈管理された〉新しいFBIでは嫌われている。「よし、きみの言葉を信じよう」ズボンの生地がオールトンの脚に貼りついていて、残された脚と義足との境目が見え、彼の捜査活動が限定的なものであることを印象づけてくれるのだが、それにもかかわらず、オールトンがすでに捜査の中心にいることは明らかだった。「意図はなんであれ、きみがいなくてはツィーヴェンから爆弾の解除法を聞きだすことはできない。キンケイドから電話で聞いたところでは、やつはきみとだけ取り引きするといってるそうだな」

「そうなんです」

「よし、だったら捜査に加われ。しかし私が出し抜かれるのを喜ぶような人間だと思うなよ。そういうことは大嫌いなんだ。この状況では、やむを得ないということにしよう。そして今は、誰も隠し事をしていないと思うことにしよう。だがほんのちょっとでもまたこっちの裏をかくようなことをやったら、きみを私の個人的運転手にする。そういう仕事は好まないタイプだと思うがね」

「わかりました」

「今すぐ、検事補のマーティン女史に電話して、彼女に住居侵入の一部始終を正確に伝えておけ。いかに緊急を要する事態だったか、いくらでも粉飾していいぞ。ここへ来る途中に私も電話しておいた。彼女は私の部下たちをナチス呼ばわりして、権利章典の侵害だとひとしきりわめき立てたあと、侵入を正当化する〈相当の理由〉を考えてくれるといっていた」

オールトンは立ち上がり、「うまく話しておきます」といって行こうとしたが、支局長がまだキンケイドに話があることを察して、ドアを閉めていった。

ソーンが無言でキンケイドを見て、説明を求める。

「法的には、少々性急だったかもしれません」キンケイドがいった。「たとえ状況から見て容認できるとしても、このままなんのとがめも受けずにすむとは思っていません。私たちが捜査で発見したのは、刑務所に爆発物を置いたのがコンラッド・ツィーヴェンだということだけですからね。彼がそれを否認するようなことはないでしょう。むしろそれが、父親としての務めだと思っているフシさえあるんです」

ソーンはちょっとのあいだキンケイドを観察した。「どうだろう、これでおまえさんは無罪放免になれると思うかね」

「もちろんそう願ってますよ」

「驚くなかれ、きみを執行猶予にしてやろうと思っている——一時的にだがね。なぜだかわかるか？」

「私を？　褒美《ほうび》をやって、やる気を出させるってことですか。意外に思ってるかって？　いやあ、支局長はつねにこういうチャンスが来るのを望んでいるでしょう。しかし――」

「なぜならぁ――」ソーンが言葉のおわりを引きのばして、キンケイドの話をさえぎった。「この仕事を長年やってるが、こういう事件を解決するのは、むしろ一匹狼だということを知っているからだ。なぜだかは、わからない。なんかわけのわからん霊がいたずらしてるのかもしれん。いずれにせよ、今のところは、爆発物が無害化されれば、あとはどうでもいい。アメリカ中のありとあらゆる権利団体が、私のところやFBI本部や司法省に電話してきて、ありとあらゆる要求をしている。私が爆弾に身を投げろとか、刑務所の収容者全員を釈放しろとかいって。だから、きみを引きつづきこれの捜査に当たらせることにする。オールトンといっしょにやれ。ところで、このツィーヴェンという男を見つけだす方法を何か思いついたかね」

「ありきたりの方法ですね。親戚を当たるとか、電話やクレジットカードやメディアの記録を調べるとか。しかし、この男を捕まえたからといって、彼が爆弾を解除するとは思えませんね。彼を爆弾に鎖でつないだって、数字のコンビネーションを教えはしないでしょう。いずれにせよ、刑務所行きは覚悟の上なんです。この状態から救われるには、誘拐事件を解決するしかありませんよ」

「きみのいうとおりかもしれん。しかしなんとしてでもこいつを捕まえる必要がある。ところで、その誘拐事件について何か知ってるかね」

「大したことは知りませんが、ベン・オールトンなら知ってます」

「そうか。きみたち一人で、担当捜査官と話し合ってくれ。まだ当たってない手がかりがないか調べるんだ。私の経験からいうと、古い事案の九九パーセントは、答えがファイルの中に埋もれている。ファイルに当たって、すべてを洗い直す。もっと応援がいるならそういってくれ」

「誘拐担当の捜査官に任せたほうがいいんじゃないですか」

「私が気を変えるなどと思うなよ。ファイルの中に答えがあるとすれば、担当捜査官はこれまでにそれを見つけそこなったんだ。きみとオールトンでこれに当たれ。最後までやるんだ。それから、彼を引きずりこんで危ない橋を渡るんじゃないぞ」

「誰かを引きずりこむことにかけたら、支局長の右に出る者はいませんよ。それに、危ない橋なんて、私の柄じゃないことは確かだ」

ソーンは、ただ首をふるだけで、何もいわずに出ていった。

キンケイドはデスクのところに行って腰を下ろすと、二重底になった引き出しを開けた。慣れた手つきで中に手を入れ、半分飲みかけのウォッカを取り出す。そのポーランド製ウォッカを口に一杯含んでたばこに火をつけた。それから、いつものように腹を手でつまんで出っ張り具合を調べた。いくらか減ったような気がする。自分を非難するときにいつもやるように、キンケイドは声に出していった。「あのサンドイッチをぜんぶ食うべきだったんだよ」

一時間もしないうちに、技術班の捜査官が、オールトンに入ってくる電話を捜査本部のほうへまわす工事をしおえた。キンケイドとオールトンがツィーヴェンのファイルを何冊か抱えて入っていったとき、その捜査官はオープンリール式の録音機を何台も設置しているところで、コードを床に広げて腹ばいになり、最後の接続をおこなっていた。電話は録音されて逆探知ができるようにしてある。接続がおわると、録音機の一つをつけて受話器を取りあげ、二言《ふたこと》三言《みこと》何かいってから、再生してみている。テープのカウンターをゼロにもどしたあと、その捜査官は出ていった。

キンケイドがオールトンの横に腰を下ろしたとき、職員がリーア・ツィーヴェン誘拐事件のファイルの残りを二人の前に積み上げた。ぜんぶで七冊あり、それぞれが電話帳ほどの厚みがあるが、電話帳ほどの情報も入っていないことを二人はすぐに発見した。報告書の大半は、最初の三十日間に事件を担当した五〇人の捜査官が書いていて、それが七冊のうちの五冊を占めている。残りの三年間の捜査の記録がわずか二冊だけだということは、その間に十六歳の少女か誘拐犯を見つけるための努力が大してなされなかったことを示していた。当時集められた証拠のファイルも一冊あり、大きな事件のつねとして、その大半は無意味な証拠であり、法医学的根拠に基づいたというより、そのうち何かの意味をもつかもしれないという希望のもとにやみくもに集められたものだった。

キンケイドは、午前一時までに最初の二冊を調べおわり、三冊目の半ばに取りかかっていた。オールトンは、四人目でしかも最後にこの事件の責任者だった捜査官と電話で話している。その捜査官が担当したのは比較的短期間だったが、恐ろしく忍耐を強いられる日々だったらしい。「頼むよピート。なんかあるはずだ……切手はどうだ……地元の切手ショップはぜんぶ当たったんだろ。管轄外の店はどうなんだ……そうか、なんかあったら、すぐに電話してくれ」オールトンが受話器を乱暴にもどした。

「どうした」

「誰も、なんにも知らない。ツィーヴェンに同情したくなってきたよ」

キンケイドはどこまで読んだかわかるように、読みかけのファイルを伏せておいた。「有望な手がかりは一つもなかったのか」

「最初の担当捜査官は、事件発生後まもなくサンディエゴに転勤になっている。タイプしたファイルをほかの捜査官たちが受け取ったのは、彼が行ってしまったあとだった。こういう事案の場合、担当になった者がどうするか知ってるだろ。誰かに引き継がせることばかり考えるんだよ。最初のひと月がすぎたあとはろくに捜査をやっていないようだ。だけど公平を期するなら、当時聞いたかぎりでは、有力な手がかりなんてなかったらしい」

「身代金はどうなんだ」キンケイドが訊いたが、オールトンはそれに答えず、両手のひらの付け根で目を強くこすった。土気色《つちけ》で疲れ切った顔をしている。「カウチでも見つけて休んだらどうだ。復帰第一日は、こういうことがなくても疲れがひどいはずだから」

「うん、休んだほうがよさそうだな。今年が何年だったかさえ、なかなか思い出せないくらいだから」オールトンはブリーフケースを開けてチャーチルの伝記を取り出した。

「本が好きなんだな」

「せいぜい一、二週間に一冊読む程度だ」

「だったら、本が好きなんだ」

オールトンの声がかすかに腹立たしげな響きを帯びた。それはキンケイドにというより自分自身に向けられたもので、これまで何度も同じ言い訳をせざるをえなかったことがうかがえた。「子どものころ大して勉強しなかったもんだから、今その埋め合わせをしてるんだろうよ」

「ちょっと訊いていいかな」キンケイドがほとんどとがめるようにいった。「なんだってまた、こんなことしてるんだ。その脚なら障害年金がもらえるだろうに」

オールトンはその質問が気にくわなかったのか、あるいは質問の仕方がおもしろくなかったのか、椅子の中で姿勢を正して険しい目つきになった。「そういうことを訊くからには、答えたってわからないだろうな」

「どうしてわざわざこんな苦労をするのか、理解できないんだよ」

「それは二人が、まったくちがう人間だからだ。答えたってわかってもらえそうもない」

かすかに笑ったキンケイドの声は、前の調子にもどっていた。「こっちが理解できないってことは、まるでそっちのほうがおれよりましな人間だというように聞こえるな」

「本当のあんたは、今のあんたよりはましな人間なんだよ」

銀行から盗んでいることを、オールトンが遠回しにいっているんでなければいいが、とキンケイドは思った。「すると、二人のおれがいるってことか」

「誰にだって、二人の人間がいるんだ——なりたい自分と、甘んじて受け入れている現在の自分と。あんたの場合、そのギャップが少しばかり大きいんじゃないかな」

オールトンが何かを嗅ぎつけたことをにおわせているのかどうか確かめようと、キンケイドはさぐるように相手の顔を見た。だがオールトンは無造作にこちらを見返すだけで、挑むような鋭さはその目から消えていた。オールトンは哲学的分析をしただけなのだろう、とキンケイドは思った。哲学者や占い師が得意とする、広い意味をもちどちらにもとれる表現だ。だが意図的であってもなくても、オールトンのいうことは当たっている。特別捜査官ジョン・ウイリアム・キンケイドと、窃盗犯ジャックのあいだのギャップは広がるばかりなのだ。

オールトンは腕の時計を見た。「そっちはどうなんだ。ちょっと寝たほうがいいんじゃないのか」

「ああ、おれは夜型でね。もともと睡眠時間は短いほうなんだ。残りのファイルに今夜中になんとか目を通しておくよ」

オールトンは立ち上がって、本を小脇に抱えた。「気をつけたほうがいいぞ、ジャック。そのギャップを狭《せば》めなかったら、どこからか追及の手がのびるかもしれないから」

10

午前八時をすぎてまもなく、うたた寝をしていたキンケイドは、目の前の電話が鳴って目を覚ました。「ジャック・キンケイドです」彼はまだ捜査本部にいて、脚をデスクに載せていた。なんとか姿勢をもどして頭をはっきりさせようともがきながら、眠っていたことがばれないようにと、咳払いをする。「もしもし」

「受付です。ここにオールトン夫人が見えてます。ご主人を探しておられるんですが」

オールトンがどこにいるか知らないので、キンケイドはいった。「すぐそっちに行く」

行く途中、オールトンの女房はどんな女だろう、といつの間にか想像していた。近い関係にある男女はたいてい似ているものだ。お互い同程度の相手を求める傾向があるし、まれにそうでないときは、どちらかがかなりのカネをもっている場合が多い。オールトンはあまり融通の利くタイプではないが、カネはなくてもかなりの男前なので、その妻も魅力的なほうではないかとキンケイドは予想した。こんなことに興味を抱くのは、オールトンが彼の質問に答えず自分の内面を見せようとしなかったからだと思った。テス・オールトンが予想どおりの女だったら、銀行強盗班の調整官ベン・オールトンの内面にひそかに侵入できたあかしだと思って気分がいいにちがいない。ドアを入りながら、キンケイドがいった。「やあ、ジャック・キンケイドです。ベンといっしょに仕事してます」

テス・オールトンが、バレリーナのようにしとやかに、しかも端正な身のこなしで手をさしのべて自己紹介した。濃い色の肌はなめらかでしみ一つなく、目はコニャック色をしている。洋なし型の黒いサングラスは少々流行遅れだが、といってそんなサングラスが流行《はや》ったことがあったとも思えない。このめがねと、まっすぐこちらを見つめてくる真剣なまなざしとが相まって、自立心の強そうな雰囲気がなんとなくただよってくる。この気丈な感じは、男手の必要なときに夫がいないことによるものかもしれない。厳しい試練を経ているように感じられ、オールトンとの結婚をすんなりと受け入れたというより、何年もかけて彼女のほうが努力し、オールトン以上に自分を変えたのではないかと思った。そばにいる少女は十代の半ばと思われ、彼女の娘にちがいないが、オールトン夫人もその娘より八歳か十歳くらいしか年上に見えない。少女も母親に似て繊細な感じで、きゃしゃな体は美しく、ちょっと近寄りがたい雰囲気だった。肌は母親と同じくつやつやした濃い色で、自然のままの髪は短くカットしている。母娘としてもっとも際だっているのが二人の態度だった。テスが主導権を握っているが、娘を守り慈《いつく》しむようなところがある。娘のほうは——警官の娘はたいていそうだが——世の荒波から守られ、落ちついて従順な感じだった。「娘のサラです」サラが手をさしだす。

「ベンを探してるんですって？」

「ここにはいませんの？」

「いるんですけど、どこで寝ちゃったか知らないんですよ。だけど探しにいきましょう」

「ええ、でもいいんです。ゆうべ遅く電話してきて、家には帰らないだろうといってましたから。着替えと食べるものをちょっともってきただけなんです」後ろを向いて、椅子に置いてあったガーメントバッグを手に取る。サラはジッパーのついた緑のナイロン製容器をもっているが、それに食べ物が入っているんだろう、とキンケイドは思った。「これを渡していただけませんか」

夫のようすを尋ねたいにちがいないが、会ったばかりの人間にそんな個人的なことは訊きづらいだろう。あるいは、オールトンが自分のことを話したがらないことから すると、よその者と家族の話をするのは、一家の掟《おきて》に反するのかもしれない。「ほんとに探しにいかなくてもいいんですか？　探すったって、寝られるような場所は限られてるんですけどね」

彼女が声をひそめた。「事件のことを彼がちょっと話してくれたので、忙しいのはわかってるんです」

「そうですか」

彼女が手をさしだした。「ありがとうございます」

サラもまた手をさしだし、母親似の笑顔を見せた。

ベン・オールトンはまだ目を開けていなかった。誰かがそばで動いているが、その音からすると、わざと音を立てているような気がする。がさがさという妙にくぐもった音が響いてくる。自分がいるのは、音を吸収してくれる柔らかい布で飾られたいつもの寝室ではない。いやに気に障る音が夜を朝に変えている。そのとき、副支局長のオフィスにあるビニールのカウチで、唯一の毛布、つまり自分のレインコートを掛けて寝ていることを思い出した。ゆるやかに薄れていく眠気を一気に振り払うにはかなりの努力を要した。キンケイドがすぐそばのデスクを前にして、サンドイッチを食べながらオールトンの義足を調べている。義足は副支局長の記録簿の真ん中に直立不動の姿勢で立っている。オールトンは親指と中指を使って、ゆっくりと目頭をもんだ。いつものにおいが向こうからただよってきた。「何を食ってる」

キンケイドは薄く切ったパンを一枚剝《む》いて、その下のものを調べた。「サーモンパテのサンドイッチらしい」

「女房がやってきたんだな」

「そうだ。ここに連れてこようとしたんだが、寝かせておいたほうがいいと奥さんがいうんでね」キンケイドはまたひと口食べると、目の前の義足のほうにうなずいてみせた。「これは快適かね」

「切りっぱなしの脚で歩きまわるよりは快適だろうね。なんでおれのサンドイッチを食ってる」

「四つもってきたんだよ。それから薬と着替えと。奥さんはまるで空中給油機だな。地上に降りる必要がない。おれにもそういうカミさんがいたらなあ」

「そういう奥さんがいても、やっぱり離婚しただろうよ。おれの脚を取ってくれないかな」

キンケイドが歩いていって義足を渡す。「ひげそりやなんかは、ガーメントバッグの底に入ってるそうだ」

オールトンは左足の先を義足の中に押しこんで調整した。それから立ち上がって、それに全体重をかける。レインコートが後ろに落ちているのに気づいて、それを下着の上に着た。キンケイドが興味津々《しんしん》といった顔で見ている。オールトンは洗面道具の入った袋を取ると、ドアのほうに向いた。「ちょっとばかり――」

「でかい白鯨を流してくるんだろ？」

小便をするという慣用表現を片脚のエイハブ船長に引っかけたジョークを聞いて、オールトンは笑いをこらえた。「おれの不運を見てそっちが落ちこんでないのはありがたい」

「すまなかった」

「昨夜おれが出たあとで、なんか見つかったか」

「たぶんな。ちょっとそっちの考えを聞きたいんだが、この事件の最大の問題はなんだと思う」

「三年前のやつのか」

「まずそっちのほうを考えてみた。考えれば考えるほど、そっちに答えがあるような気がしてくる。三年もたてば、パターンができてくるんでね」

「話が長くなりそうだな。上のどこかにシャワーがあった。すぐもどってきて、残りのセミナーに参加するから」

「副支局長が来る前にここを出たほうがよさそうだ。捜査本部で待ってるよ」

三十分後、オールトンが妻のもってきたスーツを着て入ってきた。さっきよりずっと元気そうだ。「コーヒーは?」

キンケイドがサンドイッチを投げてやる。「行く途中で調達できるだろう」

「行くって、どこに」

「なんのために給料もらってるか、忘れちゃあいけない——一発かまして締め上げる相手を見つけたんだ」

「これほどの気合が入るとは、思いもしなかったなあ」

「こいつが一件落着したら、ただちにもとのぐうたらジャックにもどるさ」

「わかった、わかった、了解。それで、具体的な行き先は?」

「おれのパターン理論だ。覚えてるだろ」

「さっき話の腰を折ったとき、遠慮しすぎたかな」オールトンがサンドイッチにかぶりつく。

「おれのパターン理論に従うか、それともまた片脚ジョークを聞かされるかだ」

「どっちも、この先ずっとつきまとうような気がするけど」

「いいか、この商売で一番大事なのはなんだと思う――友だち甲斐《がい》ってことだよ」

ローマン・インへ向かう車の中で、キンケイドは眠り、オールトンはラジオのニュースを聞いた。大半は爆弾関連だ。リポーターが、近くの職場の勤め人や住民にインタビューしている。FBIになんとかしてほしいとは思うが、爆弾があるからといってぜったいに犯罪者たちを釈放してほしくない、と誰もがいった。

コンラッド・ツィーヴェンの思うつぼだ、とオールトンは思った。

九時近くにモーテルに着いた。「着いたよ」

キンケイドはすぐに目を覚まし、頭もはっきりしたような顔をしている。「おれが支度《し》《たく》するあいだ、中で待ってるかね」

「ドアに鍵をかけないでおいてくれ。コーヒー買ってくるから。コーヒーは何がいい」

オールトンがもどって来ると、B・Cがドアのところで彼を出迎え、ちょっとにおいを嗅いだあとコーヒーの入った袋のほうに鼻を上げた。「すまん、おまえのものはないんだよ。また今度な」キンケイドのカップを、部屋の隅に押しつけてあるデスクに置く。デスクの上がひどくたわんでいるので、背の高いカップが倒れそうだ。そのとき、デスクの上で長方形の大きなものにスプレー・ペンキをかけたらしい跡があることに気づいた。黒いペンキの跡の中に、その形が残っているのだ。端のほうの新聞をのけると、そのものの中に楕円形の穴があけてあったことがわかった。身をかがめてにおいを嗅ぎ、最初にここへ来たときと同じにおいかどうか確かめようとしたが、熱いコーヒーの香りのせいでよくわからない。オールトンがカップを窓枠にもってき、もどってデスクをもう一度調べようとしたとき、キンケイドがバスルームから出てきた。身にまとったタオルが小さいので、脇の合わせ目を手でもっている。かつてキンケイドはスポーツマンタイプの体をしていたようだ。肩幅はまだ広くてがっしりしているが、胸から下は、特にウエストラインをはじめとして、どこもかしこも使っていないせいでぶよぶよになっている。

「二分だけ待ってくれ」オールトンがコーヒーを渡す。「ありがとう。さてコーヒーを飲んだからには、おれのパターン理論を聞く準備ができたろう?」

オールトンはやっとのことで、壊れたリクライニング・チェアに腰を下ろした。

「だけどそのタオルを頭の上でふりながらなんてのはいやだよ」

キンケイドは、片手でカップのふたをはずしてひと口飲んだ。「いいかね、三年という年月が最大の障害だと誰もが考えているかもしれないが、おれは、その点に誘拐事件解決の鍵があるような気がする。それだけ時間がたてばパターンが生じる。人間のパターンがね」

「というと？」

「はっきりしたことはいえないが」キンケイドが服を着はじめる。「たとえば切手だ。事件発生直後に大勢で切手ショップや故買屋《こばいや》を当たってみた。しかし犯人はほとぼりが冷めるのを待ってたのかもしれん。だから改めてショップやなんかを当たったり、あるいは、切手の特徴をインターネットで流したりしたらいいんじゃないかな」

「いいね。それをソーンに話そう。そのための人員を確保してくれるだろうから」

「それがいい。するとこっちは、犯人に切手を引き渡した場所を見に行けるから。これだけ時間がたてば、何か細かいことが前よりはっきりしてきてるかもしれん」

「たとえば？」

「これもまた、はっきりしたことはわからんが」キンケイドがベッドからシャツを取った。少なくとも一回は前に着たように見えるシャツだ。「前よりは客観的に見られるはずだ。当時は緊迫したあわただしい中で――なんかを見逃したり、そのときは重要でないと思われたことがあったかもしれない。見逃したことがあったら、二人でそれを見つけられるかもしれない。当時の捜査日誌を調べてみようじゃないか」キンケイドはネクタイをゆるく結び、ボタンをかけてないカラーの数センチ下まで、それを締めた。ジャケットに袖を通してから、「B・Cを連れてってもいいかな。いつもここに閉じこめてるんでね」と訊いた。

オールトンは犬を見下ろした。「おまえさん、サーモンパテをもらえるなんて思うなよ」ボーダーコリーは立ち上がってしっぽを二度ふり、オールトンが犬の訴えを退けられる人間かどうか試した。オールトンは少し軟化したようだ。「犬のようすを見れば、飼い主がどういう人間かわかるという記事を読んだことがあるよ」

「これまで観察したかぎりじゃあ、この犬が読書家だなんてわからなかったがな」

オールトンはキンケイドの言葉を無視した。「この犬は、客あしらいがうまい」

「B・Cに愛嬌があるというのなら、確かに当たっている」

「でたらめなやつは、えてして自分のことを愛嬌があるというもんだ」

三年前、ツィーヴェンの自宅に電話してきた誘拐犯は、チャイナ・ヒルズの家からゆうに四〇キロはあるベルウッドの電話ボックスで指示を待てといってきていた。オールトンが運転しているあいだ、キンケイドはコーヒーを飲みながら捜査日誌を読んだ。FBIの技術班と電話会社は、ツィーヴェンが四十分かけて指定場所に行き着く前に、例によって手回しよく公衆電話に罠を仕掛けておいた。だが犯人はそれを予測して、電話ボックスの後ろに携帯電話をテープで留めていたのだ。それが鳴り出すとツィーヴェンは携帯電話を探しだし、テープをはずして手に取った。ツィーヴェンによると犯人は驚くほど落ちついていたが、やっと聞き取れるくらいの声で彼に、「隠しマイクを身につけてるか」と尋ねたという。ツィーヴェンは身につけていたが、つけていないと答えた。

電話の主は、依然としてそれとわかるほどの感情もこめずにいった。「もう一度嘘をついたら、この電話を切って娘の頭をぶち抜く」しばらく両者は無言だった。

やがてツィーヴェンは、ＦＢＩの指示で体につけてあった無線送信機のことを白状した。

「すぐにその電源を切れ」ツィーヴェンはシャツの下に手をやって、電源を切った。「それをはずして下に落とせ。そして携帯をその隣に置くんだ。足でそれを踏みつぶす音を聞きたい」ツィーヴェンはいわれたとおりにしてから、また携帯を手に取った。「よし。これからアイゼンハワー・エクスプレスを東に向かえ」

次にツィーヴェンは、ＦＢＩの尾行がついていればすぐわかるように、住宅街の狭い一方通行路を走るよう指示される。見つかるのを避けるために尾行の手をゆるめたため、ＦＢＩはとうとう彼の車を見失った。しかし、ＦＢＩがまだ空から追跡をしていた。

犯人が指示した行き先は、シカゴのダウンタウンにある地下の道路、ローアーワッカー・ドライブだった。こうなると空からは、ツィーヴェンの車を追跡できない。つぎにツィーヴェンはある場所に行くよういわれる。そして最後の指示は、身代金である切手のコレクションと携帯電話を赤いトヨタの下に置けというものだった。そのトヨタの後部バンパーには、〈イエスを愛するなら警笛を鳴らせ〉というステッカーが貼ってあった。ツィーヴェンは、携帯電話のシリアルナンバーと、車のナンバーを書きつけておくだけの冷静さを残していた。電話とトヨタは両方とも前の晩に盗まれたもので、その後の捜査でも犯人と結びつくだけのものは発見できなかった。

二人がベルウッドに着いたときキンケイドがいった。「ここから右に二ブロック行ったところらしい」オールトンはＦＢＩの車を狭い駐車場に入れ、携帯が隠されていた公衆電話から三メートルほどのところに停めた。二人が外に出ると、ボーダーコリーが期待をこめてキンケイドを見た。オールトンが後ろのドアを開けてやると、犬は外に飛びだして暖かい空気を鼻で調べている。

「犯人のやり方をどう思う」オールトンが訊いた。

「相当手がこんでるな。こういうときのわれわれの手順を知り尽くしてる感じだ」

「ツィーヴェンが隠しマイクをつけてることまで知っていた」

「公衆電話のことも忘れてはいけない。使いはしなかったが、こっちが罠を仕掛けるのに一生懸命で、ほかのことに気づかないのを見越していた」

「それから引き渡し場所だ。ローアーワッカーだなんて。空から追跡することを知ってたにちがいない」

「誰もが知ってることじゃない」キンケイドがいった。

「素人にしては、知りすぎてるよ」

「それにありきたりの悪党にしては、いささか訓練されてる感じだ」

「どういう意味だ」

「どういう意味かよくわからんが」

オールトンは犬を呼んで後ろのドアを開けた。自分も乗りこもうとしてキンケイドがあたりをゆっくりと見まわしているのに気づいた。オールトンがキンケイドのほうへ行く。「どうした」

「ツィーヴェンがここで受けた電話のことを考えてたんだ。あれほど用心深い男が、送信機が本当に破壊されたかどうか確かめないと思うか。犯人の身になって考えるといい。これほど手のこんだ計画を立てておいて、それが成功するかどうかがかかってるのに、ツィーヴェンが壊す音だけに頼るだろうか」

「いや、おれならそうしない。そこで、どういう結論が出る」

「見てたにちがいない。送信機が壊れたのを自分の目で確認した。送信機が壊れてなかったら、ツィーヴェンは自分の居場所と事の成り行きを、逐一《ちくいち》監視チームに教えることができるからな。ローアーワッカーの引き渡し場所にツィーヴェンが必ず一人で行くことに、計画全体の成功がかかってたんだ」

「そいつが監視してたとすれば、車の中からじゃないね。そのときはまだ監視チームがここにいてツィーヴェンを見張ってたんだから。チームは彼が送信機を踏みつけるのを見たと、日誌にちゃんと書いてあった。監視チームは四手に分かれて、通りの両側で不審な動きがないか見張ってたという」

「それもまた、こっちのやり方をよく知っている証拠だ」キンケイドがいう。

「すると、そいつが見張ってたとすると、どこからだろう」

「見張れる場所は、このあたりに大してない。住宅街でもないし」またあたりを調べていたキンケイドの目が、道の向かい側にある銀行で止まった。正面ドアの向こうで人が歩いているのが見える。「あの銀行だ、ロビーにATMがある」

　二人は正面ドアから銀行に入り、ＡＴＭのすぐ上を見た。監視カメラがある。オールトンがいった。「話がうますぎるんじゃないかな」

「調べてみよう」

　二人が支店長に自己紹介したあと、キンケイドが尋ねた。「ＡＴＭの上の監視カメラですが――テープはいつまで保存しておくんですか」

「九十日間です」

　オールトンが訊く。「三年前には、どれだけ保存してたんですか」

「私はここに来て一年ほどにしかならないが、ずっと九十日間だったと思いますよ。あなた方はお役人だからご存じのはずですが、プライバシー保護法がありますから、証拠品でもないものをいつまでも取っておくわけにいかないんですよ」

「確かなことを知ってる人はいませんかね」オールトンが訊いた。

「二階にいる警備担当に訊いてみましょう」支店長が電話を取った。短いやりとりのあと、送話口を手で覆った。「すみません、テープはとっくになくなってるそうです」

「そうか、万一ってこともあると思ったんだが」オールトンがいった。

　支店長が電話を切ろうとしたとき、キンケイドがいった。「ちょっと待って。おたくのＡＴＭのブースですが、営業時間後に中に入るには、カードがいるんでしょう？」

「そうです」

「使われたカードの記録はあるんですか」

支店長が電話に向かって質問する。「ええ、あります」

また行き止まりではないかとおそれたオールトンがいった。「それはいつまで取っておくんです」

支店長が電話で訊く。「これは暗号化された数字だけですから、プライバシー保護法では廃棄するよう規定していないそうです。ＡＴＭが設置された日以来の記録がコンピューターに残ってますよ」

オールトンが立ち上がった。「誰と話をすればいいんですか」

オールトンがひとたびターゲットに目をつけると、妨げになる障害が消え失せるらしいのを見て、キンケイドは驚嘆した。鋭い直感力によって、今や先の先にいたるまでの手順がすべて見えているようだった。そして行動に弾みがつくと、まわりの者にもそれが伝染する。最初キンケイドは、オールトンがこれほど意志堅固なのは、これまでにさまざまな障害を克服してきたからだろうと思っていたが、やがて、それでは原因と結果を取り違えていたことになると気づいた。ベン・オールトンがあらゆる障害をものともしないのは、彼が意志堅固な男だからなのだ。今や彼は、獲物の臭跡を嗅ぎつけていた。

ラグレンジ貯蓄貸付銀行の警備主任はボブ・ニューマンという男だった。ここは比較的規模の小さな銀行で、支店は三つしかない。ニューマンは身長が一八〇センチ以上は十分ありそうで、肥満体ではないが顔には深いしわが刻まれていた。キンケイドが手をさしだす。「ジャック・キンケイドです。こちら、ベン・オールトン」

「よろしく。お役に立つことならなんでもしますよ。私は、シカゴ市警四区の凶悪犯罪課に二十三年間勤めてましてね」

キンケイドは「それはありがたい」といってから、この退職した刑事にツィーヴェンの誘拐事件を捜査していると告げた。だが、刑務所に仕掛けられた爆弾との関係は伏せておいた。

「ええ、あの事件は覚えてますよ。娘は見つからなかったんじゃないですか」

「そうなんですが、運が向いてきたかもしれません。切手の引き渡しがおこなわれた日に使われたＡＴＭの記録を見たいんですが」

「いいですよ」ニューマンは椅子を百八十度回転させて背後にあるコンピューターに

向かうと、キンケイドから聞いた日付を入力した。モニターに一連の数字が現れる。ニューマンは画面に指を置いて数えだした。「カードを使って外側のドアから入った者が一七人いる。つまり営業時間後にＡＴＭを使ったということです」

キンケイドが手帳をめくりながらいった。「監視チームの日誌によると、チームが電話ボックスのところに着いたのは午後八時十五分ごろとなっている。そのころか、それより少し早い時間のがありますか」

「すみません、時間の記録はないんです。それにこれが時間順に並んでいるとも思われない。デジタルの信号順ってやつで」

「となると、顧客名簿が必要になるな」オールトンがいう。

「住所も必要なんですか」

「ええ、それに誕生日と社会保障番号がわかればなおいい」

「お役に立つことならなんでもするといいましたが、そういうことはほとんどが部外秘なんですよ」

キンケイドがいった。「これはただ手がかりをつかむためなんです。どこから漏れたかなんて誰にもわかりませんよ」

「それだけ聞けば十分です」ニューマンがいった。

ニューマンがまたコンピューターに向かうと、オールトンがいった。「一七人とは、悪くないな。支局長に電話して人員を手配してもらおう。十七チームで手分けして調べれば、そんなに時間はかからないだろう」

まもなくニューマンがプリントのアイコンをクリックしてから、二人のほうに向き直った。「印刷はすぐできます。でも一つだけお役に立てないナンバーがあるんですよ。これはここの銀行のものじゃないから、この人物についてはなんの情報も出せませんね」

キンケイドもオールトンもピンと来た。「どこの銀行ですか」キンケイドが訊く。

「銀行コードを調べてみましょう」ニューマンが記録簿を取りあげて、ずらっと並んだ名前とナンバーを見ていく。「ホイーリングのイロコイ信託銀行のようですね」

「ホイーリングか」オールトンがいった。「ここよりはずっとツィーヴェンの家に近い」

キンケイドがニューマンにいった。「その銀行に知り合いはいませんか」

「個人的な知り合いはいませんが、われわれはほとんどがＡＳＩＳの会員ですから。向こうに会員がいれば、電話できますよ」ニューマンは一番下の引き出しから、青い表紙に〈全米産業保障協会《ＡＳＩＳ》〉と印刷された小冊子を取り出して開いた。「警備担当者が会員になってない銀行なんて、まずないんですよ。クレジットカードやなんかの不正があったら、なんでもすぐに電話しなくてはいけませんからね。さもないと調査にえらく時間がかかってラチがあかないから」ニューマンの電話相手は、すぐに頼まれたことを調べてくれた。電話を切ると、ニューマンはしてやったりという顔で椅子の背に身を預けた。それは、経験を積んだ刑事が難事件解決の最初の手がかりをつかんだときに、浮かべる表情だった。キンケイドもオールトンも、その表情を理解した。

「この口座の主は、ウイリアム・スローンとなっています」ニューマンがスローンの個人情報を書きつけた紙を渡してにっこりした。「この口座は、誘拐事件の六日前に開設していますが、それ以来利用されていません」

　オールトンが目を輝かせてキンケイドのほうを見たが、相手が同じように興奮していないのを見てがっかりした。オールトンにとってこれは奇跡に近かった――なにしろ地球上に住む七〇億の人間の中から、一人に絞ることができたのだから。

　オールトンがソーン支局長に電話して一部始終を話した。ソーンがいった。「よし、ファックスしてくれたら、すぐにリストに載ってる名前を当たらせよう。きみとキンケイドはスローンを調べるんだね？」

「ホイーリングにすっ飛んで行きますよ。全米犯罪情報センター《NCIC》にこの電話をまわしてもらえますか。この男の犯罪歴を調べたいんで」

「逐次《ちくじ》連絡しろよ。白由人権協会からさらに二本も電話が来たが、どっちも〈今年の自由人権擁護者〉に私をノミネートするとはいわなかったからな」ソーンが犯罪情報センターに電話をつなぐと、数分後にセンターのオペレーターがオールトンに、スローンには犯罪歴があり、その中でも目につくのは、強盗罪で三年の刑を言い渡されていることだと告げた。銀行からソーンに一七人のリストをファックスで送ったあと、二人はニューマンに礼をいい、捜査の結果を知らせることを約束した。

ウイリアム・スローンの家を見つけるのは、容易なことではなかった。廃業した古い家具工場と五メートル近い高さの鉄道の土手にはさまれた袋小路にあるただ一軒の家がそれだった。木造の平屋で、少なくとも築五十年はたっているようだ。窓とドアには板が打ちつけてある。壁のペンキはすっかり剝げ落ちていたが、屋根だけは意外にしっかりしていて、葺《ふ》き替えてから十年ぐらいしかたっていないようだ。二人が外に出ると、呼ばれないうちからB・Cもついてきた。「屋根がこんなにしっかりしてなきゃ、この家はあんたに似てるんだけどね」

キンケイドは髪を指でしごいた。「おれの髪が薄くなってることへの当てこすりかね」

「他人の体の欠陥をジョークのネタにするなんて、いったいどんな人間なんだろうね」

家の前に来るとオールトンは、玄関に打ちつけたベニヤ板がしっかりついているか、端に手をかけて引いてみた。「ここしばらくは誰も中に入っていないようだ」

キンケイドと犬は裏にまわってみたが、しばらくしてもどってきた。「裏も同じだ。スローンが強盗罪で逮捕されたのはどこだった」

「まさにここ、ホイーリング」

「近所を当たってみよう。スローンの居所がわかるかもしれん」

キンケイドは車に乗りこんだが、オールトンはこれといった特徴のないその家をじっと見ていた。地面に這いつくばったような長方形の家は、少々のことでは倒れないようにどっしりとしていて、ゆゆしい秘密を隠すにはもってこいにちがいない。これまで数知れない手がかりを当たったが、その大半は、当然ながら徒労におわっている。二十件当たって一件が成功ということもあれば、百件のうち一件しかものにならないこともあり、ときにはいくら頑張ってもなんの収穫もないこともある。だがここにひっそりと建つ小さな家は、霧の中から突然日差しを受けて現れた島のように、彼に向かって語りかけてくるのだ。例によって無意識のうちに頭の中で無数の可能性を考えてみた。たとえそれらが当たっていても、いつもなら単なる当て推量だと退けられる類の可能性だが、これはどうみてもまちがいなさそうだ。もうすぐだ、あと一歩なのだ。オールトンは車に乗った。

キンケイドは地図を見ながら、警察署の所在を探している。すぐそこに事件解決の手がかりがあることなど気にもとめていないようすだ。キンケイドに対する軽蔑の念が、突然オールトンの中で砕け散った。二人をここまで導いたのが自分だということにキンケイドは気づいてもいない。ツィーヴェンが送信機を壊すのを見張るために、誘拐犯が銀行のロビーを使ったことを推理したばかりか、一歩ずつ筋道を立てて考え、三年前から現在へと導いてきたのだ。無頓着のようでいてキンケイドの頭はつねに活発に働き、知のひらめきを放っている。大したものだとオールトンもしぶしぶ認めないわけにはいかなかった。これは天からの授かりものといってよく、いくら粗末に扱って浪費しても、すり減ってしまうことはなさそうだった。

11

オールトンがいった。「ウイリアム・スローンという男を探してるんですがね。昔住んでたのは――」

「あいつのことは、ビリー〈ザ・キッド〉スローンと呼んでましたよ。どうして彼を探してるんです」ダン・ランシング刑事は、散らかったオフィスで、デスクを前にして腰掛けていた。前で組んだ肉厚の手はひと塊《かたまり》になって、でこぼこの大きな立方体といった感じだ。しゃべるたびにその手が互いに押し合いへし合いする。三十代の後半といったところで、髪が薄くなっているのにクルーカットにしているため、頭に溝があるように見える。たくましい肩と腕を強調しているぴったりした半袖シャツの上に、焦げ茶色の革製ショルダー・ホルスターを掛けている。ベレッタの九ミリがいっぽうの脇の下から斜めにのぞき、もういっぽうからは手錠と、ホローポイント弾をびっしり詰めこんだ弾倉《マガジン》が二本のぞいている。

「彼とは連絡を取ってるんですか」キンケイドがいった。

「やつは、くたばっちまいましたよ」ランシング刑事は、びっくりするほどすばやく回転させた椅子から飛び上がって、デスクから五〇センチほどのところにあるファイル・キャビネットの前に立った。ファイルを見つけて開く。ちょっとそれに目を走らせていた。「シカゴのウエストサイドで射殺体で発見されたんです。撃った犯人が見つかったかどうか知りません。見つかったとしても、こっちに連絡はなかったんでね」

オールトンが尋ねた。「いつのことです？」

「えーと」――ランシングがページを指でなぞる。――「あと二日でちょうど三年になりますね」

キンケイドとオールトンは顔を見合わせた。「それまでどこに住んでたんですか」オールトンが訊いた。

「知るかぎりでは、刑務所以外に彼が住んだ場所といえば、ボルチモア通りにある古い家具工場の隣の家だけです」

「死んだときも、そこに住んでましたか」

「そうですよ。あれは、やつのお袋さんの家でして、彼女が死んだのが、確か……五年前だったかな。あの男は家の税金を一度も払わなかった。よくは知らないが、今は市に没収されてるでしょう」

「それを確かめるのに、時間がかかるでしょうか」

ランシングはファイルを閉じて引き出しにもどすと腰を下ろした。椅子の背にぐいと寄りかかったので、頭が壁にぶつかりゴツンと小さな音を立てたが、本人は気がついてもいないようだ。胸の前で腕を組んでいった。「おたくが事情を話せないのはわかってるが、私のところを通過していく情報はすべて、どこか一つのところに向かってるような気がするな」

オールトンが何かいいかけたが、キンケイドがさえぎった。「リーア・ツィーヴェンの誘拐を追ってるんですよ」

「まさか！　けちなチンピラにすぎないビリー・スローンが。確かなんですか」

「百パーセント確信があるわけじゃないが、それを確かめるために手伝ってほしいんです」オールトンが説明する。「彼女が誘拐されたのは、三年前の一昨日だった。その四日後にスローンが殺されている。今日初めて、スローンの名前に行き着いたんですがね」

「どうしてあの家に注目してるんですか」

「事件が起きたときに彼が住んでいて、突然死んだなら、事件と彼を結びつける証拠をぜんぶ隠すひまはなかったかもしれませんからね」

「すぐもどってきます」ランシングがあわただしくオフィスから出ていった。

オールトンは立ち上がって、ランシングが頭をぶつけたコンクリートブロックの壁を指でなぞって調べた。「えらく気合の入った男だな」

キンケイドは、これからいうことを強調するように、椅子に深く身を沈めた。「おれの予測がまちがってなきゃ、これからそっちの大好きな法的グレーゾーンにまたもや突入することになりそうだ。つまりスローンの家だよ。そしてFBIで学んだことによると、そういうときは、人権ってものが侵害されることになるから、あたりを見まわし、とびきり気合の入った警官を見つけだして打開の道をさぐるといい。その結果万事うまくいけば、なんてったってこっちはFBIだ、捜査の指揮をしたのはむろんわれわれだ。そして、うまくいかない場合は、バカな地元警察の責任ということになる」オールトンは思わず笑った。確かにそのとおりだ。警官とちがってFBI捜査官は、それが自分のキャリアにどう響くか見きわめるまでは、めったなことでは行動を起こさないものだが、そのことを認めるのを聞いたのは、これが初めてだった。

もどってきたランシングの顔はかすかに上気し、目の下には、小さな汗の玉が半円形に点々とついていた。「スローンが死んだあと、誰も所有権を主張しなかったので、あの家は滞納税金のカタに差し押さえられてた」

「やれやれ」キンケイドがいった。「何か名案はありませんかね」

ランシングが覆面パトカーをボルチモア通りに向けてすっ飛ばすと、ボーダーコリーは、スピードにかけては何世紀ものあいだに生体力学的進化をとげているはずなのに、バランスを取ることに苦労していた。オールトンは後部座席の窓の上にあるハンドルをしっかり握っている。車は家の前でいきなり停車した。この通りは行き止まりなので、ランシングは道の端に寄せて停めることもしない。トランクのレリーズボタンを叩いてから外に出て、クロームメッキの大きなバールを取り出す。「玄関からでいいかな？」

「ちょっと待って」オールトンはいうと、出発前に自分の車から取っておいた証拠品用手袋を出して、一対ずつ二人に渡した。「万一ってことがあるから」

ランシングは手袋がなかなかはまらない。やっとはまったときは、さらに汗がひどくなり、ゴムの手袋は裂けていた。両手にバールをつかんで胸の前にもったようすは、まるで誰かに〈捧《ささ》げ銃《つつ》〉と命令されたみたいだ。ベニヤ板はしっかり打ちつけてあり、場所を変えて四、五回ねじった末に初めてはずれた。板の奥のドアは鍵がかかっていたが、これは一回力任せに引いただけで開いた。

オールトンが懐中電灯をもって先頭に立つ。みんなの後ろからひたひたとついてくるB・Cの爪が、堅い木の床に当たって音を立てだした。全員がちょっと立ち止まり、薄暗い明かりに照らされたまわりに目を慣れさせる。突然、犬が警戒態勢を取り、ゆっくりと床に身を伏せると、やっと聞き取れるほどの声でくんくん鳴きだした。「どうしたんだろう」オールトンが訊く。

キンケイドはボーダーコリーのそんな鳴き声を聞くのは初めてだった。なんだろうと、左右で色のちがう目をのぞき込む。「わからん」

家の中はカビのにおいと、動きがなかった三年のあいだにたまった、なんのものとも知れない酸《す》っぱいような悪臭がする。家具は大してなかった。枕が一つとくしゃくしゃの毛布が載ったカウチと、床置きタイプの垢じみたテレビがあり、テレビは大きなつまみが一つ欠けていて、上にペンチが載っている。オールトンは家の奥にある台所に向かった。ランシング刑事は、自分の懐中電灯をつけて、一つしかない寝室があるらしい右手に行った。彼の足音のほうが、オールトンのよりピッチが速い。すぐにランシングが、「ここには何もない」といってリビングルームにもどってきた。

そうなると残るのは台所しかない。流しは汚れた皿であふれかえり、緑がかった灰色のカビに覆われた黒ずんだフライパンが危なっかしくレンジに載っている。キンケイドがいった。「地下室はあるんだろうか」

「えらく狭い家だから、あるとは思えない」ランシングがいう。

「床下にもぐれる余地は？」オールトンが訊く。

「地べたに直接建ってるから、そんな余地はなさそうだ」

またくんくんという鳴き声がしたので三人が立ち止まったとたん、犬が床に身を伏せた。

「屋根裏はどうだろう」キンケイドがいう。「屋根裏への入り口はたいてい寝室のクロゼットにあるが。どうだった、ダン？」

「調べなかったな」

三人は寝室に入った。天井は年月と建物の沈下のせいでひびが入り、黒いしみが付いている。ということは雨漏りがしたことを意味し、屋根が新しいのもうなずける。キンケイドはクロゼットのドアを開け、オールトンから懐中電灯を取って天井を照らした。屋根裏への入り口に、四角い木のパネルがぴったりはめてある。入り口やパネルに指紋がついているのが見て取れた。オールトンが中に入り、掛けてある衣服を片方に押しやった。ミリタリー・グリーンに塗られた七五リットル入りの石油缶が床に置いてある。オールトンが揺すってみる。「いっぱい入ってる」ふたをひねって開けたとたん、狭い場所に揮発したガソリンのにおいが充満した。慎重にふたを閉めながらオールトンがいう。「これじゃあ、火事になりそうだ。誰かが上に上がらなきゃな」

キンケイドがいった。「よし、今回ばかりは、いかにＦＢＩでも地元の人のお株を奪うことはできないな。ダン、頼むよ」

「行きたいけど、あそこを通過するのは無理だ」

キンケイドはダン・ランシング刑事の胴回りをじっと見てから、はかない望みをつないで屋根裏への入り口の縦と横の幅を調べた。そしてオールトンを見る。「あんたは、一本しか脚がないから行けないというんだろうね」

それを聞いてランシング刑事がびっくりした顔をした。遠慮するようすもなく、オールトンの両脚をじろじろ見て、今の話が本当なら、どっちの脚が本物でどっちが本物でないか当てようとしている。

オールトンがいった。「わかったよ、黒人を上に行かせろってわけだ。そうすりゃ、何かが起きても、本物のＦＢＩ捜査官を失わずにすむ」

キンケイドがいう。「すると、あんたが行くのか」

オールトンはくるりと向きを変えて、クロゼットの壁に背中をつけ、いいほうの膝の上で両手を丸めてカップ状にした。「さあ上がって。黒人を踏みつけにするのはお手のものだろうが」

キンケイドは懐中電灯をもったまま、オールトンの手に足を載せた。上に手をのばして押し上げ式のパネルを強く押すと、それがぱっと開いた。「二人三脚レースの選抜があるときは、おれに借りがあるのを忘れないでくれよ」オールトンが入り口から中へと、軽々と押し上げてくれたのには驚いた。

こもった屋根裏の空気は熱く乾いているので、たちまち息苦しくなった。カビくさい悪臭が充満している。根太《ねだ》には板切れが載せてあり、そのうちの釘で打ちつけた場所は物置になっている。入り口のすぐ横に四角のベニヤ板がしいてあって、その上に段ボール箱が載っていた。開けると、中に切手を入れておくプラスチック製シートが積み上げてあり、それぞれに何枚もの切手が入っていた。キンケイドは、入り口から無言でそれを下に手渡した。「なんと、これは身代金にちがいない」というランシングの声が聞こえた。

「ほかになんかあるか、ジャック」オールトンが訊く。

キンケイドは、そんなに知りたきゃ自分で上がってきたらどうだ、と怒鳴りたくなったが、ぐっとがまんして、「それだけじゃ、足りないのか」とだけいった。オールトンがそれに答えるとは思わなかったが、やはり彼は何もいわなかった。映画の中のように、恐ろしい怪物でも襲ってきはしないかと身構えながら、懐中電灯を大きく振りまわす。奥の垂木《たるき》のそばに、布で覆われたものが載せてある。その形は、ここにありませんようにと願っていたもの、つまり起伏のある細長い形をした、小ぶりの死体にそっくりだった。信心をやめたカトリック教徒の例に漏れず――信心をやめても、こんなときにカトリック教徒が神様に頼らずにいられるわけはないのだが――、自分がこんなところに来るハメになったのは、これまでの罪深いおこないの罰《ばち》が当たったからにちがいないと思った。銀行からカネを盗み、捜査会議をすっぽかした。どっちの行為のせいで片脚のない男とチームを組むハメになったのかはわからないが、ともかくその男の熱意のおかげで今の状況に陥り、屋根裏の奥にある物体に向かってそろそろとにじり寄っているのだ。それに、かわいそうなあの刑事をうまくそそのかして利用しようなんて考えなきゃよかった。ともかく戒律を片っ端から破ったじゃないか……。這ったりにじり寄ったりしながらキンケイドはそこに近づいていった。

自己防衛本能が働いて、彼の心は目の前のものから離れていった。この捜査はあまりにも簡単にことが進みすぎた。一日でここまでわかったのだ。できすぎだ。ここ数年で学んだことがあるとすれば、あらゆるシステムにおける無秩序の度合いを測るエントロピーの法則を否定できないということだ。内包するエネルギーが少なければ少ないほど、混乱は増す。おれの人生がまさにその証拠だ。混乱していないといったら嘘になる。この件の捜査にはそれほどのエネルギーを要していないので、混乱だらけだったにちがいない。ところが、われわれはここに来た。一つまた一つと、あっさり手順を踏んでここに導かれたのだ。ここで彼は、この一件を早くおわらせたいと考えていたことを思い出した。早ければ早いほどいいと。あっさりカタがついたせいで解決が不完全なものになるとしても、そんなのかまわないではないか。「気に……するな、かまわん……かまわん」とつぶやきながら、キンケイドがその物体の三〇センチ以内にまで近づくと、耐えられないほどの悪臭が襲ってきた。

見下ろすと、よれよれの汚いベッドカバーらしいものが掛けてあり、その端が中のものの下にたくし込んである。彼の血が突然どろどろになり、心臓からの血流が滞《とどこお》った気がした。息詰まるような空気を深く吸いこむと、一回吸っただけで、二回も痙《けい》攣《れん》に襲われてガクガクと震えた。上の覆いを手早くめくった。

「なんてことだ」酸素の欠乏した声でキンケイドはつぶやいた。

下に見えたのは人の頭で、ごわごわになってだぶついたダークブラウンの皮膚に覆われている。まぶたと鼻腔はすでにふさがっている。乾いた熱い屋根裏の空気の中でミイラ化していき、ふさがってしまったのだ。口はかすかに開いて片側にゆがみ、中からのぞいた五本の下の歯は、どれにも銀色の歯列矯正器がしっかりはめてあって、きらりと光る白っぽい色が、コーヒー色の皮膚と対照的だった。濃い色の豊かな髪は、後ろでポニーテールに結ってあり、かすかに乱れているだけだ。暖炉の上の写真で見た少女と似ているのは、その点だけだった。

用心しながら覆いをすっかり体から取りのけた。スエットシャツと黒っぽいスカートを身につけている。手は薄くなってしまったらしく一見すると茶色い紙の手袋だが、先には爪がついていた。スカートの裾としみだらけの白い運動靴のあいだにあるダークブラウンの肌は、まるでだぶだぶのストッキングだ。キンケイドは、彼女の顔に目をもどして、十六歳の少女の大きな写真と比べて考えた。誰かが類似点を見つけるかもしれないが、彼にはわからなかった。

近ごろのキンケイドにしては珍しく畏敬の念に駆られて、そっと覆いをもとにもどすと、懐中電灯を消した。しばらくそこに座っていた。息詰まる暗がりの中で、ここ何年も感じたことのない怒りが身内からこみ上げてきた。ビリー・スローンが死んだことが腹立たしかった。何も知らないカスのような麻薬の売人があっさりと彼を殺し、彼に裁きを下したことに気づいてもいない。スローンがヤク中として死んだことが腹立たしい。そういう死に方を彼らは自分で半ば予期していて、それを恐れるというより恥だと考えている。スローンは究極の裁きの結果死ぬべきなのに、この少女に対する仕打ちゆえに受けるべき断罪も受けず、永遠の劫罰《ごうばつ》から免れた状態で死んでいるのだ。

こうした状態に置かれた警官によくあるように、キンケイドの思いは息子へと向かいかけたが、無理にそれを押しとどめた。恐ろしい勢いでそばを駆け抜けている日々の現実から距離を置くことがうまくなっていたのだ。おれは目の前の事態とはなんの関係もないのだ、と自分に言い聞かせた。ボーダーコリーのくぐもった鳴き声の聞こえる四角い開口部からちらちらとゆれる光が見える。そちらのほうへ、キンケイドはそろそろと這ってもどった。

12

ＦＢＩの車が四台、スローンの家の前で止まった。

先頭の車が止まるとすぐ、ロイ・Ｋ・ソーンが最初に出てきた。キンケイド、オールトン、それからホイーリングのランシング刑事が家の前で一行を迎える。少女が発見されたからには、誘拐と爆弾の関連をランシング刑事に話さないわけにはいかないと、二人は悟った。話を聞いたランシングは、最初はバカにされたような気がしたが、彼がＦＢＩと共にステージの中央に立つことになると説明されると、わだかまりは消えてしまった。オールトンがソーン支局長にランシングを紹介した。

「その娘なのは確かか」ソーンがすぐに訊く。

「身代金の切手が死体とともに、屋根裏に隠してありました」オールトンがいった。

ソーンが小さな家を見る。「屋根裏に？　そういうことはあまり聞いたことがないな」

ランシングがいった。「スローンは死ぬ前の二年間ほど、放火の疑いをかけられていました。証拠を隠滅するには屋根裏が一番だと、ちょっとした放火犯ならみんな知ってるんです。天井のあたりがもっとも温度が高くなりしかも長く燃えますから。たいていはペンキも塗ってない乾いた木材だけの天井自体が燃えるうえに、下からの火の手が加わるせいです。おまけにここには地下室もないし、床下にスペースもないから死体が隠せない。そこで一時的な隠し場所として屋根裏しか選択肢がなかったわけです」

「ここに火をつけるつもりだったと、なぜ考える」

「ガソリンが入った七五リットル入りの缶があります」オールトンが答える。

「切手も燃やしてしまうのか」

「天井裏への入り口のすぐそばに置いてあったので、ちょっと隠しておいてあとで取り出すつもりだったんでしょう。おそらく火をつけておいて、それをもって逃げる気だったんじゃないですか」

ソーンが、すらりと背の高い女性捜査官を呼んだ。殺人現場で仕事をするには身なりがよすぎる。「ベス、報道陣はいつごろ来るかね」

彼女が近づいてきた。「ぜんぶのマスコミに電話しておきましたから、もうこっちに向かってるはずです」

「誘拐と刑務所の爆弾との関連については伏せておきたいが、ツィーヴェンには誘拐事件が解決したことを伝える必要がある。マスコミがそろって準備ができたら、知らせてくれ」それからソーンはまたキンケイドたちのほうに向き直った。「ダン、よくやってくれた。きみには借りができた。記者会見のときはそばにいてほしい。今回のきみの役割を報道陣に知らせたいから。しかし忘れてほしくないのは、二つの捜査がどう結びついているか、きみのところの署長以外には、知られたくないということだ」

「わかっております」

「それからきみたち二人には……感謝している」支局長が心からそういったことがわかったので、キンケイドは、忘れていたプライドがぞくっと体を刺激するのを感じた。それに気をよくせず、キンケイドはいつものおまじないを呼びだした。〈これもそのうちおわりが来るさ〉。「しかしまだ道半《みちなか》ばだ」ソーンがつづける。「爆弾の解除作業が残っている。きみたち二人は、できるだけ早くオフィスにもどってほしい。一時間もしないうちに、このことがラジオやテレビで流れるだろう。犠牲者と有力容疑者が見つかったことはマスコミに話すが、容疑者の身元や、なぜその男が犯人とみなされたかは伏せておく。そうすれば、ツィーヴェンがくわしいことを知りたいと電話してくるはずだ。しかしいいか、娘の最期を知らされるツィーヴェンには同情を禁じ得ないが、だからといって甘い顔をするんじゃないぞ。こっちは要求どおりのことをしたんだから、今度は向こうが始末をつける番だ。なんとしてでもそれをやらせねばならない。きみたちが事件を解決したからには、つぎは彼のほうに爆弾を解除する義務がある。それが成功するまで、きみたちが成し遂げたことは完全とはいえない」

支局長に急《せ》かされたオールトンは、高速道路を東へ、がむしゃらに車を走らせた。キンケイドがいった。「ベン、あんたが仕事に復帰することを、家族はなんと思ってる」

刑務所における会議の前夜、オールトンは仕事にもどると妻に話した。妻がただうなずいただけで何もいわなかったのは、彼女がずっと恐れていたことが現実になったことを示していた。これから夫がどうなるかということでなく、二人の結婚がどうなるかということを、彼女は考えていた。息子は大学に入って家を出てしまったし、娘はハイスクールに通っている。まもなく家はからっぽになる。これまではさまざまな家庭の雑事が盾《たて》になって、夫婦のあいだに距離ができたことを隠してくれていたのだが、その盾がなくなるのだ。ガンになったため、夫がある程度妻に頼るようになるのではないかと思っていたが、彼は仕事に復帰するといい、しかもひと月早く復帰することになり、彼女の恐れが現実になったのだ。こんなとき彼女は、夫は大事な仕事をもっているのだと、急いで自分に言い聞かせるようにしてきたが、もうそんなことはできない。口にする前からどうせ無駄だとあきらめた声で、障害者用の公的保障がいくらでもあるじゃないのといったが、彼は答えなかった。結婚以来彼女がずっとそうしてきたように、彼のことをなんとか理解しようと努め、夫が精神的安定を取りもどすためにはこれまでにもましてＦＢＩの特別捜査官であることが必要なのだという結論に達した。そう考えることは、これまでとはちがった夫婦の暮らしへの道を閉ざすことになるはずだし、たいていの夫婦はこういった障壁に直面して、たちまち仲がおかしくなるということも、彼女にはわかっていた。「女房のサンドイッチを食ったからって、ディナーに招待されるなんて思わないでくれよ」

「まるで招待したがってないみたいな口ぶりじゃないか」

「あのね、おれが相手の質問を封じたいとき、これまでずっとどうしてきたかというと、相手を侮辱することだった。この手は、あんたには通用しないようだ」

「わかった、もう訊かない」キンケイドの声には、彼らしくないあきらめの色があった。まるで、ただ話をしたかっただけで、ムキになられるとは思ってもいなかったというように。キンケイドはボーダーコリーに、なでてやるから前に来てシートの背から顔を出せ、というように手で合図した。B・Cがすぐにそれに応じると、キンケイドは無言のまま、B・Cの顔を白と黒に分けている境界線ぞいを人差し指でなでている。こうやると、犬だけでなくキンケイドの気持ちもなごむらしい。それを見てオールトンは、屋根裏の光景がキンケイドに相当なショックを与え、それがこたえたのだとわかった。

道路から目を離さずにオールトンがいった。「どう思うかなんて家族に訊いたこともないよ。いつも思うんだ、子どもにとって一番大事な手本はおれ自身だと。彼らが打ちのめされたときどうやって起きあがるかを教えるのに、これ以上の手本はないからね」

キンケイドは何もいわず、そのとおりだというように寂しげな微笑を浮かべただけだった。

捜査本部にもどったキンケイドとオールトンは、B・Cを二人の椅子のあいだの床に座らせて、ソーン支局長の記者会見の模様をテレビで見た。ソーンは少々場違いに見える。たいていの人は、テレビカメラの前に立つと、テレビという幻影にふさわしく見えるものだ。テレビそのものと同じくらいもっともらしく見せかけ、自分を売り込もうとする。ところがソーンは、そういったことから超越した威厳に満ちている。彼が話すと、言葉の裏に隠された節度があるため、彼が見かけよりはるかに有能で、より大きな目的を達成するためにあえて卑しいことをしているという感じを与えるのだ。ソーンはスローンの家の外に立ち、リーア・ツィーヴェンのものと思われる遺体が中で発見されたと話している。そして容疑者も明らかになった、と認めた。そのとき、偶然にしてはできすぎたタイミングで、黒いビニール袋に入れられた死体が担架に乗せられ支局長の後ろに運ばれてきた。キンケイドはあわててチャンネルを変えたが、どの局も同じ映像を出している。カメラはソーンの顔から死体袋へと移り、悲劇の大きさを拡大して見せた。話しおわると質問が殺到したが、その大半は容疑者の身元に関するものだった。現在捜査が続行中なので、今はこれ以上のことを明らかにするのは当局にとってもツィーヴェンの家族にとっても好ましくない、とだけソーンはコメントした。

リポーターが、ソーンの話を総括しおわらないうちに、オールトンの前の電話が鳴った。キンケイドがいった。「あんたへの電話だな」

オールトンが電話を取る。「ベン・オールトンです」

今回は、コンラッド・ツィーヴェンの声に感情の高ぶりが感じられた。「本当か。リーアを見つけたのか」

「ミスター・ツィーヴェン、なんといったらいいか。検死がすむまでは確かなことはいえないが、見つけた遺体は、あんたと奥さんが三年前に話したとおりの服を着ていた」

「それが嘘じゃないと、どうしてわかる」

「ミスター・ツィーヴェン、この電話をスピーカーフォンに切り替えるよ」オールトンがボタンを押して受話器を置く。「娘さんを発見したときいっしょにいたもう一人の捜査官がここにいる。ジャック・キンケイドだ」

「娘さんのことは、本当に残念だった」

「これが芝居じゃないと、どうしてわかる」

オールトンがいった。「ミスター・ツィーヴェン、芝居なんてぜったいにできない。FBIは一度あんたを絶望のどん底に陥れたのに、二度も意図的にそんなことをするわけがないじゃないか」

「オールトン捜査官、それは立派な言葉だ。あんたを個人的に知ってたら、その言葉を信じられたかもしれんが、私はあんたを知らない」

キンケイドがいった。「ミスター・ツィーヴェン、まだテレビをつけているか」

「いいや」

「テレビをつけて、見ててくれ」キンケイドは別の電話を取って、無線室にかけた。「テレビに出てる支局長のそばにいる者を呼んで、こっちへすぐに支局長から電話してほしいと伝えてくれ」一分もたたないうちに別の電話が鳴った。「キンケイドです」スピーカーフォンを通してツィーヴェンに聞こえるよう大きな声で話す。「そうなんです、彼と電話がつながってますが、嘘じゃないかと疑ってるんです。テレビ局の連中はまだそこにいますか……よかった。切手を大写しにしてもらえませんか……。ミスター・ツィーヴェンが自分のコレクションだとわかるように、ページをゆっくりめくってください」キンケイドは電話を切って、スピーカーフォンに話しかける。「ミスター・ツィーヴェン、2チャンネルだ」

「あとでまた電話する」ツィーヴェンの返事はそれだけだった。

キンケイドは2チャンネルにした。証拠品用の手袋をはめたゾーンが、大きな袋から、透明なプラスチックのページを慎重に取り出している。それを一ページずつカメラの前に掲げてみせる。電話がまた鳴った。キンケイドがスピーカーフォンで答える。泣いていたようなツィーヴェンの声が聞こえた。「それでもまだ信用できない。

ＦＢＩは、どんな切手が盗まれたか、知ってるからね」

温かみのないうつろなスピーカーフォンの音を避けるために、キンケイドは受話器を取り、オールトンにも聞こえるように手にもった。「ミスター・ツィーヴェン、信用していい、これは芝居じゃないんだ」

「どうかな」

「ミスター・ツィーヴェン、少しは気が休まるかどうかわからないが、娘さんは暴行されていないようだった……つまり……性的にという意味でだが」

ツィーヴェンがむせび泣いているのが聞こえてきた。口には出せないが心にわだかまっていた恐れがやっと消えた、という感じだった。キンケイドは待った。つぎはツィーヴェンが話す番だ。やっと彼がいった。「こういうことをやった人間はどうなった」

「死んだ。無関係の犯罪がらみで殺された。だから切手がまだ娘さんのそばにあったんだ」

「あんたのいうことを、信じていいんだな？」

「そうだ」

「となると、そっちはやることをやった。五時に私の家で会おう」

キンケイドは電話を切ると、何事もなかったかのように、オールトンに向かってあっさり肩をすくめて見せた。オールトンは答えなかった。だまって座ったままキンケイドの機転にまたもや舌を巻いていたのだが、キンケイドが、FBI捜査官であることになんの思い入れもないらしいのを見て、驚きはいっそう強くなった。

ツィーヴェンの指定した時間より三十分早い四時半には、二人はチャイナ・ヒルズにある彼の家の外に車を停めていた。途中でB・Cをモーテルにおろし、ドッグフードの一缶ぜんぶを与えておいた。いつもの量の二倍だが、少女の死体発見に協力したご褒美だった。

ソーン支局長に連絡して、ツィーヴェンがいうことを聞きそうだと告げたとき、ソーンは二人だけで行かせることを渋った。二人に危険が及ぶのを懸念したのではなく、ツィーヴェンが怖《お》じ気《け》づいて逃げはしないかと心配したのだ。そうなると捜査官二人だけでは逃亡を阻止できないかもしれない。オールトンは、彼に協力させることは彼を捕まえることに劣らず大事だと主張した。こっちが過剰な行動に出れば、二人が彼のことを信用していないという印象を与えてしまう。現段階でそういった疑いをもたれると、協力させるのが難しくなるかもしれない。ひとたび身柄を確保したあとなら、そんな気遣いをする必要はないかもしれないが、今後の彼にとって避けられない不愉快な思いを味わわせるのは、確実に手錠をかけてしまったあとのことにしたいといった。ソーンがこれまでうまくやってこられた理由の一つは、部下が結果に責任をもつというなら、決定を部下の裁量にゆだねてきたことだ。そのことをソーンが念を押したあと、二人だけで行くことが許された。

キンケイドがいった。「ちょっと訊いていいかな」

「だめ」

「あんたのガンのことだけど」

オールトンがため息をつく。「あのね、たった今、この事件のことでいい気分になってきたところなのに、それをぶちこわしにしてくれた」

「脚のことは気になるかね。そりゃあ、気になることはわかってるが、おれが訊きたいのは、脚がなくなっても前と同じ人間なのかどうか、ということだ」

オールトンがキンケイドをにらむ。「それはこっちも知りたいよ」

「それで、同じ人間でなかったら？」

「そのときは、前より優れた人間になるように、もっと努力する」その言葉には、聖歌でも詠唱するような単調な響きがあり、まるでこれまでずっと頭の中で唱えられていたかのように、シンプルだがよく鍛えられていて、これを唱えることによって挫折《ざせつ》を寄せつけず、いずれは挫折をうまく出し抜いて撃退できるようになるとでもいうようだった。「そっちはどうなんだ、ジャック、今のほうが前よりましになってるのか」

キンケイドが、おもしろがっているような愛嬌のある顔をしたが、それは会話が少々深刻になるといつも現れる表情だった。「おれの場合、一時的に退化してることは、確かだな」

オールトンはブリーフケースを開けて新しい本を取り出した。テニスのスター・プレーヤーにして黒人の人権活動家であるアーサー・アッシュの回顧録『静かな闘い』だ。それからサンドイッチも出し、プラスチックの包みを開けて半分取ると、残りをキンケイドに渡す。キンケイドが、「ということは、二人でディナーってわけだな?」といった。

「勝手にしろ」

五時二分前に、洗いたてのグリーンのセダンがゆっくりと家のそばを走りすぎた。オールトンがぱっと本を閉じた。「たぶん彼だ。あとをつけようか」

「ここへ来たからには、投降しないわけじゃない。ちょっと待ってみよう、もどってくるだろう」

五時ちょうどに、コンラッド・ツィーヴェンが歩道を歩いてきた。背が低くがりがりにやせていて、着ているダークスーツはまるで借り着のようにだぶついている。下手にカットした頭は一見ミリタリールックだが、サイドは虎刈りになっている。重い悲しみと固い決意の入り混じった奇妙な歩き方をしていて、こわばった腕を規則正しくふりながら、両手は不安そうに握りしめたままだ。その目には満足感のかけらもなかった。三年のあいだ、希望を原動力にして、ごく最近は復讐をしなければという思いに駆り立てられてきた。しかし今、全力をあげて復讐に打って出た結果、希望は完《かん》膚《ぷ》無きまでに打ち砕かれ、残された彼は抜け殻同然になってしまったのだ。娘を失うとともに、家族を守るという、男にとっての最大の責任も果たしそこなった。彼が家の敷地に入ってきたとき、オールトンはわざと無造作を装って、車から出た。「ミスター・ツィーヴェン？」

「オールトン捜査官か」ツィーヴェンの声にかすかなためらいの色が出たのは、オールトンが黒人なので驚いたからだ。オールトンがそれをおもしろがっているのがキンケイドにわかった。

「そうだ」ツィーヴェンも手をさしだしたが、ちょっととまどったようすを見せたのは、それが握手のためか、手錠をかけられるためかわからなかったことを示唆していた。オールトンがその手を取って固い握手をすると、複雑に入り混じった感情が一気に表情に出た。「後ろに座らないか」オールトンがいった。

「私を逮捕するんじゃないのか」

「逃げたりはしないだろう？」

ツィーヴェンがかすかに笑う。「逃げない」

「だったら、これは信頼関係に基づいて進めよう」

二人が車に乗った。「こちら、ジャック・キンケイド、電話で話したのは彼だ」

キンケイドが振り向いて握手する。「さっきもいったけど、本当に残念だった」

「どうも。お二人には感謝している。このうえ、さらにお願いするのは心苦しいんだが」

「なんだ」キンケイドがいった。

「娘の葬式に出たいんだ。もし可能なら」

「おそらく身柄を拘束されるだろうから、それは難しいだろう」

ツィーヴェンが、がっくりと目を落とした。「そうか。無理もない」

「ただし……」キンケイドがいった。「爆弾処理の仕方を教えるのを拒否しなければ、葬式に出られるように取りはからうと約束する」

「拒否なんかしないよ。そういう取り決めだったじゃないか」

「葬式に出してくれないなら数字の組み合わせを教えないとあんたがごねるなら、こっちとしては行かせないわけにはいかないな」

やっと話が呑みこめたツィーヴェンが静かに微笑む。目がうるんでいた。「ありがとう」

「あんたを爆弾の場所に連れていくよう上司にいわれてるんだが。異存はないだろうね」

「その人もそこにいるのか」

「うん」

「いいだろう、ご希望に従うよ」

オールトンが赤色回転灯をつけて運転し、キンケイドは無線でソーン支局長にこれから行くと伝えた。四十五分もしないうちに、クック郡刑務所に着いた。サンドバッグの外にシカゴ市警の警官とＦＢＩ捜査官が数人いたが、全員でも一ダースに満たない。爆弾処理のあいだは用のない人間をすべて退去させるのが、仕事の性質上常識というものだ。オールトンの車が近づくと、ソーンが前に出てきた。

キンケイドがいった。「ミスター・ツィーヴェン、こちらはロイ・ソーン支局長だ」

　ソーンがそっけなくうなずく。

「ミスター・ツィーヴェンは、一つだけちょっとしたお願いがありまして」キンケイドがいう。「娘さんの葬儀に出たいそうです」

　ソーンがいった。「約束は守ってもらえると思うから、そうすれば、葬儀のことは問題ないだろう」

「自分がやったことの償《つぐな》いはする。ただ、それが無駄におわらなくてよかったと思っている。ここの二人が、私の家族のために捜査をして正義をおこなってくれた。それなのに二人との約束を守らなかったら、私と家族の顔に泥を塗るというものだ」

「そういうことであれば、当然、葬儀に出席できるだろう」

　ツィーヴェンの喉から思わず深い吐息が漏れた。「こんなことをいって申し訳ないが……解除の数字なんかないんだ」

　キンケイドがいった。「解除できないというのか」

「いや、ちがう、そうじゃない。これは爆弾ではないんだ」

　ソーンがその装置のほうへ目をやる。「しかし、犬が爆発物を嗅ぎつけたが」

「ドリルで穴をあけた四ヵ所に、ごく少量のプラスチック爆薬が取りつけてある。その目的は、ただ、犬に探知させるためだ。どこにもつながっていない。バッテリーもなければ雷管もない。誰も傷つけたくなかったんだ。ただ娘を捜してもらいたかった」

「監視カメラのテープはどうなんだ。ケースの上の穴にドライバーを差しこんで安全装置を解除しただろうが」

「カメラがあるのは、わかってたからね。ああすれば、これが本物の爆弾だと思うだろうし、安全装置をはずしたように見えるからだよ」

一瞬ソーンの目が険しくなった。つぎに彼は、ツィーヴェンの娘が黒い袋に入れられて家から運び出されたことや、キンケイドの説明を聞いて、ミイラ化した死体をこの目で見るのはやめようと決めたことを思い出した。「すると、無意味なことのために大騒ぎしたわけだ」

「ＦＢＩにうちの娘を見つけだしてもらうことを除いてはね。そして二人は見つけてくれた。これを〈無意味なこと〉なんていうとは、見そこなったよ」

ソーンは最初、怒りを爆発させたい衝動に駆られた。一見気弱そうなこの男が、町中を人質に取ったのだ。しかしここで怒りをあらわにしたら、偽爆弾だということを誰も見破ることができなかったためにあわてているのを証明するようなものかもしれない。ほっとひと安心した今になれば、それほど騒ぎ立てるほどのこともなさそうな気がしてきた。それに、だぶだぶのダークスーツを着たこの小男に対する賞賛の気持ちがないといったら嘘になる。

オールトンがいった。「ミスター・ツィーヴェン、本当なんだろうね。誰かがそれを確かめなきゃならないんだよ。人の命が犠牲になるのを望んでいるわけじゃないだろう」

「私が証明しようか。ぜんぶのスイッチを私が入れたっていいが」ツィーヴェンがいう。

「ちょっと頭を冷やそう」ソーン支局長がいってツィーヴェンのそばを離れ、キンケイドとオールトンについてくるよう合図した。ツィーヴェンに聞こえないところまで来るとソーンがいった。「あの男は自殺したがってると思うか」

「そうは思いません」オールトンがいった。

「娘の死がはっきりしたからには、娘を救えなかった者を全員道連れにするつもりかもしれん」支局長がいう。

「そんなそぶりはまったくなかったです」オールトンがいった。

「いいか、彼を爆弾に近寄らせてはいかんぞ」

ジャック・キンケイドはたばこに火をつけ、オールトンにかからないように煙を吐いた。それからあっさりといってのけた。「私がやりますよ」誰も答えない。「私の専門は爆弾だ。それにベンのいうとおり、彼のいうことは本当だと思いますよ」

ソーンはシカゴ市警爆発物処理班のダン・エルキンズ警部補に声をかけて、ここに来るよう手招きした。「ダン、ジャックがこいつの処理を志願してるんだが、どう思う」

「こういうと冷たいように聞こえるかもしれないが、いずれにしろ誰かがやらにゃならんことですからね」

ソーンはちょっと考えてからツィーヴェンのほうをにらんだ。「よし、ジャック、防具を身につけろ」

防具を着るのに十分近くかかった。刑務所の中では、収容者たちが爆弾のある場所からできるだけ遠くに移されていた。ダン・エルキンズ警部補はキンケイドを手伝ったが、ほかは全員が避難させられた。結局現場に残されたのは、彼ら二人だけになった。「オーケー、ダン、あんたもここから出たほうがいい」

「ここに無線機があるから、何かわからないことがあったら訊いてください。近くにいますから。派手なことをやらかす前に、おれだったらスイッチを一つだけ押してみますがね。それで爆発しなきゃ、やつが嘘をついてない可能性が大になる」

「〈派手なこと〉って？」

「フォークリフトを操作できますか」

「なんとかわかるだろう」

「ついてきて」エルキンズ警部補がサンドバッグの壁をまわってキンケイドを案内する。貨物積み下ろしホームの上、爆弾から一メートル半手前に、白いフォークリフトが置いてあり、後ろに〈シティ・オブ・シカゴ〉のロゴが入っている。フォークと運転席のあいだには、操縦者を保護するために四個のサンドバッグが積んである。「スイッチを入れても爆発しなかったら、それをフォークリフトに載せて、五〇センチばかりもちあげてみてください。これが爆弾じゃなかったら、中を見ることができるはずだ」エルキンズ警部補は、下に置いてあった無線機の横に懐中電灯を置くと、フォークリフトの運転席をちょっと見た。「じゃあ、気をつけて」

エルキンズが避難するだけの間をおいたあと、装置のまわりを歩きながら、キンケイドはトグルスイッチに目を据えた。「番号を一つ選ぶんだ」と大きな声でいう。「どの番号でもいい、0から9までだ」たばこに火をつけて大きく吸いこむ。「十五分前には、どうってことないと思ったんだが。コンラッドさんよ、まさか大当たりを狙ってるんじゃないだろうね？」またたばこを深く吸ってから、それを遠くへはじいた。「だがそんなこと、どうだっていいじゃないか」彼は装置の上にかがみこむと、コンサート・ピアニストの手つきでぜんぶのスイッチを一気に叩いた。

何も起こらない。

エルキンズ警部補はフォークリフトのエンジンをかけたままにしていた。キンケイドはそれを見て、防具をつけていたら運転席まで上ることも中に入ることもできないのに気づいた。スイッチを叩いて何も起きなかったんだから、防具の必要はなさそうだ。大急ぎで防具を脱ぎ、静かな音を立てるフォークリフトの横に積み上げる。運転席に乗ったあと、フォークリフトを少しずつ前に進めた。スチール製の重いフォーク二枚が、シートメタルで覆われた箱の下に接したあとで、箱を三〇センチほど押しやってから箱の下に入りこんだ。箱は、彼が望んだよりはるかに荒っぽく押しやられた。「ということは、水銀スイッチなんかないってことだ」長細い箱をそろそろと一メートルほどもちあげてみる。それからエンジンを切って運転席を下りた。懐中電灯を手に、身をかがめて装置の下部を調べる。ツィーヴェンがいったとおり、爆発物は入っていなかった。外枠は、ツィーヴェンのガレージで見た鉄筋でできている。そのほかにも、何本もの鉄筋や鋼板の切れ端が溶接してあるのは、重量を増して本物らしく見せるためだ。四隅には一五センチほどの三角形の木片が取りつけてあり、その上に少量の爆薬がはめ込んである。キンケイドは首をふりながら立ち上がった。「すごいはったりをかましたもんだな、コンラッドさんよ。ポーカーみたいな大事なことでだまされたんじゃなくてよかったよ」

キンケイドは無線機を手に取った。「みなさん、この装置は安全です。刑務所の後ろに来ても大丈夫」

サンドバッグの壁の開口部を通って、おそるおそるやってきたみんなの顔に、安堵《あんど》の表情が現れているのをキンケイドは見て取った。身に危険が及ぶ心配がなくなっただけでなく、大きな悩みの種が消えたのだ。一つは以前からあり、もう一つは降ってわいた難題だが、どちらも重大性では変わらない二つの問題が一気に解消した。FBIの評判は、少なくとも外の世界に対するものは、ふたたび回復できたわけだ。

最初に壁を通ってきたのはベン・オールトンだった。満面に笑みをたたえている。

「すごい、ヒーローになったじゃないか」

「おまえさん、ヒーローと大バカ者を混同してんだよ」

ソーンは、壁を抜けてまっすぐ偽爆弾に向かった。それを下から見あげたあと、キンケイドのところに来て、肩に手を置いた。「中は空《から》だろうと思ってはいたが、しかし相当勇気がなきゃできないことだ。それに、私がどれだけほっとしたか、きみにはわからんだろう」

「私の葬式で話す気の利いた言葉を考えなくてすむからですか」

ソーンが鷹揚《おうよう》に笑う。「それからベン、きみが早期に復職して手伝ってくれてよかった。これに関わらせたくなかったが、幸い強情を通して私の希望を無視してくれた」

「ありがとうございます」

ソーンはキンケイドに向き直った。「ところできみは、また姿をくらましたいんだろうな」

キンケイドが、はたの者までつり込まれそうな笑顔を見せた。「男は得意なことをやらなきゃね」

13

コンラッド・ツィーヴェンと妻は、キンケイドとオールトンにはさまれて二列目に腰掛けていた。中央通路から一メートルほど先には、夫婦の娘の棺《ひつぎ》が、ふたを閉めたまま置いてある。〈親は子どもを埋葬してはならない、子どもが親を埋葬すべきだ〉という金言にはっきりと逆らっているかのようだ。その上には、暖炉の上にあったポスターサイズの写真と同じものが、8×10《エイト・バイ・テン》の大きさになって額に入っている。この写真は暖炉の上のほど目が粗くなく、色も温かみがまして自然に見えるため、彼女の死がいっそう許しがたいものに思えてくる。教会の中では、女たちはみな嘆きの声を上げていたが、ツィーヴェンを含めた男たちは、悲しみを押し殺して無言で座っていた。肩が触れあうようにしてツィーヴェンの隣に腰掛けているオールトンには、ツィーヴェンの体が硬くこわばっているのが感じられ、彼がこれ以上ないほどの苦しみと怒りにさいなまれているのが伝わってきた。

参列者の大半は、親族と友人だった。キンケイドがそっと見ると、ツィーヴェンは娘の写真に目を据えていた。そのようすは、娘に向かって意志の力で命令を送っているかのようだ。起きあがってこの息詰まるような長い暗黒の夢をおわらせてくれと。そのときキンケイドは、磨き上げられた棺の中の、変わり果てた娘の姿を知っているのは、この教会の中では自分だけだと突然気づいた。彼は気を紛らそうと、祈禱書《きとうしょ》を手に取って奥付を読みはじめた。

告別式がおわり、列をなした参列者が順にツィーヴェンのところへ来て手を握り抱擁をするとき、キンケイドとオールトンはツィーヴェンの横に立っていた。かつてはＦＢＩに対して公然と反抗したツィーヴェンだが、今ではこの小さな愛国的集団に対して心から敬意を抱くようになっている。彼の起訴認否手続きには大勢の人が関わった。うんざりするような過程だがこれも省くことはできない官僚的手続きの一つなのだ。ツィーヴェンは有罪を認めたいといったが、連邦治安判事はそれをそのまま呑むわけにはいかず、この法廷の目的は罪状認否の答弁ではないといって、彼の弁護をする国選弁護人を任命した。国選弁護人事務所に所属する弁護士は、弱い者のために献身的に働くことで知られていて、困窮者を助けるために尽力する無私無欲の者の例に漏れず、それなりの報酬しか手にしていなかった。ツィーヴェンの弁護人に任命された人物が着たよれよれのダークスーツは、色あせて納屋の壁のようなすすけた灰色に変わっていて、法廷の後ろのほうに陣取っている、ツィーヴェンの友人である元コミュニストたちの身なりと大差なかった。

外見はさておき、彼は経験を積んだ弁護士であり、ＦＢＩがらみの事案ではさんざん痛い目にあっていたので、勝ち目のない事件をあてがわれたときはそれとわかるのだった。ツィーヴェンがキンケイドとオールトンに認めた事実は有罪を証明していて、それは取り消しようがない。ツィーヴェンは爆弾の置かれた場所まで自分で行って、それが無害であることを捜査官たちに話したのだ。こんな窮地に追いこまれたとき、弁護人にできることは一つしかない――精神障害を理由に無罪を主張するのだ。模範的な父親だったツィーヴェンは、娘を失ったために取り乱し、偽の爆弾を作って云々《うんぬん》、というわけだ。有能な弁護士である彼は、たちまち陪審の同情を取りつけるだろうし、その感情を怒りに変えて、真の悪者、つまりＦＢＩの正体を暴くはずだ。

ＦＢＩの無関心と怠惰こそ、思いやりに欠けるＦＢＩに職務を全《まっと》うさせようという〈動機〉を抱かせた元凶なのであります。天下に名だたるＦＢＩは、必要とあれば、このような事件を数時間で解決できるはずですが、それはまちがいだったのでしょうか。被告人はたった一人の娘を奪われ、妻はこの悲劇ゆえに薬で体を壊したのです。

だからこそ、彼はＦＢＩを動かす方法を考えだし、そもそもの初めにやるべきだったことをやらせようとしたのです。それに、ＦＢＩがやっと職務を果たしたとき、彼はただちに投降し、約束どおり爆弾処理をしようと申し出たではありませんか。ろうそくすら吹き飛ばせないような量の爆薬が入った装置のせいで面子《メンツ》を傷つけられたと、当局は腹を立てています。陪審員のみなさん、こんなことで罪になっていいのでしょうか。

連邦検事補は精神障害の主張が通るとは思っていなかったが、かといって、当然考えられる弁護側の主張が、陪審に訴える力は大きい、というより絶大な説得力をもつだろうと、彼女にはわかっていた。こうなれば司法取引の一環として求刑を軽くするしかないだろう。それに、担当判事によっては、ツィーヴェンが長期の保護観察処分になるかもしれない。それも彼女にとって必ずしも悪くはなかったが、たとえ当局の面子を立てるためにすぎないにしても、少しは彼を拘束しておきたかった。今のところ、それを確実にするには、ツィーヴェンを再勾留するしかない。そのあとに、ツィーヴェンが〈高潔な市民〉なのか〈法と秩序の著しい破壊者〉なのかを、論じればいい。

よほどのことがないかぎり当局側の要求をのむという噂の連邦治安判事は、ツィーヴェンに対する精神鑑定と保釈なしの勾留を命じた。オールトンは、被告人を娘の葬儀に参列させてもいいかどうか、判事に伺いを立ててほしいと連邦検事補に頼んだところ、この点はただちに許可が出たのだった。

葬儀の参列者が帰りはじめるとすぐに、キンケイドとオールトンは、急いでツィーヴェンを脇のドアから連れだしてFBIの公用車に乗せた。一時間後、三人は連邦の留置場の入り口で、携帯している武器のチェックを受けていた。ツィーヴェンがいった。「約束を守ってくれて感謝しているよ。今日あそこに行くことは、とても大事なことだったんだ」二人の捜査官がうなずく。「ちょっと質問していいかな」

「どうぞ」オールトンがいった。

「そのウイリアム・スローンというのは、大男だったのかね」

スローンの犯罪歴を載せたコンピューターによると、身長一七〇センチ、体重六一・二キロだった。「特に大きくはないね」オールトンが答える。「なぜだ」

ツィーヴェンがオールトンを見た表情は、彼の質問が、素朴な疑問をよそおったものになることを示していた。「私がエンジニアだからかもしれないが、死体を一人で天井に上げるには二メートルぐらいの身長がなければ無理だと思う。たとえハシゴがあったとしても。ハシゴはあったんだろうけどね」

オールトンは、誰もが連絡やらマスコミの応対やらで忙しすぎて、少女をどうやって屋根裏に上げたかなど考えもしなかったとはいえなかった。ツィーヴェンはすでにFBIの無能のせいでさんざんな目にあっているのだ。「ああいう連中は、こういうことになると、驚くほどの力を出すんだよ」

ツィーヴェンにしてみれば、今の答えは話をわざと一般化しているし、物理的特性にくわしいエンジニアより、オールトンの経験のほうが適切な判断を下せることをそれとなくにおわせているとしか思えなかった。かつて毎週の問い合わせに対して何人もの誘拐担当捜査官から聞かされた答えよりほんの少しましな――あるいはそれよりも下手な――答えだった。オールトンは留置場の窓に近寄ってノックし、早く中に入れろと催促した。コンラッド・ツィーヴェンは一人ほくそ笑んだ。黒人捜査官の目に何かが宿ったことを見て取ったからだ。ツィーヴェンはもう一つの爆弾を仕掛けたのだ。

ツィーヴェンを留置場にもどしたあと、オールトンは、キンケイドのミニバンが停めてあるところまで彼を送っていった。車から出ようとしてキンケイドがいった。「仕事にもどるのかね、それとも療養休暇の残りを取って奥さんを安心させてあげるのかね」

「なんだってまた、おれの私生活がそんなに気になるんだ」

「聞かなくてもそっちの答えをわかるようになれ、っていいたいんだろ。おれにはわかるような気がするよ」

オールトンはちょっと考えた。「よし、試してみよう。今のところ、オフィスにもどってどうなってるかようすを見るつもりでいる。これでどうだ」

「いいか、ベン、誰もスコアをつけちゃいないんだよ」

「おれがつけてる」

「ガンだからか」

「おれはいつもスコアをつけてきた。今は前よりもっと几帳面につけてるかもしれない」

「そんな調子で、少しは楽しむ時間があるのかね」

「六ヵ月前医者からいわれた。脚を切れば、また雪を見られるチャンスは五分五分だと。五分五分とはどういうことかわかるか。コインを投げて裏が出れば死ぬんだ。そうなると先の見通しはどうなるか、わかるか。四十五年間あるのが当たり前だった脚を切断した。そして何ヵ月も例の毒を飲むことになる。解毒剤を飲まなきゃ、死んでしまうような毒だ。それがどんなものだか——そのひどいことといったら、解毒剤なんか飲まないで死にたいくらいだ。当然ながら、自問自答する。なぜおれはここにいるんだ、とね。そしてどういう結論に達したと思う。もちろん家族は大事だが、頭から離れないのは、おれが死の床にあるとき、負けたと思いたくないってことだ」

「負けたって、何に」

「人生に負けた、くじけたと」

「負けたかどうかなんて、そんなことわかるわけないよ」キンケイドはバカにしたように、軽くいなすつもりだったようだが、突然自分の死について考えるはめになった人間の例に漏れず、心のどこかで自分はどうなんだろうと考えているから、キンケイドはこんなことを訊いているのだとオールトンにはわかっていた。

「そんなことはない。自分のことを正直に見さえすればいいんだ。自分に訊いてみるんだね。二、三度トライして〈こんなもんだ、仕方がない〉とあきらめるか、それともぜったいに譲れないと闘うか。パンチを食らって倒れるか、こっちがパンチを食らわすか。人生がさしだすものを受け取るか、それともこっちから注文を出すか。もしこのガンがおれを打ち負かすなら、それはそれでいい。だがガンがおれの人生まで左右するなら、おれは負けたんだ。ツィーヴェンがいい例だ。彼は勝者だ、勝ったん

べきだ」

「ほんとにそう思うなら、今のところあんたは自分が勝者のまっただ中にいると思うべきだ。お上《かみ》には勝てないというが――なんとお上の鼻をあかしたんだ」

「今の今はそうかもしれないが、ほかの見方もある。おれが一番恐れているのはなんだと思う。病気が〈寛解期《かんかいき》〉にあるという言葉さ。どういうことかというと、体の中にデンと居すわってる病気が、それとわからないくらいの小さなきっかけで悪化しかねない、ということだ。そういうことがなくてすむかもしれない。だが医者にしつこく質問すれば、そういう可能性が何パーセントあるか話してくれるだろう。ほかのことで気が紛れていないときは、必ずそのことが頭に浮かんでくる。だからおれは、しょっちゅう自分に問いかけなければいけない、おれはまだ勝者の仲間なんだろうか、と。カウントが――本当のカウントが――ここで始まる。あらゆるものがカウントの対象だ。昔なら、困難が多すぎるようだ、あとで埋め合わせをしようと投げだすこともできたかもしれない。だが今では、あとがあるかどうか、わからないんだ。もはや、やっかいなやつを先延ばしにすることは許されない。そいつがもしかしたら、最後に残った大事なことかもしれないからだ」

「なるほど、見あげたもんだ、ほんとにそう思うよ。だがおれとしては、めいっぱい楽しまなきゃ負けたことになるんだ」

「あんたがそれでいいなら、それでいいさ。おれのやり方しかないとか、これがもっとも健全だなんていうつもりはない。むしろ健全でないかもしれないが、今のところ、おれはこう考えることでなんとかやっていけるんだ」

キンケイドは車から出て、改まった敬礼をしたが、手は左手だった。オールトンは、彼が滑稽《こっけい》なミニバンで走り去るのを見ていた。ホイールキャップは三つなくなっているし、かつては車体を飾っていた薄っぺらな木目調のプラスチック板は、端がはがれて風ではためいている。ジャック・キンケイドを好きになるまいと構えるのは、容易なことではない。


オールトンは夜間金庫にトラップが仕掛けられた事案について、最初の三件のファイルを読みおえたところだった。この件の捜査で誰に一番責任があるか一目瞭然だ、と考えて苦笑いした。なぜまだ未解決なのか、理由がわかったのだ。どの件も、捜査といえるほどの捜査はまったくおこなわれていない。キンケイドは、彼の信条どおりに楽しい毎日を送っているらしく、そのためには、こういう事件のような非生産的なことにエネルギーを使っていられないのだろう。キンケイドの頭が、回転が速く論理的思考に長《た》けていることを考えると、自分がこつこつと努力してやっと勝ち取る成功と、キンケイドのとぎすまされた能力とを交換してもいいような気がした。人知の及ばない天の配剤に欠陥があるのか、その能力がほとんどいつも休眠状態にあるとしても。

あるファイルには、かさの大きな提出物についての記述があり、その証拠品が大きすぎてファイルにおさまりきらないので、鍵のかかった部屋に保管してあると書いてある。預けるものが夜間金庫のシュートを落ちていかないと客がいうので、調べた結果回収されたトラップだという。それは何ヵ月ものあいだ証拠品保管庫に入れっぱなしになっていて、キンケイドが遺留指紋の検査のために科学捜査研究所にまだ送っていないのだ。

オールトンはエレベーターを使って、その大きな提出物が保管してある階に下りていった。そのトラップをもちだし、自分のデスクにもち帰る。茶色い荷造り用の紙にくるまれていたトラップは、作りは結構単純で、三〇センチ×六〇センチの白いプラスチックシートに、片面だけつやのない黒いペンキを塗ったものだ。両側に楕円《だえん》形の持ち手が切り抜いてある。オールトンは証拠品用の手袋をはめて、指紋が見えないか天井の照明にかざしてみた。これは比較的ありふれた検査で、たいていの捜査官がよくやることだ。部分的な潜在指紋がいくつか見て取れる。キンケイドはなぜこれを研究所に出さなかったのだろう、とオールトンはまたもやいぶかった。

同じようにして、反対側にも指紋がないか調べた。そこにもいくつか指紋があって、六つほどの部分指紋は、うねがかなり鮮明なので識別ができそうだ。キンケイドならこれらすべてを見逃すということはありえない。それからファイルを見れば、キンケイドが協力者指紋をまったく採っていないことがわかる。トラップを見つけた客や、トラップを彼のところにもってきた警備員の指紋さえ採っていないのだ。

指紋こそは犯人と、四回の犯行とを結びつける唯一の物的証拠なのに。その指紋を採っていないとは許しがたいことだ。だがこれも、ジャック・キンケイドならやりそうなことかもしれない。オールトンはトラップをまたていねいに包みなおして、これを研究所に送るよう指示を出した。それからまた、銀行窃盗犯の手口を記録したデータベースを当たって、国内のほかの場所でも同じ人物が犯行を重ねていないかどうか調べるよう指示しておいた。どちらも型どおりの手順だが、キンケイドは、型どおりの手順という言葉が当てはまるようなことを、どんなときでもぜったいにやらないことを、オールトンは思い出した。

オールトンは、この地区における未解決の銀行窃盗事案全体の現状をもう一度当たってみた。療養休暇に入る前より解決率は低くなっているように見えるものの、未解決事案をもう一度見直した結果、思ったほど悪くないことがわかった。解決されたあと、規程どおりの報告書を捜査官が書いて提出するのを待っているだけ、というケースが多いからだ。最初の三件のトラップ事件を除けば、ほとんどの銀行窃盗事案が、解決ずみか、発生が最近すぎて解決できていないという状態なのだ。

オールトンはデスクの時計を見た。まもなく昼だ。サンドイッチとアーサー・アッシュの伝記を取り出した。

数分間、ページの最初のパラグラフを読んだあとそこをまた読みなおしたりしていたが、コンラッド・ツィーヴェンの質問がどうしても頭から離れない。一人の人間がどうやって天井の狭い開口部から死体を上げることができたのか。ジャック・キンケイドでさえ、オールトンの助けを借りても上がるのに難儀をしたというのに。

ホイーリング市の警察に電話した。「ランシング刑事です」

「ダン、ベン・オールトンです」

「やあ、どうしてます？　今こっちから電話しようとしてたところなんですよ。うちの署長が手紙を見せてくれてね。ツィーヴェン誘拐事件でおたくの長官から感謝状をもらったんですよ。これまでも、ＦＢＩに協力したことはあるが、こういうのをもらったのは初めてだ。感謝しますよ」

「あんたの助けなしにはできなかったよ、ダン」オールトンがいう。「電話したのは、娘の解剖についてなんだけど。解剖には立ち会ったんでしょう？」

「ええ、何を知りたいんです」

「体に傷はあったんだろうか、ロープの跡とか」

「死因はひも状のものによる絞殺だった。検死官によると、ついた跡の幅が広いからベルトではないかということだが、傷跡はそれだけ。〈ロープ〉とはどういうことですか、縛られてたとか？」

「そうじゃなくて、脇の下とか、天井に上げるときに役に立つような」

「そういうものはなかった」

「スローンの家のどこかでハシゴを見た覚えはありますか」

「いや。なぜ」

「ツィーヴェンに訊かれたんですよ、一人でどうやって天井の上に死体を上げることができたんだろうとね。それがずっと気にかかってただけ」

「屋根裏に上げたときは、生きてたのかもしれん」

「それはないだろう。ひもで絞殺するとなると、ふつう立ってやるはずだ。足をしっかり下で踏んばる必要がある。ベルトを使ったとなるとなおさらだ。屋根裏では、かがみこむ格好になってしまう。娘が抵抗するつもりなら、梁《はり》のあいだに逃げこむことだってできるし、そうなったら、犯人はえらく手こずることになる」オールトンがいう。「屋根裏で殺したとは思えない。スローンが誰かと組んで何かやったことはあるのかな」

「あいつはかなりの一匹狼だったが、長年悪事を重ねてきたからには、大勢のならず者を知ってたのはまちがいない。共犯がいたと思うんですか」

「たいていの場合、一番単純な解釈が、正しい解釈ですよ。この場合、一番単純な解釈は、単独犯だったというものだ。共犯がいたのなら、なぜ切手を取らなかった。ツイーヴェンがあんなことを訊いたから、おれの頭の奥でそいつがうるさい音を立ててただけだ。その音がどれだけ大きいか、ちょいと調べたかっただけでね。ありがとう、ダン」

オールトンは気のないようすでサンドイッチをかじった。本を開いたが、ほとんど読めない。本当に共犯がいたのだろうか、それとも、自分は誘拐捜査を続行して自分の存在意義を示したいだけなのだろうか。オールトンはサンドイッチをまた包むと、それを本といっしょにブリーフケースの中に投げこんだ。もし共犯がいたのなら、こんなところに座っていてもラチがあかない。だがもしスローンの単独犯行だったらどうする——おれにだって、たまにはまちがう権利があるんだ。

14

キンケイドは駐在事務所に電話で連絡した。上司の捜査官に、調べたい場所があって、そこがオフィスより自分の家に近いのだといった。こういうことはよくあるのだが、あまりにも度重《たび》なるとあやしまれる。半年前に駐在事務所に来て以来この手を乱用していて、最初はまじめな捜査官だと思わせることに成功したものの、今では仕事をサボる口実だとばれてしまっていた。むろん上司は、キンケイドのプライドに訴えるやり方は、労力の無駄遣いだとすぐに気づいた。つぎに、キンケイドと〈差しで〉説得を試みたが、これもむなしい努力におわった。そしてついに、戒告を出して手綱《たづな》を引き締めることにした。その手綱にどれだけのひもがついているかよく知っているキンケイドは、自粛せざるをえなくなっていた。

ところが、爆弾事件と誘拐事件の解決により、少なくとも当面は束縛から解き放たれている。厳しいルールがあるのはただ一つの理由によるという。すなわち、ルールを適用することにより、ＦＢＩの使命を果たす上で、捜査官たちを、ひいては捜査官の職務遂行能力を、より有効に活用できるという理由である。だがキンケイドは、二つの難事件を電撃的スピードで解決することにより、キンケイドをルールに従わせて彼の〈システム〉を下手にいじくるべきではない、ということを証明してみせたのだ。厳しいルールは、有象無象《うぞうむぞう》を統率するためにあるのだ。しかし、彼が一人で事件を解決したわけではない。そんなことはありえない。だが世界一偉大な捜査機関で働く取《と》り柄《え》の一つは、それが幻影の上に築かれているだけに、噂や誤った情報が大いにもてはやされやがて尾ひれがつき、最後には確かな事実になってしまうということだ。神話が役に立つあいだは、真実がないがしろにされてもやむを得ないというわけだ。今のところ、まわりの者が捜査官としての彼の値打ちを過大評価しているにすぎないことをキンケイドは知っていた。意に反して捜査の渦中に投げこまれたが、その結果思いがけない儲けものをしたことを、キンケイドは誰よりもよく知っていた。そして上司がまた戒告を出してくるまで、このおいしい立場を存分に楽しむつもりだった。

ところがここにもう一つ問題があった。例の銀行強盗班の調整官だ。万事が平常にもどりつつあるからには、ベン・オールトンが夜間金庫のトラップ問題にエネルギーを集中してくるのは時間の問題だ。このあいだは彼の注意をこの事件からうまくそらしたが、今は彼の関心がふたたびこれに向けられていることはまちがいない。それに、仕事では二人はうまくいっていたが、だからといってオールトンが手加減するとは思えない。自分が尊敬の念さえ抱くようになったオールトンに、自分の犯行を発見されたくないという気持ちが強いのではないか、と気づいてキンケイドは少々驚いていた。まずは部屋を片づけることだ。彼の〈コンドミニアム〉の料金には、メイドのサービスが含まれていないのが難点で、ここに住むようになった六ヵ月前から、部屋には一度も掃除機をかけていない。よほどのことがなければ掃除機でほこりを巻き上げようという気にはならないのだが、なにしろオールトンは、トラップに使ったペンキのにおいを嗅ぎつけたのだ。あれ以来気をつけているが、キンケイドにはにおいがわからない。酒とたばこのせいで嗅覚が鈍り、鼻が頼りにならなくなっている。それなのにオールトンはにおいを嗅ぎつけた。二度とああいうことはごめんだと、キンケイドは思った。

入り口のドアは開け放してあり、暖かい秋の日が射しこんでいる。B・Cは敷居に寝ころんで鼻を静かな空気の中に突きだし、何かがあればすぐ嗅ぎつけようと待ちかまえている。キンケイドはマネージャーから借りた掃除機をかけた。その音で、オールトンの車が入ってきたのに気づかなかった。

オールトンが車から出るとすぐ、犬は彼だとわかって、掃除機の音や熱くて油っぽいにおいをものともせず、中に走りこんで掃除機の進路をふさいだ。キンケイドは掃除機を止めて外を見た。手をのばしてボーダーコリーの耳の後ろを掻《か》いてやる。「いい子だ」

オールトンがドア枠を叩いた。「ジャック、元気か」

「ここへお越しとは、いささか驚いたね」

「あんたは外まわりだと駐在事務所で聞いた。ここにちがいないとにらんだんでね」

オールトンがにやりとする。「しかし、掃除機かけとはね」

キンケイドはベッドに掛けて、ナイトテーブルからたばこを一本取った。ライターをもったまま訊く。「いいか?」オールトンがかまわないというように手をふったので、キンケイドは火をつけた。それからリクライニング・チェアに掛けるようオールトンに手で合図したが、オールトンはデスクの横に立つことにした。無意識のうちに、このあいだ来たときに気づいたペンキのかすかな黒いアウトラインを目でたどりだす。その奇妙なシンメトリーの図形は、どこかで見たような気がする。キンケイドがいった。「掃除機をかけないですんだ時代がおれにもあった」

「何が変わったんだ」

「結婚してた」たばこを深く吸いこむ。「何しに来た。昔話が好きなタイプとも思えんが」

「どうしてそう思う」

「後ろを振り返って思い出にひたるような男じゃない。前方に退治すべきドラゴンがいっぱいいるからな」

「じつはここに来たのは、誘拐の件なんだ。だが思い出にひたるためじゃない。ツィーヴェンのいったことは、もう気にならないのか」

「すまん、なんといったっけ」

「娘の死体を屋根裏にどうやって上げたか」

「正直いうと頭になかった。支局の連中が浮かれてるあいだは、こっちは好き勝手ができるというのが、おれの方針なんだ。そのうちやつらも正気にもどるだろうけどね」

「まじめに聞いてくれ。あんたは共犯がいたと思うか」

「死体を屋根裏に上げるのが難しいからか？」

「それもあるし、身代金の受け取り方がじつに手際よかった」オールトンがいう。

「ああいう連中は、刑務所の中で手口をさんざん考えてんだよ。あいつのアイデアじゃなかったかもしれないが、出てきてその手を使った」

「手並みが鮮やかすぎた。それにビリー・スローンについて聞いたかぎりでは、あれはやつの技能レベルを超えている」

「もし共犯がいたとすれば、なぜ切手をもっていかなかった」

「わからない。しかしおれの助けなしにあんたはあの屋根裏に上がれたと思うか。まして死体をかついでだよ」

「必要は発明の母なり。それにおれはもうそれほど体力があるわけじゃない。もし共犯がいるとすれば、例の切手は今頃どこかのコレクターのところにあったはずだ」

「切手のありかを知らなかったのかもしれないし、スローンが殺されたとき、家に探しに行くのを恐れたのかもしれない。死体があるから、警察が家を見張ってると思ったのかもしれない」

キンケイドが次第にいらいらしてきた。「〈かもしれない〉だらけのことにこれ以上おれの時間を使うのはごめんだ。すまないね、ベン。そっちのいうとおりかもしれない。だがおれはここでやめるし、すでに抜けたんだ。共犯がいたとすれば、あんたはきっとそいつを見つけだすだろうよ。娘もあんたが見つけたんだし」

「何もかもおれの手柄にしたって、こっちは引き下がらんぞ」

「だったら別の言い方をしよう——断る。ソーンはおれの頭に銃を突きつけた。だから捜査に加わったんだが、それはもうおわった。だからもう一度いう、こ——と——わ——る」

「自分のことしか考えない男だ」

「そんなの、承知の上よ」

「ツィーヴェンに約束しただろ」

「昔は、アメリカ合衆国をすべての敵から守るという約束だってしたんだ。おれのファイルをどれか見てみろ。その約束が果たされてると思うかね」

「あんたの自己嫌悪には恐れ入るよ」

「そこが二人の相違点だ。おれは自分の自己嫌悪に満足してるが、そっちはヒーロー・コンプレックスを作り上げて、自分の自己嫌悪を隠してる」

「ヒーロー・コンプレックス？」

「なんでしょっちゅう伝記を読んでるか、考えたことがあるのか。ヒーローというラベルを貼られた男たちの伝記だよ。おれには、あんたが夢のような青写真を追い求めてるとしか思えない」

オールトンの顔が冷たくこわばった。キンケイドのほうを見ずに外に出ると、車に乗りこんだ。言葉がすぎたかととまどい、ばつの悪さを紛らわそうと、キンケイドはベッドのところに行き、散らばった新聞を手に取った。それをきちんとまとめてから、外に出て駐車場にある大きなゴミ箱に投げこむ。オールトンのほうを見ると、まだエンジンをかけずに、じっと考えこんでいるようすだ。

オールトンは、自分が娘を見つけたのではないとわかっていた。ATMがある銀行のロビーから見張っていたということから、ツィーヴェンを納得させて投降をうながすために切手をテレビで見せることまで、肝心な点はすべてキンケイドが考えたのだ。別の誘拐事件が起きたら、キンケイドに助けを求めるつもりだが、ああいうことをいうようでは、それも望み薄だ。目を閉じて、頭をからっぽにしようと試みた。シンメトリーの形が現れた。つや消し塗料に囲まれた楕円形がある。あれはなんだった？　そのとき、キンケイドのデスクの上だと気がついた。ペンキの中の形だった。前にどこで見たっけ。同じ形を別の場所でも見た——それも今日。

そうだ——トラップだ。デスクの上の形は、プラスチックシートの中に切り抜かれた持ち手のネガなのだ。最初にここに来たときペンキのにおいがしたが、キンケイドはわざと話題を変えた。ジャック・キンケイドが犯人か。そんなことがあるだろうか。盗みで捕まった捜査官はほかにもいる。証拠品を研究所に送らなかったのも、これで説明がつく。考えれば考えるほど、これですべてつじつまが合うのだ。捜査官が盗みを働くなど、オールトンにとって背信行為もいいところだが、ジャック・キンケイドを知っていると、その重大性もいくらか弱まるような気がする。オールトンは車から出て、部屋にもどった。

オールトンを見てキンケイドがいった。「なあ、ベン、すまなかった。犯人捜しには、昔ほど興味がなくなったんだよ」

オールトンはデスクのところに行って、自分の疑惑を確認した。「ということは、トラップの犯人捜しも、あんたには期待できないってことか」

その質問は、唐突であるばかりか、口調もおかしなものだった。いくぶん腹立たしそうにいうとか、皮肉っぽくいうならわかるが、まるで王手をかける前のように、できるだけ相手を捕《と》りやすい場所に慎重に駒を置いたという感じなのだ。自分がトラップの犯人だと疑っているのだろうか。なぜデスクの上をじっと見てから質問したのか。

「誘拐とちがって、あれはおれの担当だ。できることはやるつもりだが、今のところ、これといった手がかりがないんでね」オールトンのほうを見ると、何か含むところがあるような顔をしている。突然、自己弁護の必要性に駆られた。「こういう犯人は現行犯でなきゃ捕まえられない。だから、またやらかさないかぎり、こっちとしては手の打ちようがないんだ。こういうのをどうやって解決するか知ってるだろ、十中八九現行犯逮捕だよ」部屋の片づけをつづけながら、キンケイドはナイトテーブルから本を取って、デスクの上にさりげなく置いた。まだトラップの黒いアウトラインが見えている。心臓の鼓動が速く大きくなってきた。

「だったら、おれがちょっと調べてみてもいいかな」

「共犯の可能性を調べるんだと思ってたが」

「それができれば、おれの時間は有効に使えることになるが」オールトンの口調が突然あいまいになった。「あんたの協力なしでは、共犯捜しに成功する自信がないんでね」

ここでキンケイドは、オールトンが自分を疑っていて、容疑者かもしれないと思っているのがわかった。それに彼は頑固だ。またもや、義足をつけているにもかかわらず、ガレージのドアがはずれるまで一度ならず二度までも体当たりした光景が脳裏によみがえった。キンケイドは、自分のドアをはずされては困ると思ったので、にっこりしていった。「そうか、おれの助けがどうしてもいるというなら、二日ばかりは割《さ》いてもいいだろう」

「よかった、やつの犯歴が記録してある二ヵ所の刑務所に電話するよ」オールトンがブリーフケースから携帯電話を取り出す。

「知り合いに保釈保証人がいる。彼なら保釈や裁判の情報を取ってくれるはずだ」キンケイドはいって、ナイトテーブルの上から古ぼけたダイヤル式の黒電話を取った。携帯をかけるオールトンが切れのいい機械的な音でダイヤルしているのに、キンケイドのほうは、一〇個の丸い穴に人差し指をかけて、それを止まるところまでまわし、手を離してはそれがギーッともとにもどるまで待っている。古い電話機には、どこか気持ちが休まるものがある。つぎの数字をまわす。断じて急いでくれない。三つ目の数字。四つ目。受話器の重みまで心地よい。過去との絆《きずな》だ。

モーリス・ウォーフマンが出ると、キンケイドはスローンの名前と誕生日を告げた。ウォーフマンは調べて何かわかったら電話するといった。二十分後にかけてきた。「ジャック、おれはその男のために証書を書いたことはないが、ポーリー・ギャノンが書いている。誘拐事件の一年ほど前に、コカイン所持で逮捕されたんだ。ポーリーは一万ドルの証書を書いた。スローンが死んだもんだから、保釈金を取りもどすのに苦労したそうだ。死亡証明書やなんかを手に入れるのにね」

「コカイン所持というが――そいつは売れるほどの量なのか」

「一グラムもないコカインだ。それに安物もいいところだから個人的に使うつもりだったんだろう」

「友だちか親戚がいないか探してるんだがね」

「記録には女が一人載ってるだけだが、どういう関係かわからない。ローラ・ウエルトンといって電話番号も書いてある。いるかね？」

キンケイドは番号を書き留めながら、その女がまだそこにいるだろうか、と思った。ビリー・スローンのような者と友だちになるような人間にとって、四年という年月は一ヵ所に住むには長すぎるのだ。「あんたは電話会社にコネがあるだろう」

「ＦＢＩにはないとでも？」

「うちでは、何をやるにも令状がいるんだよ」

「おれが使ってる賞金稼ぎが電話会社の人間を知っている」

「あんたは、大した愛国者だ。どれくらい時間がかかる？」

「テックスってやつに連絡がつき次第だ。そいつが情報源をもってる。三十分か一時間ってところだ」

「また電話する」

オールトンは刑務所への電話をおえたところだった。「関係ありそうな人間は三人しかいない。支局に電話しといた。今、逮捕記録や現住所の運転免許記録を調べているところだ。親戚でわかっているのは母親しかいない。母親は死んだとランシングがいわなかったっけ」

「そうだよ。あそこはお袋さんの家だからね。だから家に板が打ちつけてあったんだよ。おれのほうは、知り合いの女の電話番号がわかった。今住所を調べてくれてるところだ」

オールトンの電話が鳴って、出るとすぐ彼がメモを取り出した。電話を切ってオールトンがいった。「仲間三人のうち、一人はダニー・ミルトン。まだ刑務所の中で、ここ十一年間出ていない。武装強盗だ。リー・ジョン・マーチンは所在不明。三人目のロナルド・デイヴィッド・ベイは、誘拐事件の一年ほど前に仮釈放になっている。運転免許証によると、住所はホルステッド通りより西のウエストサイドで、ディビジョン通りの近くだ。スローンの死体が見つかったのもウエストサイドだった。となるとロナルド・ベイが第一候補に躍りでるね」

キンケイドがネクタイを取って結び、よれよれのスポーツコートを着た。「いざ、バットモービルへ」

15

ロナルド・ベイの住む界隈は、捜査官たちにとっておなじみの場所だった。一戸建ても小さなアパートも、軒を接するように立ち並び、隣同士を隔てる道は狭いセメントの通路だけで、外まわりも荒れ果てている。何世代か前の住民は、ほとんどが移民の労働者で、彼らはここから歩いて仕事場に通えた。エアコンもテレビもない時代なので、子どもたちは夕暮れまで遊び、親は玄関ポーチからそれを見ていたものだ。しかし今は、低家賃の住宅が老朽化するにともない、住民の大半が失業者と非定住民になっている。夜ともなると通りで出会うのはならず者だけだ。キンケイドとオールトンがＦＢＩの車から出ると、汚いブラウンの髪を長くのばしひび割れのあるグリーンのレザージャケットを着た若い男が、さっとこっちを横目で見て顔を伏せ、それと気《け》取《ど》られない程度に足を速めた。

ベイが住むのは雨ざらしのアパートで、入り口を入ったとたん、うち捨てられたゴミの腐ったにおいが鼻を突く。オールトンは元気づけに九ミリの台尻をぐいと引いてから、不安を隠すためにズボンを引き上げた。そのときキンケイドは、自分が銃をもっていないのを思い出した。「もう一丁もってるか」

一瞬オールトンは眉をひそめて質問の意味を考えた。「銃をもってないのか」

「すまん」

オールトンは何もいわずに、入居者の郵便受けに指を走らせ、〈R・ベイ　3B〉というのを見つけだして、「地下だ」といった。

キンケイドが内側のドアを開けようとしたが、鍵がかかっていた。大きなスチール板が取りつけてあり、その背後の電気錠を保護している。黒い木の枠に何本もの溝がついていて古い塗料の下からタンオーク材が見えているのは、誰かがここをこじ開けようとしたからだ。オールトンは3Bのブザーを押した。誰も出ない。

キンケイドはブザーを押して、そのまま押しつづけた。三十秒後にドアが音を立てた。それを開けてもったまま、オールトンに先へ行けと合図する。「美女の前にまず武器だ」

「おたくが美女ね、わかったよ」オールトンは階段を下りながら、上着の下に手を入れ、ホルスターのサム・リリースのスナップをはずした。

暗い廊下の一番奥が3Bだった。ノックをする前に、二人はドアの両脇に身をよけた。キンケイドがこぶしで古い木のドアを叩く音が、カーペットの敷いてない廊下に響く。

「なんだ」大きな声が薄いドアを通してはっきり聞こえる。

「ロナルド・ベイを探している」オールトンがいった。

「誰だ」

二人がさらに一〇センチほど脇に身を引いてから、オールトンが答えた。「FBIだ」

それとほぼ同時に、安全錠がはずれてドアが勢いよく開く。「おれがベイだ」中背で、猫背だががっしりした肩の男だ。記録によると五十三歳だが、顔は生気がなく、たるんで疲れ切った感じで、前科者特有の青白い色をしている。本当にFBIかどうかと二人を見た。「入れ」

ベイは台所の木製テーブルにあったパックからたばこを指先でつまみ出し、使い捨てライターで火をつけた。そのライターをテーブルに投げると、わざとふてぶてしく、布が破れた安楽椅子にどさっと腰を下ろした。狭いアパートの中を見るかぎり、腰を下ろす場所はそこしかない。部屋は意外にも異様なくらい片づいているが、こういうのをキンケイドもオールトンも、前科者の住まいで前に見かけたことがある。

「さて、おれが何をやらかした」

キンケイドがいった。「おまえの知り合いのことで来た」

「お願いだから、出たあとはドアを閉めてくれよ」〈お願いだから〉は、〈くそったれ〉と同じくらい礼儀正しく上品な言い方だった。

「たれ込みしろといってんじゃない。死んだやつのことを訊きたい」

「死んだ？　誰だ」

「ビリー・スローン」

「例の誘拐だな」キンケイドがオールトンをちらっと見る。「新聞に出てたよ」

「そのことだ」

ベイがにやりとする。「やつが死んだから、例によってぜんぶ死人のせいにして片づけたんだと思ってたが。だからもうすることはないじゃないか」

「ふつうはそうだ」キンケイドがいった。「しかし今月は、でっち上げが一件不足してるし、それにクリスマスのボーナスももうすぐ――」

「わかった、わかったよ。あいつの何を知りたい」

「まず訊きたいのは、誘拐事件が起きたとき、おまえはどこにいた」

「いつだ」

「先週で三年になる」

ベイは長々とたばこを吸いこんだ。長すぎるところがあやしい。「ヒューストンの油田で働いてた」

「いつもどってきた」

「一年ちょっと前。調べてみろ。テキサスの運転免許までもってんだから。ワイルドキャット・ペトロリアムを調べればいい。おれは誘拐なんかしねえし、ガキを殺すなんてぜったいしない」

「調べてみよう」オールトンがいったが、キンケイドのほうを見るまでもなく、二人ともベイのいうことを信じたのは確かだった。「スローンはどうだ」

「いっときいっしょに入ってたことがある。おれの名前はそこで手に入れたんだろ。シャバであいつと関わりをもったことは一度もねえからな。あいつは下働きのチンピラよ。しょっちゅう人にまとわりついて、おんぶしてくれる者を探してた。ああいうのは、中じゃあ友だちができねえ。外に出たら災いのもとだ」

「彼が誘拐やってまんまと抜けたときは、驚いたか」

「驚いたかって？　あいつはナニをやったあと、自分じゃゴムも抜けねえような男だったよ」

「誰かそのかすような人間を知らないか」キンケイドが訊く。

「さっきもいったように、中でしか会ったことないし、当てになるような男じゃない。もともと、ヤクのせいでだめになったんだよ。コカインにはまったりしなきゃ、ウォルマートかどっかで靴下でも売ってるタイプだ」

オールトンは名刺を出して渡した。「なんか考えついたら連絡してくれ。ほかに漏らすようなことはしないから」ベイの目に浮かんだ嫌悪感を、オールトンは見て取った。刑務所で人種間の修羅場を生きのびてきた白人の前科者の目に何度も見た表情だ。彼らは黒人が信用できないし、したくない。それもオールトンは彼なりに理解できた。「それを破くのは、せめておれたちが外に出るまで待て」

車にもどるとキンケイドは、シートに身を沈めて目を閉じた。「あとは何がある」

「あとはリー・ジョン・マーチンだけだ。見つかればの話だけどね。それから女――あんたが保釈保証人から聞きだしたやつ――なんて名前だっけ」

「ローラ・ウエルトン。その携帯貸してくれ」キンケイドはウォーフマンにかけた。

「ウォーフ、ジャックだ」ジャック・キンケイドが住所を書きつける。「ありがと。金曜か。たぶん大丈夫だが、こっちから連絡するよ」電話を切る。「ノースブルックに住んでる」

オールトンがギヤを入れて通りに出た。「金曜ってなんだ」

「毎週ポーカーやってんだよ」

「大金を賭けるのか」

「まともな人間なら手を引くような額だ」オールトンのほうを見なくても、彼がこっちをにらんでいるのが感じられる。もし目を見たら、なんらかの説明が必要だろう。キンケイドは頭を後ろにもたせかけて目をつむった。

ローラ・ウエルトンが住んでいるのは、意外にもミドルクラスの住宅地であり、これはスローンの家を見ている二人にとって予想外だった。スローンとの関係がなんであれ、ライフスタイルとは関係なさそうだ。彼女の住まいは整然と開発された団地の中にあり、似たような棟がいくつも並んだコンドミニアムの一つだった。かなり新しく建てられたもので、建物の基礎のコンクリートは、時間がたっていないのでまだ真っ白だ。

オールトンがブザーを押すと、四分音符のチャイムが中からかすかに聞こえてきた。細くドアが開いて、玄関の外側につけた風防ドアが吹きこむ風で閉まった。三十代半ばの女が身を乗りだして外のドアを開ける。「はい？」ゆったりとしたローブには、ベージュの地に薄い花柄の模様がついている。髪はチョコレートがかった濃い赤毛で、肌にはダークオレンジのそばかすがあった。赤毛に弱いキンケイドは、あのローブの下はどんなだろうと思わず考えていた。化粧をして髪を整えたばかりらしく、これから出掛けるところであとは服を着るだけ、という感じだ。彼女は自分がセクシーだと自信をもっている。自分の魅力を心得ていて、その魅力を気に入ってくれる男たちを好きなのだ。

オールトンが身分証を開いて見せた。「ＦＢＩ？」誰もが示すような驚きと警戒と、そしてロナルド・ベイよりは少しばかり畏敬の念をこめて彼女がいった。「そう、お入りください」彼女について歩きだすと、キンケイドに一瞬だけよけいに目を向けた。キンケイドの目つきに気づいていたのだ。こういうことは職場で慣れているが、ＦＢＩの捜査官に同じような目つきで見られたのは初めてだったにちがいない。

「これから出勤するところなんですけど、コーヒーぐらいならおもちしますよ」

「いや、結構です」オールトンがいって、軽い調子でお決まりの世間話から入った。「ところで、勤めはどこですか」

「ラ・ストラーダです。ホフマン・エステーツのイタリア・レストラン。パスタがおいしいの。私はバーテンをやってます」振り返って壁の時計を見る。「差し支えなかったら、ちょっと大きな声で話してくれませんか。話しながら服を着ますから」彼女が別室に行った。

「いいですよ。ここに来たのはビリー・スローンのことなんです」

彼女の顔と片方の肩だけが、戸口の端からのぞいた。肩はむきだしで、ブラジャーのひもが柱に対して斜めに傾《かし》いでいる。「そうだろうと思ったわ、誘拐のことでしょう。彼は私の義理の弟なんです」また彼女の姿が消え、服を着るときのかすかな音がキンケイドのところに聞こえてきた。

「どの程度近い間柄だったんですか」

「かなり近いわね。なにしろ彼が問題を起こすと、電話をかけるリストのトップ・スリーに載ってたんですから」

ファスナーを引き上げる音が聞こえた。

「逮捕されたり刑務所に入ったとき、彼はあなたのことを一度も話していませんよ」

「彼もそういってました。だから何かが起きても、巻き添えになることはないだろうって。でも保釈金がいるとき電話をかけてきたから、そんなこと、無駄だったんじゃないかしら」

「誘拐事件の起きたころに、彼と話したり会ったりしたことがありましたか」

彼女が部屋にもどってきて、黒いひも付きの小さな腕時計を見ながら、腰を下ろす。

着ている黒のショートスカートから、すらりと長い筋肉質の脚が見えているし、白の薄いブラウスは胸のふくらみを隠すようにはできていないらしい。「いつもと同じでした。一週間に一度くらい電話してきて、たいていはちょっとおしゃべりをするだけ。あんなことをしたというニュースを見てから、それについて何度も考えてみました。何かことを起こしてるという気配はまったくなかったんです」

キンケイドが訊く。「当時つき合ってた仲間は？」

答える前に、膝をまっすぐキンケイドに向けた。「私の知ってるかぎりでは、誰もいません。友だちができるようなタイプじゃないし、たとえできても、たいていすぐに相手をひどい目にあわせて仲違《なかたが》いしてしまうんです」

オールトンはつぎの質問をするのをためらった。情報を漏らしてしまうような質問をするのは彼のやり方ではないが、今知りたいことを聞きだすには、ほかに方法がないのだ。「もしこの事件にビリーの共犯がいたとすると、誰か心当たりはありますか」

彼女は大きく息を吸ってから、ちょっとうんざりしたように吐息をついた。「今もいったように、仲間と呼べるような仲間はいませんでした。じつは、誘拐事件の一年ほど前に、ドラッグで逮捕されたんですが、そのとき保釈金を払ったのは私なんです。連絡がつくように電話のあるところに住まなければいけないという条件だったので、ふた月ほどここに住まわせました。彼はまじめにやってるようだったんですが、ある晩勤め先に電話がかかってきて、逮捕されたからまた保釈金を払う必要があるというんです」

オールトンはブリーフケースからスローンの記録を取り出した。「変だな。あなたが保釈金で請け出したというコカイン所持の逮捕時以後には、連絡先に誰の名前も書いてないですよ」

「それが、あの夜私が警察に行ったら、彼が踊り出さんばかりにうきうきと出てきたんです。そして、あれはまちがいだったというんです。誤解だったといって、笑うばかりでした」

「なんで逮捕されたかいってましたか」

「ビリーが始末に負えないのは、自分のことをべらべらしゃべってしまうことです。あのときも、車に乗ったあとおしゃべりが止まらなくなって。放火の容疑で捕まったといいました。証拠になるものが家の中にぜんぶそろってるところで捕まったそうです」

「どうして釈放されたんです」

「有力なコネがあるとしかいいませんでした」

「場所はどこですか」

「チャイナ・ヒルズ」

オールトンはキンケイドのほうを見ないようにしたが、キンケイドもはっとしたのが感じられた。リーア・ツィーヴェンの家があるのもチャイナ・ヒルズではないか。オールトンが立ち上がり、「おじゃましました」といって名刺を渡す。「ほかに何か思い出したら、電話してください」

キンケイドはポケットを探しまわって名刺を見つけた。「ベン、ペンを貸してくれ」フィラデルフィアのＦＢＩの番号を消して、駐在事務所の番号を書いた。「まだ新しい名刺を作る時間がなかったもんでね」

ちょっとそれを読んでから彼女がいった。「わかりました、キンケイド捜査官」

すぐそばに立っているので、いろんな香りが入りまじったさわやかなにおいがただよってくる。キンケイドは大きく息を吸いこみ、「ジャックと呼んでください」と訂正した。

16

ウイリアム・スローンが放火の容疑で逮捕されたのに逮捕記録に載っていないということは、彼がチャイナ・ヒルズ署の情報提供者《インフォーマント》になった明らかなしるしだと、キンケイドにもオールトンにもわかった。そして義姉の保釈金なしで釈放されたということは、彼が警察のためにやると約束したのが重要な仕事だったことを意味している。こういうことは、法執行機関では珍しくなく、これによって大きな事件が進展を見ることもあるのだ。しかし、これがツィーヴェンの誘拐とどうつながるのか、あるいはそもそもつながりがあるのかどうか、二人には見当がつかなかった。

チャイナ・ヒルズ警察は小さな署なので、オールトンは署長に直接訊いてみることにした。もしスローンが〈代理人〉にさせられたのなら、署長が直接関わっている可能性が大きい。それにヒラの警官は、ＦＢＩに好感をもっているにしてもいないにしても、たとえ自分の属する署内であっても他人に自分のインフォーマントを教えたがらないものだ。たいてい署長は、より〈大局的〉なことに理解があるし、政治的野心のある署長なら、ＦＢＩに協力する利点を心得ているはずだ。

署長のトム・マッケイのオフィスに足を踏み入れたとたん、求める情報を手に入れるチャンスが増したと二人は感じた。壁の銘板を見て、マッケイがＦＢＩのナショナル・アカデミーを出たことがわかったからだ。この学校はバージニア州クアンティコの海兵隊基地の中にあって、本来ＦＢＩ捜査官の研修機関だと思われているが、もとは国立の警察官養成機関として設立されたものだ。かつては、世界中から集まった将来有望な警察官が、ＦＢＩの教官から法の執行に関する最新の技術を学んでいた。この銘板をもっている者は、当然のように〈ＦＢＩの良き友〉とみなされている。

オールトンが身分証を開いてみせると、マッケイがデスクの向こうで立ち上がって手を差しだした。「ＦＢＩならいつでも歓迎ですよ」

マッケイのクアンティコ時代についてちょっとした雑談を交わしたあと、オールトンがいった。「署長、三年前のリーア・ツィーヴェン誘拐についてうちで調べてることは、もうお聞き及びでしょうね」ここで一区切りつけて、相手の出方を待つ。

「もちろん。それも少なからぬ興味をもってね。あれが起きたとき、うちでも少しばかり協力したんですよ。一家がここに住んでいることは当然ご存じでしょうな。しかし娘が連れ去られたのはマンダラインの町なんですよ。少なくとも彼女の車が見つかったのは、あそこのコンビニでしてね。ツィーヴェンの家を調べるとき、おたくの手伝いをしたんです。先週、解決したというニュースを見ました。よかったですな。あれでマスコミの受けもかなりよくなったんじゃないですか。親父さんは、ほんとに気の毒ですよ。私も彼にちょっと会ったことがあるんですが、よさそうな人でしたがねえ」

「おそらくそうでしょう。なんとかしてわれわれの注意を事件に向けさせようとしたんだと思いますよ」オールトンがいう。「でも、そのことで来たんじゃありません。これは内密に願いたいんですが、別の人物がからんでる可能性があると思うんです」

マッケイは椅子の背に身をあずけて、これから嫌なことを聞かされるのを待っているといったようすになった。「ビリー・スローンについて訊きたいんです」オールトンはスローンの名前をもちだすことによって、最近の新聞記事に出なかった内容について話しに来たことを示した。

「彼がうちの情報源だったのがばれたようですな」

「まあいろんなことを総合してね」

マッケイは立ち上がると、部屋の隅のファイル・キャビネットのところに行った。

いちばん上の引き出しにはダイヤル錠がついている。慣れた手つきで、手早くそれを前後にまわした。ハンドルを下に引いて最上段の引き出しをちょっと開けると、ほかの引き出しが解錠された。三段目からマニラ紙のフォルダーを出して、デスクの前に腰掛ける。「どういうことを知りたいんです」

「仲間のことを。これの共犯になりそうな人間なら誰でも」

「当時私は署長じゃなかったんですが、放火の現行犯で、うちの巡査の一人に捕まったということです。連れてこられたとき、やつはかなりの大ボラを吹きましてね」

「連中はいつもそうですよ」オールトンがいった。

「意外にも彼は、いくつかの事案でわれわれに協力しだしたんです。大したもんじゃなくて、大半は麻薬がらみのどうってことないやつですが――」マッケイはそこで言葉を切ったものの、つぎに〈ところが――〉という言葉を呑みこんだように見えた。

オールトンがいった。「ところが……？」

マッケイはためらってファイルを開き、何かを再確認してからそれを閉じた。「ちょっと手続き上の問題がありまして」

ここでキンケイドが口を開いた。「署長、手続き上の問題でごたつくなんざ、FBIの十八番《おはこ》ですよ」

「そういうことより、ちょっとばかりこみ入ってるんです」

「こうしましょう」キンケイドがいう。「ここで聞いたことは、外部に出さないと。たとえわれわれが答えを見つけるために、あちこち聞いてまわることになっても、誰が何を見つけたかなんてこっちは知りもしませんよ」

マッケイはちょっと間を置いて、どっちの道を選んだほうが障害が少ないか考えているようだった。「やつは強盗や放火で大手柄をあげだしましてね。それこそ大物ばかりですよ。チャイナ・ヒルズの管内では珍しいような凶悪犯罪なんです。みんな大喜びしたそうですが、最初の事案が裁判になったとき、弁護側が〈おとり捜査だ〉と騒ぎ出したんです。現行犯逮捕のとき、弁護側がその手を使うのは別に珍しいことじゃないのはご存じでしょう。しかし公判前の手続きで、やはり罠だったことがわかったんです。刑事がターゲットを選び、スローンが、そのターゲットに声をかける。まったくあきれた話ですよ。えらいスキャンダルになるところでした。二人ばかりの弁護士が訴えるといいましてね。一人は実際に訴えましたよ。結局は検察でぜんぶもみ消しましたがね。当時の署長は首になり、スローンを操ってた刑事も解雇です」

「その署長は知ってたんですか」キンケイドが訊いた。

「知らないといってました。私が調べたかぎりでは、ぜんぶとはいいませんが、大半はその刑事がやったことのようです」

「すべてをもみ消さなければならないとは、かなりあくどいやり方だったにちがいない。その刑事は、こういう問題になるとわからなかったんですかね」キンケイドが訊く。

マッケイが笑った。「私は寛大なほうでして、彼は熱心すぎたといいたいですな」

オールトンがふざけるな、という口調でいった。「寛大にならないでください」

「ともかく、私が聞いたかぎりでは、恐ろしくしつこい男だったという話です。まるで親の仇《かたき》みたいに、どの事案にも肩入れしてたそうです」

「そこまでやるなんて考えられないなあ。ベン、あんたはやれるか」キンケイドがいった。

オールトンはそれを無視する。「そういう男なら、たいていみんなが気をつけるはずだが。誰も注意してなかったんですか」

「当時の署長から可愛がられてたようです。トラーベンは――アラン・トラーベンという名前なんですが――彼は署長に信頼され、署の手柄はマスコミで書き立てられたんですよ。あんなに熱心な男は見たことがないと誰もがいいます。非番のときも張り込みをやり、どんなちっぽけな犯罪でも、わずかな逮捕のチャンスを追っていく。いつも仕事で、家にはまったく帰らない。だからこそ、ほんの四年で刑事になったんでしょう。だが人から異論をさしはさまれるのが大嫌いだった。誰かが何か文句をつけると、かっとなって手がつけられない。だからこういうことになるのを予想すべきだったかもしれないが、何事も起きたあとでいうのは簡単ですからね」

「その男から話を聞いたほうがよさそうだ。スローンに仲間がいたかどうか、知ってるかもしれない。はめられた者が、彼にぜんぶおっかぶせて仕返しをしようとしたとも考えられる」

マッケイが受話器を取って秘書にいった。「ドリス、アラン・トラーベンのいちばん新しい住所をもってきてくれないか」

「首になったのはいつですか」オールトンが訊いた。

「四年足らず前です。私が来る直前に、彼と前の署長が解雇されたんです」

秘書が入ってきて、マッケイに紙片を渡した。マッケイはそれをちょっと見てからオールトンに渡した。「ほかにも必要なものがあったら、電話してください」

キンケイドとオールトンは、ディアパークのはずれにあるトラーベンの最近の住所とされる家に向かった。そこは、さまざまなサイズの区画に一戸建ての小さな家が建ち並ぶ質素な住宅地だった。オールトンが前に車を停めたトラーベンの家は、茶色いレンガ造りの中二階つき平屋だった。「ジャック、こんなことやっても、無駄だと思わないか」

「やろうといったのはあんたですからね」

無駄かもしれない捜査をやろうと、オールトンがいいだしたのが腹立たしかった。彼はまっすぐ前をにらんで何かをいおうとしている。それが相手をそれとなく侮辱するときか、少なくとも非難をこめた物言いをするときの前触れであることは、キンケイドにもわかってきた。感情をこめないゆっくりしたオールトンの口調から、これは侮辱のほうだとわかる。「一人の捜査官が、すごく頭がよくて、同時にやる気満々だったら、どうなると思う？」

キンケイドはわざと横柄《おうへい》に答えた。「それほどの男がいつまでもＦＢＩにいるとは思えんな。今じゃあＦＢＩもほかの役所と同じさ。われわれのもっとも得意とするのは、自分たちの失敗を取り繕うことだ。ルールや調査や報告書なんかのシステム全体が、成功への道具でなく、失敗率を見てそれを取り繕うための道具に成り下がっている。あんたのいうようなスーパーマンが、長い間我慢できるところじゃない」

「すると、この事件を解決しようと努力することによって、失敗率が上がるってことか」

「やっと自分の行き方のまちがいに気づいてくれて、うれしいよ」

「あんたのようなクソ野郎がいると、いい励みになるよ」二人は家に歩いていき、オールトンがドアをノックした。三十秒待ってからまた叩いてみる。「留守みたいだ」

「まあ、今は勤務時間だからな。家にいないとなると、彼がＦＢＩ捜査官になってないことだけは確かだ」

「あっち側の隣に当たってみてくれ。おれはこっちに訊いてみるから」

まばらに生えた芝生を、二人はそれぞれ反対方向へ歩いた。キンケイドが話をした女は、アラン・トラーベンのことはよく知らないが、建設現場で働いているようだ、といった。そして、たいていは夜の八時以降でないと家にいないという。キンケイドが車にもどると、オールトンはすでに中に入っていた。「八時以降にならないと家に帰らないそうだ」

オールトンがいう。「仕事がおわったら毎日地元のジムに行ってると聞いた。ウンフ・ストーンってところ。行ってみよう」

「ジムだと？　この事件の関係者は、誰もバーに行かないのか」キンケイドは無線室を呼びだし、ジムの住所を聞いた。そこは、トラーベンの家から八キロほど離れたところにぽつんとある小さなショッピングセンターの中だった。

行ってみると、ジムは別の店の奥にあることがわかった。中に入ってひと目で見て取れたのは、そこがビキニシーズンの前に体重を五、六キロ落としたいというような中産階級向けの場所ではないということだ。筋金入りのパワーリフター向けのジムだった。エアロビクスのクラスもなければ、自転車やステアクライマーもないし、キックボクシングのクラスもない。そしてかっこいいインストラクターもいない。ふつうのボディビル用マシンもいくらかあるが、ほとんどはフリーウエイト用のバーベルだ。鼻を突く汗のにおいとヘビーメタルの音楽とが空気に満ちていた。かなり混んでいるのに、女は一人しかいない。黒ずくめで、タンクトップから出ている肩と腕は驚くほどたくましく、ウエストは革のウェイトベルトでぴったり締め上げている。彼女は二人を見ても、まったく関心を示さない。オールトンがいった。「ついにあんたがクリスマスのダンスに誘う相手を見つけたようだな」

「おれは高望みしないほうだが、SWATの尻でも蹴飛ばせるような相手はごめんだよ」後ろのほうで轟音《ごうおん》とともにバーベルが落ちて、その振動が床を伝って広がった。男たちも二人の捜査官に気づきはじめていたが、例の女に劣らず非友好的なようだ。キンケイドがいった。「クック郡刑務所での初日がどんな感じか、今わかったよ」

小さなカウンターの向こうにマネージャーが立っている。スーツ姿の二人が入ってきたとき、新聞からちょっと目を上げたが、すぐにまた読みはじめてわざと二人を無視した。オールトンはマネージャーの前に立ち、今にもかんしゃく玉を破裂させそうな形相で彼を見下ろした。マネージャーはやっと新聞をたたんだ。「なんの用だ」

「アラン・トラーベンを探している」オールトンは、男の無礼な態度に合わせて、最小限の言葉で答えた。

「あんた、誰」

「知ってるくせに、とぼけるな」

二人をゆっくり見まわす。カウンターからちょっと後ろに下がると、横のほうをあごでしゃくった。「奥でベンチプレスやってるのがそいつだと思うよ。白のスエットシャツ着てめがねかけたやつ」

二人が近づいていったとき、トラーベンは仰向けになり、比較的楽にウェイトを上げ下げして、最後のくり返しをおえようとしていた。キンケイドが急いで見積もったところ、一三〇キロ以上はありそうだが、誰も彼に注目していない。トラーベンがバーベルをラックに落とすと、鋭い金属的な音がした。それから二人が待っていることに気づいて立ち上がった。ゆったりしたスエットシャツの袖は前腕の真ん中で切り落としてあり、先が細くなったスエットパンツをはいている。三十代の末で、丸いチタンのめがねをかけブラウンの髪を短く刈ったところは、元刑事というよりＭＢＡの卵といった感じだ。身長一七三センチほど、体重七五キロぐらいで、あんなウェイトを上げるにしては小柄だ。しかし前腕には筋肉がしっかりついている。腕と対照的に、手首は細く手はもっと小さい。そして穏やかそうな顔は、優雅に左右均衡がとれていて、中でも印象的なのは、長いまつげに囲まれた黒い目だった。背筋をぴんとのばして、ウェイトリフターというよりダンサーのように立っている。

「アラン・トラーベン？」オールトンが訊いた。

彼が二人を見た。「そう」このひと言が、すばやく自信をこめて発せられた。

オールトンが身分証を開いた。「話を聞きたいんだが」

新しい曲が、明らかに前より音量を上げてスピーカーから出てきた。キンケイドが振り返ると、マネージャーが背後の棚に置かれたラジオから新聞のほうに向き直るところだった。トラーベンが声を張り上げる。「いいよ」

「外のほうがよさそうだ」オールトンがいう。

案内しろというように、トラーベンが手で合図した。オールトンがそばを通ると、マネージャーがちらっとこっちを見た。「車の中で話そう」

トラーベンが後部座席に座り、キンケイドとオールトンが前に座った。「なんの話だ」

二人とも数え切れないくらい何度もこの質問をされたことがある。その場合つねに、その言葉に不安の色がないかと気をつけてみることにしていた。前触れなしに訪れることにより相手の不意をつき、うまくすれば嘘が見抜きやすくなる。トラーベンの反応には、いつもなら相手の声にまじっている緊張感がまったくなかった。

二人の捜査官は、振り向いて彼を見た。オールトンがいった。「ビリー・スローンだ」

トラーベンが機械的にうなずく。「誘拐の件は、FBIが解決したと思っていたが」

「ちょっと仕上げにつじつま合わせが必要なんでね」

〈つじつま合わせ〉は彼にとってもおなじみなのでトラーベンはにっこりした。「わかった、そういうことなら、ビリー・スローンの何を知りたい」

彼の声にはかすかに女性的なところがあり、そのせいで、なんとなく油断のならない男だという印象を与える。

「スローンを使ってたとき、仲間には誰がいた」

トラーベンはちょっとその質問を考えた。「二人ばかり小物がいたが、誘拐の共犯になるほどのやり手じゃなかった。訊きたいのはその点だと思うが」

オールトンとキンケイドは顔を見合わせた。複数で事情を聞くとき、ふつうは一人の捜査官がもっぱら質問する役にまわる。二人が矢継ぎ早に質問を浴びせると、相手は寄ってたかってやっつけられているような気がして、素直に話そうという気持ちが萎《な》えてしまう。話をするのと同じくらい大事なのが、もう一人の捜査官が相手を注意深く見守り、プレッシャーにさらされると必ず現れる嘘の兆しを見破ることだ。トラーベンの答えを聞いた二人は、彼の腹の内を読むのは容易ではなさそうだと身構えた。

刑事だっただけあり、手の内を知っているのだ。キンケイドは彼のようすをさらに注意深く観察した。「そのことで質問している」オールトンが認めて、相手の慧眼《けいがん》に感心していないことをにおわせた。

「誰もいなかった。ほとんどつき合いってものがなかったんでね。といって、一人でいるのが好きだったわけじゃない。誰かにくっついてなきゃいられない男だった。そのせいで、たいていは相手に嫌われたがね」

「スローンが一人でこれをやれたと思うか？」

「おれの知ってたスローンなら無理だ」

「ということは、誰かが彼に手を貸したと思うのか」

「ということは、それについては何も考えないということだ。考える義務もない。首になったんでね。しかし、あんたらはそれも先刻承知なんだろ」

「チャイナ・ヒルズ署に寄ってきた」オールトンがあっさりいった。「だから、今それについて考えて協力してほしい」

それを聞いてトラーベンがなぜにやりとしたのか、キンケイドには理解できなかった。やがて、この元刑事も、自分たちと同じくらい熱心にこっちに探りを入れていることに気づいた。「三年前に現場にいたら、解決の方法を教えられたかもしれない」

「そうか」オールトンがいった。「聞かせてもらおう」

「新聞を読んだかぎりじゃ、電話ボックスにいたツィーヴェンの携帯にかかってきた電話がカギだ。おれだったら、発信元を知るために、電話会社に末尾番号調査をさせるね」トラーベンは言葉をはっきりと発音しているが、ある程度努力をしてそうしていることにキンケイドは気がついた。舌が口の中や歯に触れないように注意しながら、一語一語区切って発音しているのだ。うっかりすると舌足らずになりかねない、とキンケイドは思った。ほかにも気づいたことがある。〈読んだ〉という言葉を、かすかに強調したのだ。自分が首になったことが不満だといいたいだけなのかもしれない。事件については〈読んで〉情報を手に入れるしかなかったのだと。あるいは、それ以上のことを示唆しているのかもしれない。こういった小さな兆候は、これだけでは判断がつかない。ほかの兆候が現れるのを待ったほうがよさそうだ。もし現れたら、それらと総合して判断するのだ。

「末尾番号調査とはなんだ」オールトンが訊いた。

さっきの皮肉な笑みが、またトラーベンの顔に現れた。「ごく大ざっぱにいうと、電話料金の記録を逆にたどるんだよ。どの番号にいつかけたかがわかれば、発信元を電話会社が教えてくれる」

オールトンがいった。「ジャック、聞いたことあるか」

「いや」

トラーベンがいった。「刑事やってたとき、電話会社の地元支所に対する恐喝事件があってね。そこのセキュリティ担当者がやってくれたんだ。ＦＢＩでは、使ったことないのか」

オールトンが少々当惑して咳払いをした。キンケイドはトラーベンの笑みがさらに広がったような気がした。「そうか、やってみよう。だからといって、共犯がいたかどうかは、わからないがね」

トラーベンはちょっと何かを考える顔をした。「切手にプラスチックのカバーがしてあるのをテレビで見たが、指紋は調べたか。ほかに誰かがいれば、三人の指紋が見つかるはずだ。ツィーヴェンとスローンと、それから謎の人物のね」

トラーベンの口調は自信たっぷりといった感じで、誰の指紋があるか知っているような印象を与える。オールトンがしばらく相手をじっと見てから、「どうもわからないな」といった。そういえば、相手がうっかり口をすべらして取り返しのつかない嘘をつくかもしれないからだが、キンケイドは、オールトンがこれからトラーベンになんらかの圧力をかけるつもりらしいと思った。オールトンがそうするのは、この元刑事がこっちを当惑させたからか、それともオールトンが相手に疑惑を抱きはじめたからか、キンケイドにはわからなかった。「さっきスローンはこういうことを一人でできる男じゃないといいながら、誰が共犯かと訊いたら、話をそらしたろう。だから、もう一度訊くが、スローンに協力する可能性のあるのは誰だ」

「ビリー・スローンが信頼できないやつだってことは、すぐわかるさ。したがっておれの答えはこうだ。やつに協力するようなバカは誰か、おれは知らない」

トラーベンは人から異論をさしはさまれるのが大嫌いだったと、チャイナ・ヒルズ署の署長から聞いたのを思い出して、オールトンがいった。「あんたは彼と組んでたんじゃないのか」オールトンがどういうつもりかキンケイドには読めたので、トラーベンがどう出るか注目したが、わざと誤解を招くようなことをいわれてもトラーベンは見たところ動揺したようすもなかった。これは異常人格者によくあることだ。「彼をインフォーマントとして使ってたときに、という意味だが」

「話は打ち切りだ」

「どうやら二度目の質問が気にくわなかったらしいな」オールトンが名刺を出してトラーベンに渡す。「ほかに何か思い出したら、きっと電話してくれるだろ？　ジャック、何かあるか」

軽い会話に移ったら何か出てこないか、キンケイドは見てみたかった。自分を抑えている場合、緊張しているときは身構えて静かな応答をするが、雑談に切り換えると、変化が大きすぎて本心が態度に出てしまうことがよくあるのだ。「アラン、勤めはどこだ」

「テンサー建設。重機の操縦」

キンケイドは、なめらかな白い肌を見た。「外で仕事してるのか」

「日焼けしてないからだろ。日焼け止め塗ってんだ」さっきと同じ不可解な笑みが顔に広がる。「黒いほうがいいらしいが、黒が引き起こす厄介《やっかい》ごとは周知の事実だからな。したがってできるだけ白さを保つようにしている」トラーベンはちょっとオールトンの反応を窺《うかが》ってから、車から出てウンフ・ストーンの中にもどっていった。

ぽかんと口を開けてオールトンがキンケイドのほうを向いた。「気のまわしすぎかもしれんが、あれは人種差別じゃないかな」

「人種差別だって？」キンケイドもトラーベンの発言には驚いたが、にやりと笑っていった。「どうしてなんでもかんでも、人種差別にするんだ、黒ちゃんよ」

オールトンは答える代わりにキーをイグニッションに突っこみ、キンケイドの冗談につき合う気がないことを示した。そしてものすごい音を立ててエンジンをかけたが、オールトンは車を出さずに考えこんでしまった。やがてエンジンを切った。「あの男が、第二の誘拐犯だと思うか」

「もしそうであって、末尾番号調査を使えば三年前に事件が解決できたのだとしたら、彼は意図的にそれをわれわれに教えて、われわれにスローンの線を追わせようとしていることになる。となると、スローンのことがわかったとき、スローンからトラーベンのことがわからないようにしておく必要がある。それを確実にするには、スローンをこの世から消してしまうことだ」

「しかし切手を取らなかったとなると、トラーベンの動機はなんだろう」

「チャイナ・ヒルズ署の署長の話からすると、仕事が彼のすべてだったから、察するに、自分から仕事を奪ったと彼が考える人間に対する復讐だろう。その一人が、彼の解雇の原因になったスローンだった。そこで、周到に計画された一回の誘拐事件であらゆる敵に復讐することにした」

「心のねじ曲がり方が尋常じゃなかったんだろう、誰もそれに気づかなかったぐらいだから」

「ほかの者がなんと考えようと一切気にしないという印象をもったね。自分のことしか頭にないんだ」オールトンが携帯電話を取ってダイヤルしだした。「どこにかける」

「技術部」オールトンは末尾番号調査について技術班の者とちょっと話したあと、電話を切った。「なかなかおもしろい。ほとんど知られてない古いやり方だそうだ。昔電話会社は、特別仕様のコンピューターを使って、番号から発信元を突き止めていたという。三年前は、今とちがってずっと性能の劣るコンピューターを使ってたので、発信元を突き止めるには一時的に通常の機能を停止しなければならなかった。誘拐当時の状況を説明したら、電話ボックスの携帯電話にかけた発信元を突き止めることは可能だったろうといってた」

「三年前に誰もそれを思いつかなかったとは残念だな」

「カネと時間がかかるから、電話会社はわざわざ宣伝しなかった。ともかく、この手を使ってたら、スローンがかけたことがわかるにちがいないから、彼の単独犯行として片づけられただろう」

「もしトラーベンが二人目の誘拐犯なら、切手には三人の指紋があると断言してもいいな」

「で、そのどれもがトラーベンのじゃない」

「そのとおりだ」キンケイドがいった。「誰か死んだ人間の指紋か、それとも誰ものか判別できないかだろう。だから裁判になったら、彼のいう〈謎の人物〉が真犯人だということになり、トラーベンはわれわれに無実の罪をきせられそうになったということになる。彼の正当性を認めれば、完全犯罪が成立するばかりか、彼の主張をくつがえすことは不可能になる」

オールトンが車をスタートさせた。

「どこへ行く」

「ここに座って理屈をこねてるぶんには当たってるように思えるが、あいつが荷担してるかどうか、確かなことはわからないんだ。少なくとも証明できない」

オールトンはジムの前まで車を走らせ、歩道に乗り上げて駐車した。「うまく話をもっていけば、白状するかもしれない」オールトンはそういって、車から出ようとする。キンケイドがドアを開けてあとにつづこうとすると、オールトンが彼を押しとどめた。「ここで待っててくれないか。一対一になったら、あの男はもっと正直に話すような気がするんだ」そしていくぶん本気でキンケイドをにらみつけた。「なにしろ、おれは黒ちゃんだからな」オールトンは車から出ると、いつものように両脚に均等に体重をかけるようにしてまっすぐ立ち、それからジムのドアを勢いよく開けた。後ろを振り返り、興奮で高ぶった顔をキンケイドに向けると、眉を上げ下げしてから中に入った。

ウンフ・ストーンの中は、異様に静かだった。部屋を揺るがすような音楽は止《や》んでいて、マネージャーはいない。ライトも暗くなっているような気がする。奥のほう、さっきと同じウェイト・ベンチで、トラーベンの白いスエットシャツが、落とした明かりの中に浮き上がっているのが見えた。トラーベンは両膝の上に肘をついて両手を固く組んでいる。オールトンは、両側に並ぶ小馬鹿にしたような顔をそれとなく意識して歩きながら、顔に血が上るのを感じた。圧倒的に体力の勝《まさ》った男たちに囲まれて、足を引きずらないようにと努力するのだが、歩くたびに、ますます足取りがぎこちなくなるのが自分でもわかる。

トラーベンはどうやら彼が来るのを予想していたらしく、車の中で見せたよりさらにあからさまな悪意のある笑みを浮かべている。「一人で来るだろうと思ったよ」年を食ったチャンピオンを今にも打ち負かそうとする挑戦者のような口調だった。タイトルを取ることより、相手を侮辱する機会を手に入れたことのほうが重要だという感じだ。

「相棒になんていった。目撃者なしだとおれがヘマをやるかもしれないとでもいったのか。しかしこれは、あんたが男だってことを証明しようとしてるんだよな。それがアフリカ系アメリカ人にとっちゃあ必要らしい。おまけに脚が悪いとくれば、なおのことだ」

オールトンの顔に抑えた笑みが浮かぶ。「みんなが本物の男とはかぎらない。いたいけな十六の女の子の首を絞めるやつもいるからな。しかし、それはビリーであって、あんたじゃないよな、アル」

トラーベンの目の奥に、凶暴な影がさしたがすぐに消えた。「なんだって認めないんだ——あんたらよりビリー・スローンのほうが頭がいいってことをさ」

「捜査してるときより、犯罪を行ってるときのほうが、手口はよくわかるだろうよ」

「おれが何かやったことになってるのか」

「いいや。だがいずれにしろ、これからおまえさんの人生を惨めにしてやる」

「手遅れだよ。チャイナ・ヒルズ署がすでに惨めにしてくれたから」

オールトンがちょっと身を乗り出す。「おまえには、惨めってことがわかっていない。これからそこへ向かって墜《お》ちていくんだよ」

「気をつけたほうがいいぜ、クンタ・キンテさんよ。そいつはちょいとばかり、あんたにゃ荷が重いんじゃないか。ここにゃあ、差別撤廃措置《アファーマティブ・アクション》は通用せんからな」トラーベンがどしんと仰向けになり、ラックから巨大なバーベルを取ると、ベンチプレスをはじめた。

オールトンは片手でバーベルの中央をつかむと、全体重をかけてトラーベンの喉のほうへ押しこんだ。トラーベンは、必死でそれを押し返そうと数秒間苦闘したが、無駄だとわかり、彼の目が恐怖で大きく見開かれた。オールトンが身をかがめてささやく。「これで彼女の気持ちがわかったろう、この偏屈野郎」オールトンが手を離すと、トラーベンはわずかに残っていた力でバーベルを少し押し上げ、やっとのことでラックにもどした。オールトンは足を引きずるのも気にせず、さっさと外に出て行った。

「どうだった？」オールトンが車にもどると、キンケイドが訊いた。

「あれはクロだ」

「供述書にサインしたのか」

「どうやら復讐のつもりでやったらしい。首になったのをまだ根にもってる。仕事で抑えられてた悪鬼か何かが、解雇されて暴れだしたんだ」

「あとはこれをどう証明するかだな。三年後に発見できるような証拠を、あいつが残してるとはとても思えん」オールトンの顔を見ると、彼が自信をもっているのがわかった。「だがあんたの煮えくりかえる脳みその中では、邪悪な計画が暴れまわってるようだな」

「あいつにバンパーロックを仕掛ける」

キンケイドの唇からひゅーと息が漏れたのは、彼が懸念を抱いたことを示していた。「証拠もない相手には、少々やりすぎなんじゃないかな」

「だからこそ必要なんだよ。あいつが自分から崩れるのを期待するしかないんだ」

「ベン、もしトラーベンがクロなら、あれは並の犯罪者じゃないよ。二人も殺して、しかも一人は十六の女の子で、それも復讐のために殺した。おまけに今は、それを証明してみろと、こっちを挑発してるようなものだ。おれから見ると、やつは相当危険だ」

「だから、後ろから迫る安全なやり方でいくべきなんだよ」

死へのレースのスコアをつけているということが、オールトンの決心のきっかけになっているのかもしれないとキンケイドは思った。状況が厳しければ厳しいほど、その状況を避けるのは許しがたいことだとオールトンは確信しているのだ。だがキンケイドには、警戒心を抱くだけのゆとりがあった。もしトラーベンがやったのなら、彼は相当暴力的な男であり、より正確にいえば、予想外のやり方で暴力を使う可能性があるということになる。大半の犯罪者は、どうしても使わざるをえないから暴力に訴えるのだが、彼は必要とあればたんなる道具として暴力を使っているのだ。となると、彼は恐ろしく邪悪であり、たとえベン・オールトンといえども歯が立たないかもしれない。「おれが偽善者になるのをためらうかと訊かれれば、ためらわないと答えるね」

これに対するオールトンの答えには新たな確信のようなものが加わっていて、キンケイドは、自分が銀行から盗んでいることをオールトンに疑われているかもしれないとまた思った。「そんなことは訊かなくてもわかっている」

17

バンパーロックとは、対象にぴったり張り付いておおっぴらにつけまわす尾行のことで、一種の消耗戦によって相手を屈服させるようもくろむものだ。法の裁き――この場合はＦＢＩ――が、どこに行っても永遠に後ろから追ってくると思わせるわけだ。だがそれには人手がいる。十分な数の捜査員が一日二十四時間追尾する必要があり、しかもいっときも息抜きができないと相手に思わせるためには、尾行がついているることをつねに相手にわからせなければいけない。オールトンはソーン支局長のところに行き、人員を増やす許可を求めた。トラーベンをいかにして容疑者と思うにいたったか、一対一になったとき彼がどんな態度に出たかを、ソーンに説明した。末尾番号調査が決め手だった。ソーンは、オールトンがさらなる捜査をつづけながら自分に報告しなかったのは少々おもしろくなかったが、勘というものを信頼していたし、確信がもてるまで彼が話したがらない気持ちもわかっていた。それに、自分の犯罪をひけらかして法の正義に逆らうような人間には、全力をあげて当たるべきだと思った。

ＦＢＩに逆らったからというより、法を恐れないような者は、その気になればためらうことなくまた人を殺しかねないからだ。オールトンは、トラーベンを挙げるには、総力戦でいくしか手がないと説得した。結局ソーンは同意したものの、頭の中には懸念の影が広がっていた。これまでさんざん危険な人間を相手にしてきたソーンは、そういう手しかないようなトラーベンだからこそ彼は危険なんだ、とオールトンにいって聞かせた。オールトンはわかりましたといったが、必死の面持ちのオールトンを見て、その注意を彼が最優先させはしないだろうと思った。

オールトンはただちに監視班を集めて、トラーベンを二十四時間見張るよう手はずを整えた。そして、なにしろ元刑事だから張り込みにすぐ気づくはずだが、もし気づかなかったら気がつくまで目立つようにしていけと監視班にいい渡した。監視班がバンパーロックという手を使うことはあまりないが、あらゆる捜査の手だてがなくなったとき、この常識に反するような方法がなぜか効果を上げることがある。たいていは、相手がもう逃げられないと観念してなんらかの形で投降してくるのだ。張り込みはこちらを見られないようにして対象を見張るのがふつうだが、このやり方しかないと納得すれば、見られることを気にしないですむ張り込みも、緊張が少ないだけに監視班にとってはたまには歓迎すべきことにちがいない。

翌朝の九時少し前、オールトンはキンケイドをモーテルに迎えに行った。キンケイドはボーダーコリーを連れて出てきた。「B・Cを連れてってもいいだろ。出かけてるあいだ、おれの服を食ってたんだ」

「ルームメートの趣味も悪いが、食い物の趣味も相当悪い犬だな」

「一日中誰もいなくて寂しかったんだよ」

「どっちかが、共依存症のカウンセリングを受けるべきだ」

キンケイドが後部ドアを開けると、犬が飛びこみ、すぐさま頭を前部座席にもたせかけてなでてもらおうとするので、オールトンがかなり熱をこめてなでてやる。「ありがとうよ、ベン。こいつは足手まといにならないからね」オールトンは犬の顔に朝の涼しい空気が当たるよう、後ろの窓を下げてやった。「あんたが、見捨てられた生き物に優しいってこと、わかってたよ」キンケイドがいった。

「自分のことを、見捨てられた生き物だなんて思うんじゃないよ。今は向いてない仕事をさせられてるだけなんだから」

「こんなに仕事熱心なお方のそばにいられるなんて、おれはほんとにツイてるよ」といいながらキンケイドは、オールトンが着ているつやのある青いダブルのスーツをしげしげと見た。「ところでおれは、他人の服にすぐには飛びついたりしないからね、黒い旦那」

「この哀れな犬が最後に食ったのはいつだ」

「繊維製品以外にってことか？」

「犬にはくわしくないが、ときどき餌《えさ》をやってれば、服を食いたくなるなんてことはありえないとみるがね。まずはどっかドライブスルーを見つけよう」

「すると犬は飼ってないのか」

「ごめんだね。近ごろうちの娘が盛んに飼いたいとせっついてるけど。仲のよかった兄貴が今年大学に入っていなくなったからだろうと、女房のテスはいっている」

「娘さんはB・Cを気に入るかな」

「すぐにこれだ。こんなに誠実なお方と仕事をしてると思うと、ホント心が安まるよ」

　最初に寄ったのは、トラーベンの家だった。餌にありついて後部座席で寝ているB・Cを残して、二人は二手に分かれて近所の家に話を聞きに行った。空は晴れて朝の空気が冷たい。キンケイドはちょっと立ち止まって、晩秋の日差しを顔に浴びた。

　いくつか質問することによって、トラーベンに罪があるといわれなくても、トラーベンがリーア・ツィーヴェンとビリー・スローンの死になんらかの関係があると、質問を受けた者に思わせるのが狙いだった。最初の家で出てきたのは七十代の女で、着ているものはすけすけの黄色いナイトガウンだけという姿だった。シャンペン色のブロンドは、いくつかの小さな髷《まげ》をティッシュペーパーと銀色のクリップだけで形作るという独創的方法によって、まとめられている。長く垂れ下がった胸のあいだには、とてつもない肥満ネコを抱えていて、そのネコの緑の目が威嚇するように細いスリットになっている。電流コードのついた矢を発射するテーザー銃のような威力のありそうなかぎ爪は、まっすぐキンケイドのほうを向いていた。

キンケイドが自己紹介すると、女はほっとしたようすで巨大ネコをうやうやしく床に下ろしたので、年老いて様変わりした胸の平原と谷間がいっそうはっきり見えるようになった。コーヒーでもいかがと誘われると、キンケイドは柄にもなくおたおたしながらそれを断った。目をそらしながら落ちつかないようすでトラーベンについて矢継ぎ早に質問したので、女は招かれざる客に対する疑念をふたたび抱いたばかりか、猛獣で体を守る必要性を感じて、それを抱き上げると、失われた胸の谷間にもどした。キンケイドが立ち去ろうとすると、名刺を置いていけという。使ってしまったばかりでもっていないが何かあったら、シカゴ支局に電話して呼びだしてほしいといった。なんて名前なの、と訊かれたキンケイドは精一杯セクシーな笑顔を作って、「べン・オールトンです」と答えた。

さらに二軒から話を聞いて車にもどった。「われわれがここに来たことを、誰かがトラーベンに話すかな」オールトンがいった。

「たぶんね。確信はないが」

「あるカップルは、こっちがいくらバッジやなんかを見せても、アフリカ系アメリカ人にはなかなかドアを開けようとしなかった。名刺を渡してきたが、トラーベンに話が伝わると思うよ」

オールトンは車を出しながら監視班に無線連絡したが、答えがない。「連中はどこにいるんだろう」しばらくしてまたやってみたところ、こんどは班長が出たので、オールトンがいった。「前にもかけたんだが、なんか問題でも起きたのか」

「すまん。聞こえたんだが、ここの建設現場で発破《はっぱ》をかけてて、無線禁止の標識が至るところに出てたんだ。だから、あそこから離れた場所に来て応答してるんだよ」

「彼はまだそこにいるのか」

「いる。トラックに乗ってるのを見つけた」

「あんたらが見えただろうか」

「見えなかったとしたら、目が悪いにちがいない」

「よし、これからそっちに行く。おれたちが着いたあとも近くにいてくれ。おれがあちこちで話してまわってるのを見たら、何か動きが出るかもしれないから」

「了解」

建設中の大きなオフィスビルの一つは、焦げ茶とグリーンの化粧しっくい仕上げになるらしく、現場の入り口にある大きな白い看板にその絵が描いてあった。一番下には地図があり、一五棟の二階建てオフィスビルのそれぞれが、どこに建てられる予定であるかが示してある。事務所として使われているトレーラーの前にオールトンは車をつけた。二人は、トラーベンの自宅周辺でしたのと同じような質問をし、またもや疑惑のタネをまいていった。それから彼が働いている場所を教えてもらう。現場の中を歩いていると、ブルドーザーの上にいるトラーベンが見つかった。オールトンがいう。「この男に対して最大限揺さぶりをかけるには、やつはおれのことが好きらしいから、おれが彼の同僚に一人で話してまわってるところを見せるほうがいいと思う。あんたは、どこかほかのところをかきまわしててくれないか」

「大丈夫か」

「あいつのようなやつには、それがいいんだ」オールトンは一人で歩いていき、近くに適当な同僚がいないかと、注意して見た。グレーの袖なしの運動用スエットシャツを着た男が、一メートルほどの木の杭《くい》を小ぶりの大ハンマーで地面に打ちこんでいた。年を食って肉のついた腕は、肩から手首にかけてさまざまな模様の入れ墨で覆い尽くされている。オールトンはすばやく入れ墨に目を走らせ、服役していたことを示すようなものはないかと探した。右腕の肘の上下が、精巧に描かれ彩色されたクジャクで覆われている。肘から手首のすぐ手前までのびている鳥の尾の下に、ダークブルーのインクで乱雑に彫られた名前が、明るい日差しの下で見て取れた。だがその文字をぜんぶ読み取ることはできない。男はやっと彼に気づいて振り返った。「鳥が好きなんだな」とオールトンが友好的とも敵対的とも取れない口調でいった。男は無言でオールトンをにらみつけ、ハンマーを握った手に力を入れる。オールトンは身分証を開いて、それだけでは相手が読めないとでもいうようにわざと男の目の前に差しだした。

「鳥なんか、大っ嫌いだ」男は、一語一語に怒りをこめてナイフを突きだすように吐き捨てた。

彼が入れ墨のクジャクのことや鳥一般についていったのでないことは、オールトンにわかった。この男こそうってつけだ。「アラン・トラーバンを知ってるか」

男は一瞬、オールトンに目を据えていたが、バカにしたようにゆっくりと首をまわして、ブルドーザーの上にいるトラーベンを見た。それからオールトンのほうに目をもどすと、「いいや」と答えた。

オールトンはにっこりすると、わざと空とぼけていった。「ホント？　ブルドーザーの上にいるのがトラーベンだよ」

「それがどうした」

これ以上遠回しに話すのは時間の無駄だ。「誘拐と二件の殺人の捜査をしてるんだ。一人は十六の女の子。トラーベンがその話をしてるのを聞いたことがあるか」

またもや男は首をまわしてトラーベンのほうを見た。「そんなやつは知らんと、いったろ」

「それに鳥なんかも大嫌いだといったな」オールトンがにらみつけると、男はまた杭に向かい、必要以上に地面に深く打ちこんだ。

オールトンが目を上げてトラーベンを見た。アイドリングさせたブルドーザーのシートに掛けたまま身じろぎもせずにオールトンを見ている。つぎにオールトンは、通りかかった別の労働者を捕まえて質問をはじめた。トラーベンは仕事にもどり、ときどき振り向いては、オールトンがまだそこにいるかどうか見ている。この調子で何人かの労働者に短い質問をしていき、たっぷり三十分あまりがすぎた。最後にトラーベンが体ごとこちらを向いたとき、オールトンは五、六メートル足らず離れた場所に一人で立って彼を見ていた。オールトンがにっこりして、さよならと手を振る。トラーベンはブルドーザーの上で立ち上がり、腕をだらりと両脇にたらしたまま、緊張したようすはまったく見せない。総力をあげたＦＢＩの攻勢に対して、トラーベンの取る反応はさまざま考えられるが、動揺した兆候をまったく示さないというのはオールトンにとって望ましいものではなかった。怒りでなく、挑戦を受けるのを了解しているといった不気味なものが、この元刑事の態度には見られるのだった。

最後にウンフ・ストーンに行った。オールトンは〈最大限の効果〉をあげるために一人で入っていった。十五分後に出てきたとき、キンケイドがいった。「心配になってきたが、なーに、最悪でもせいぜい輪姦程度だろうと思ってね」

「白人至上主義のアーリア民族軍が、つぎにどこで集会を開くか悩んでるのなら、もう悩む必要はない」

「そんなにひどかったのか」

「ある男なんか、渡そうとした名刺につばを吐いた。監視班から何かいってきたか」

「やつはまだ仕事してるそうだよ」キンケイドが笑う。「今日あんたが脅したあとだから、ここへ来てちょいとばかり憂さ晴らしをするのはまちがいないだろう」

「一瞬たりともやつを休ませない。これが肝心だ。仕事がおわるのは何時だと現場の監督はいってた?」

「四時半。昼飯でも食おうじゃないか」

「いいね。しかし、そのあとでチャイナ・ヒルズ署に寄ろう。スローンについてインフォーマントのファイルがあるかどうか見たいんだ。見逃してたことがあるかもしれない。それに、トラーベンを全力で追いつめることにしたと、署長に話しておいたほうがいいから」

トム・マッケイ署長によると、チャイナ・ヒルズ署ではインフォーマント〈それ自体の〉ファイルは保存してないという。小さな署なので、いかなるものも、保存する紙の書類は最小限にしているのだ。残す必要があるインフォーマントの書類は、支払いが生じるときだけだが、情報源に払うだけの予算がないのでめったに支払われることもない。カネはたいてい警官のポケットマネーから出ていて、そうなるといつもごく少額しか支払われない。マッケイの知るかぎり、ウイリアム・スローンには一度も支払われたことはない。何か記録があったとすれば、それは検事のところにあるにちがいない。なぜなら、最後にはビリー・スローンのちょっとした問題は、検事のところに送られたからだ。

「署長、これは知っておいてほしいんだが、アラン・トラーベンが誘拐に関わっているのはまちがいないと、うちではみているんですよ」とオールトンがいった。

マッケイの中で何かがぐっとつかえたようだった。「根拠は?」

オールトンは末尾番号調査のことを説明し、トラーベンとジムで話したときの態度から、失職したことに対する復讐が動機になっている可能性があると思うといった。

「それだけじゃあ、かなり弱いなあ」署長がいう。

「確かに相当弱い。だからここにもどってきたんですよ。見落としたことがないかとね」

「前にもいったように、ぜんぶ私がここに来る前のことなんでねえ」

「何か知っていそうな人はいませんか」

「給料が安いんで、人の入れ替わりが激しいんですよ。当時の人間はほとんど全員が辞めてしまい、残ってるのは、当時のランクが低すぎて内部情報に関わることができなかった者だけだ」

「検事と話をしたほうがよさそうだな。スローンのファイルに何か参考になることがないか、見たいんですよ」

「検事のところに電話して話しておきましょう。検事は礼儀正しくてきちんとした人なんですが、とにかく杓子《しやくし》定規な人だから、その点は気をつけてくださいよ」

車に乗った。

チャイナ・ヒルズ署を出ると、キンケイドは着ていたスポーツコートを脱いでから車に乗った。オールトンは彼が銃をもっていないのに気づいた。「まだ銃は見つからないのか」

「うん、まあ。この検事についてなんか噂を聞いたことがあるか」

「いや。近い将来銃が必要になりそうな気がするんだがね」

「ほんとに見つからないんだ」

「どこにあるか皆目わからないのか」

「じつは、心当たりを二ヵ所に絞ってある——ペンシルベニアかイリノイか。しかし先月ラスベガスにもってったかどうか、思い出せない」

「もっていったとしたら、今ごろはまちがいなくブラックジャックのディーラーがもって歩いてるさ」

検事局のオフィスの外で、〈警察車両専用〉と書かれた駐車スペースに車を停める。オールトンはサンバイザーの上に手をのばして〈FBI公用車〉と書かれた小さな表示板を取ると、それをダッシュボードの上に放った。

マイク・ハドリーは、頭の禿《は》げかかった背の高い男で、茶色い三つ揃いのスーツに、糊のきいたブルーのボタンダウンシャツを着ていた。ネクタイは、焦げ茶、黒、黄色の伝統的なストライプで、着るものでしくじらないようなスーツとタイの組み合わせを載せた紳士服のカタログから抜け出してきたといった感じだ。髪はすっかり薄くなっているが、なんとか一本一本がきちんとあるべき場所におさまっている。慣れた手つきで二人と握手したものの、顔にはこわばった笑みが張り付き、目はおどおどしている。いかにもFBIを相手にするのは苦手だといったようすだが、それは二人がFBI捜査官だからというより、やりつけないことをしてくれと頼まれるのではないかと疑っているからだ。

オールトンとキンケイドのあいだには、暗黙のうちに役割分担ができつつあった。相手に対して強く出る必要のあるときは、すべてオールトンが担当する。相手を喜ばせたりおだてたり、嘘をついたりする必要があるときになると、後ろに引いたほうがいいとオールトンは思うようになっていた。そしてキンケイドの得意とすることを、いささか驚嘆の気持ちで見守るのだった。「時間を割いていただいて光栄です。トム・マッケイからすでにお聞きかと思いますが、われわれはリーア・ツィーヴェン誘拐の件を調べてまして」

「あれはお二人がうまく解決されたとニュースで見たような気がしますが」

「われわれは、まだスポットライトを浴びたりないのかもしれませんな」これを聞いてハドリーがおざなりにちょっと笑う。「じつは、いくつかちょっと気になる点がありまして、それを解決するために、おたくにあるビリー・スローンのファイルを見せてもらいたいんですよ」

「お見せしたいんですが、ほんとですよ。しかし令状がないと……」

ハドリーに皆までいわせずキンケイドがあとを引き受ける。「話を簡単にするため、手がかりになりそうなものだけ探しますよ。そちらでファイルをもって、何か載ってないかざっと見るってのはどうでしょう」ハドリーは、デスクの上に敷いてあるガラスの板を、ゆっくりと指で叩きはじめた。「もしそこに何かがあったら、令状をもってもどってきます」キンケイドがハドリーを囲い込もうと、お互い仲間じゃないかというようににっこりしてみせる。しかし仲間意識に訴えるやり方は、彼をよけい警戒させる結果になっただけだと、二人は悟った。

ハドリーは受話器を取って、ファイルをもってくるよう指示した。「何を見たらいいんですか」

オールトンが引き受ける。「スローンとトラーベンが人をハメる以外のことをしてた兆候がないかどうかを」〈ハメる〉といったとたん、ハドリーが眉をひそめたのをオールトンは見て取った。「すみません。そちらが起訴の対象にしようとしていることと以外のことをもくろんでた兆候があれば、ということです」

　中年の女がファイルをもって入ってきて、二人の捜査官にお飲み物でもおもちしましょうか、と訊く。二人は辞退した。ハドリーは十分近くを費やしてファイルを読んだあと、それを閉じた。彼の顔にさっきよりほっとした表情が浮かんだ。「何も載ってませんね。ほんと何も見つからないんですよ、申し訳ない」嘘ではないことを強調するためにハドリーが〈ほんと〉という言葉を使ったのがこれで二度目だとキンケイドは気づいた。彼の経験からすると、人が自分の発言を、〈じつをいうと〉とか〈正直いって〉といった表現で強調する必要があるとき、たいていは、本当のことをいっていない可能性が大になる。こういう表現は、他人を納得させるだけでなく自分自身をも納得させる必要があることを、無意識のうちに暴露しているからだ。自分が協力的であることをハドリーが強調しすぎるということは、彼が何かを隠していることを示しているかもしれないのだ。ファイルを見せてもらおうとキンケイドはもう一度試みたが、ハドリーはまたもや、それは違法だという主張をくり返しただけだった。二人は礼をいってそこを退出した。

　キンケイドはオールトンが疲れているのに気づいて、運転を代わることにした。

「これからトラーベンはどうする気だと思う、ベン」

「まったくわからない。今日は二人で彼にずいぶんプレッシャーをかけたからな」

「やったのは、あんたのほうだろ」

「まあそうだが、何か成果を期待するなら、彼の人生を惨めにしなければならない。彼のような人間は、心の底でありとあらゆるものや人間を憎んでいる。そして異質な人間がいると、少しばかりよけいに憎むんだ。だから、ボタンを押したのがおれの指だと思ってよけい腹を立てるのも納得がいく。われわれにつけまわされるのは腹が立つが、その先頭に立ってるのが黒人だと思うと我慢がならないというわけだ。だから、おれがうるさくつきまとう必要があるんだ」

キンケイドはいつもの出口より二つ手前で高速を出た。「ジャック、どこに行く」

「一杯飲もうと思って」

「少し早すぎはしないか」

「四時すぎだよ。今オフィスにもどるわけじゃないだろ?」

「そうだな」オールトンがいった。「おれは飲んではいけないことになっている」

「飲むなといったのは誰だ。医者かそれとも、厳格なるベンジャミン自身か」

「飲まないほうがよさそうだから」

「よさそうなのは、たまに気晴らしをすることだよ」

「わかった、ビール一杯だけだ」

キンケイドはロキシーズの駐車場に車を入れた。車から走り出たB・Cが、そのまま入り口に向かう。二人もついて行き、中に入るとキンケイドが先に立って人のあまりいない奥の部屋に向かった。やっとのことでウエイトレスがやってきて、二人の前に白いナプキンを置いた。「あら、ジャック、しばらく見なかったわね」

「こいつのせいだよ。おれの新しい保釈保証人。ベン、スーだ」

「いらっしゃい、ベン、何にする」

「軽いビールならなんでも。ドラフトあるかな」

「あるわよ。ジャックはウォッカ？」

「うん」

「タバスコ入れる？」

「頼む」

ウエイトレスが行ってしまうと、オールトンがいった。「おれには超能力があるんだろうか。あんたは前にもここに来たことがあるような気がしてならない」

「誰にも家族は必要だからな」

「家族の話、聞いたことないが、子ども、いるのか」

「男の子が一人、十四だ。コールって名前」

「よく会うのか」

「あまり会わない」

「どこに住んでる」

「ロックフォードで母親といっしょに。じつはフィラデルフィアからここに移してもらったのも、それがあるからなんだ。あいつを見かける回数が増えるかもしれないとね。ほんとにいい子だよ」

「奥さんは会わせてくれないのか」

「そうなんだ。無理もないがね。ここに移った当座は、週末には会うつもりだったが、おれの住んでるゴミため、見ただろ。結局、なるべく会わないほうがあいつのためだと思うようになった。手本になるような親父じゃないからな」

ウエイトレスが、飲み物とボウルに入れたポプコーンをもってきた。オールトンはビールを口に含み、忘れかけていた味を楽しむ。そして、抑揚のない声でいった「そんなことないよ」

キンケイドはウォッカにタバスコを六滴入れ、ついてきたスプーンでかき混ぜてから口いっぱいに含んだ。「確信ありげだな」

「おれが育った場所では、親父の顔を知らない子が大勢いた。だから父親がいなくても変じゃなかった。というより、少なくともそれがふつうだった。だが父親に捨てられたって気がするもんだ。子どもには両親が必要なんだよ」オールトンはまたビールをひと口飲んで、人差し指で上唇をぬぐう。「週に一回車で出かけて、一時間かそこら会うだけでもちがうんだ。会わないのは、あんたのほうが恥ずかしい思いをしたくないからだろう？」

キンケイドがポプコーンを一粒つまんで、それを何度もかんでいる。「たぶんな」

「そして恥ずかしいのはあんたの部屋じゃない、あんたの生き方だ」

キンケイドはもう一粒ポプコーンを口に入れた。「楽しく酒を飲むつもりだったんだがな」

「これまであんたを見てきて、おれがいったぐらいで変わるとは思えないが、しかしこれはいっておかないと——」

「いや、いうな」

「あきれた。自分で自分をだめにしてるんじゃないか。あんなに才能があるのに……それを何に使ってる」

オールトンが、少なくとも部分的には、これもトラップのことについていっているのだと、キンケイドにはわかっていた。そして、ここで話題を変えなければいけないと思った。「才能より野心のほうがはるかに偉大な授かり物なんだよ。ホームレスの保護施設には才能のある人間がごろごろしてるが、やる気や野心をもった人間は見つかりそうもない。少なくとも長い間もちつづけられる人間はね。だから好むと好まざるとにかかわらず、あんたのほうが羨《うらや》むべき人間なんだ」

「そんな風に考えたことはないなあ。そのとおりかもしれない。テスがいつもいうんだけど、おれは隣の芝生のほうが青いと思う傾向があるそうだ」

「その格言の本当の意味を知ってるか」

「よそのものを羨むってことだろ」

「じつは隣の芝生じゃないんだ。自分の家の芝生が気に入らなくて、それが青いのに気がつかないんだよ」キンケイドがいった。「それで納得がいったか」

「まあね」

「ベン、あんたが考えることすべてが、自分を追いつめてるんだ。あんたはとっくに死に勝った。毎日やってることが、あんたそのものなんだよ。おれのほうから見れば、そっちの足下の芝生は、十分青いよ」

　オールトンはしばらく自分の手の甲を見ていた。「あのな、五年前だが、ついにそれがわかったと思ったときがあった。女房の親父が死ぬところだった。肺気腫《きしゅ》だった。親父さんはずっと少しばかりおれによそよそしかった。まるで娘をたぶらかして結婚したとでも思ってるみたいだった。ところが奇妙なことが起きたんだよ。今いったように、死にかけててひどい呼吸困難になってた。心臓の鼓動が遅くなって長くはもちそうもない。みんなが一人ずつ彼のところへ行ってお別れをいいだした。抱きしめて最後のキスをする。誰もが泣いていた。最後に、立って待っていたおれの番になった。おれが親父さんの手を取る。おれだと気づくと、親父さんは残ってた力をふりしぼっておれを引き寄せた。そして何事かつぶやいたんだ。その意味は聞き取れなかった。五分もしないうちに親父さんは死んだ。おれは長いあいだそのことを考えてた。最初に思ったのは、あまりにも苦しみがひどいので、おれが貧民街の出だから、なんとかして手っ取り早くその苦しみをおわらせてくれといったんじゃないかということだった。あきれたと思ったね。ひどい偏見だとしか思えなかった。それについてテスには何ヵ月も話さなかった。ところがある日、親父さんの話になったとき、おれはその考えを話したんだ。テスはちょっと悲しそうな笑みを浮かべた。おれが誤解してたからだ。テスによると、親父さんは一度も口に出さなかったが、おれの今の仕事をすごく誇りに思っていて、それ以上におれの出自《しゅつじ》を誇りに思っていたというんだ。おれを引き寄せたのは、殺してほしかったんじゃなくて、治してほしかったんだ、とテスはいう。それを納得するのにちょっと時間がかかったが、納得したとき、おれは人生で勝ち取ったものに気がついたんだ」オールトンは後悔の気持ちを新たにしたように、目をそむけた。「だがそういうことに気づくには長い時間を要するし、気づいてもその実感がなかなか持続しないものだ。いよいよ脚を切断するというとき、おれは自分に誓った。もう一度チャンスが与えられたら、何事も思いこみは避けようとね。ジャック、あんたはいいことをいってくれたと思うが、しかし社会復帰してまだ二週間にもならないんだ。今の自分は何者なのか、見つけようとしてるんだと思う」

キンケイドのグラスが空になっていた。呼ばれないのにウエイトレスが新しいドリンクをもってやってきた。フライドポテトの入ったバスケットをB・Cのそばの床に置くと頭を優しくなでてやっている。「そちらはどう、ベン、飲む？」

「うん、もう一杯もらおうか」

キンケイドはちょっとのあいだ、歩き去る彼女の、リズミカルにゆれるヒップを鑑賞してから、「アイアスを知ってるか」といった。

「アイアス？　いや」

「ギリシャ神話の人物だ」

「神話だって？」

「笑うな。ギリシャ人以上に人間の弱さに注目した者はいないよ。トロイ戦争でアイアスは、アキレスに次ぐ勇士だった。アキレスが戦死したあと、アイアスはアキレスの鎧《よろい》をオデュッセウスと争い、オデュッセウスに負けた。アイアスは怒りのあまり気が狂い、剣で自分を刺して自殺した」

「何をいいたいかわかるよ」

「アキレスが死んで、アイアスはギリシャ最高の勇士になったが、それがわからなかった。それを証明するためには鎧がいると思ったんだ。それを証明する外見的なもの、他人のイメージの中に形作られたものがね。自分の内面を見つめて自信をもちさえすればよかったのにだ。結局それができずに自分の偉大さをそこなってしまった」

スーがドリンクをもってきて、去っていった。キンケイドがドリンクにタバスコを混ぜると、オールトンはグラスを掲げた。「青い芝生に乾杯」

18

スーはオールトンの前に三杯目のビールを置いたあと、ベテランのウエイトレスらしい目つきでちらと彼を見ていった。「何か食べるものをもってくる、ベン？」

オールトンは感謝の気持ちをこめてにっこりし、「いや、おれはいい」といった。もともとあまりアルコールに強くないうえ、この半年間は過酷な状況にあったため、すでに飲んだ程度の比較的少量のアルコールでさえ、かなりこたえていた。だがキンケイドといると、なぜかあと一杯飲みたくなるのだった。倦怠感《けんたいかん》の中にひたりそれを頼りにして、ベンジャミン・オールトンという人間を楽な気持ちにさせるという、慣れない仕事をさせたくなったのだ。キンケイドの自由奔放でものにこだわらない生き方を羨む気持ちが自分にあるのを、オールトンは初めて認め、たとえいっときでも、自分と正反対の魅力的な無節操の世界を訪れてみようと思ったのだ。

オールトンがグラスを口にもっていこうとしたとき、ポケットベルが鳴った。ベルトにつけたままのポケベルのナンバーを読もうとするオールトンにキンケイドが訊いた。「誰だ」

オールトンがポケベルを取り、腕をのばしてもった。「さあ。ナンバーのあとにいっぱいゼロが並んでる。電話はどこだ」

廊下にあった公衆電話で、そのナンバーをダイヤルした。電話の向こうの声がいった。「オールトンか」トラーベンだった。

怒りがこみ上げたがオールトンは冷たい無関心をよそおって答えた。「呼びだしたのはおまえか」

「会いたい」

「明日の朝、オフィスに来い」

「いや、今夜だ。それにそっちのオフィスでもない。ウンフ・ストーンの駐車場で待っている」

「なんのために」

「誘拐のことを話したい」感情をこめないその口調からは真意が読み取れない。

「われわれは、いつそこに行けばいい」

「あんただけだ」

「おれだけ？」

「四十五分以内に」電話が切れた。

オールトンは別の番号に電話した。それがおわると、席にもどった。「トラーベンからだった」

「トラーベン？」

「ウンフ・ストーンでおれに会いたいという。おれだけと」

「行かないほうがいいよ」

「監視班に電話してある。まだ彼を見張ってるそうだ。大勢の仲間がついてるから大丈夫だ」

「おれもいっしょに行く」

「だめだ。彼をつけてるチームによると、やつはすでにジムに来てるという。ひょっとしたら何かを話す気になったのかもしれない。こっちがルールを守らないと、それがフイになる。それに、かなりのペースでウォッカをあおってたじゃないか。さあ、モーテルまで送るからさ。それに今日は金曜だよ、どこかでポーカーやる約束でもあるんじゃないのか」

キンケイドは今日が金曜だと気がつかなかった。確かにあと二時間もすれば、例の部屋はたばこの煙とポーカー仲間でいっぱいになり、遅くまでギャンブルがおこなわれるのだった。「今週のポーカーは、やめにするよ」

オールトンがわざと大げさに驚いてみせる。「なんとまあ、今度の仕事は、あんたの生き方の邪魔になってるんじゃないのかな」

キンケイドはびっくりしたようにオールトンの顔を見返して、「おれに生き方なんてあったっけ」といった。

キンケイドと犬をモーテルに降ろしたあと、オールトンはトラーベンを尾行している監視チームの無線を呼びだした。「ベン、やつを見失った。さっき話したあとジムで見かけたんだが、それからあいつは逃げたんだよ。むちゃくちゃに走りまわってるんで、あんたと会うためにまたもどってくるだろうと追跡をやめたんだ。ところが三十分もたつのに、まだもどってこない」

「大丈夫だ、あっちから会いたいといいだしたんだから。もうすぐもどってくるよ。今そっちに行くところだ」

トラーベンと会う時間が来て、すぎていった。一時間近くたってからチームのリーダーがオールトンに電話してきた。「あんたの相手は来ないようだな」

オールトンは疲れていた。二杯のビールのせいでぐったりし、目をつむるまいと、必死で努力していた。まだ体調は完全に回復したわけではなく、睡眠も十分に取っていたとはいえない。「気が変わったらしい。そっちの担当は何時までだ」

「夜中の零時までだ。やつの自宅はわかっている。何かほかにやることあるか」

「これで十分だ。結局あいつは家に帰ると思うよ。零時のチームには朝一番に電話しておく」遠くのほうで張り込んでいた三台の車が、トラーベンの自宅に向けて北の方角へ去っていくのが見えた。オールトンはＦＢＩの車をゆっくりスタートさせて、一瞬方角がわからなくなったあと、自分の家のほうへ車を向けた。道路に出たとき、オールトンは気づかなかったが、黒っぽい小型車が、一〇〇メートルほどあとを注意深く車間を保ちながら走っていた。


土曜日だったが、オールトンは朝の八時よりずっと早くオフィスに着いた。零時のチームが早めに交代するといけないので連絡しておきたかったのだ。チームはその後、朝になってもトラーベンを見つけられなかったということだった。

毒のある恐れが、最初はごく小さかったが、オールトンの中で次第にふくらみはじめた。どうもおかしい。会いたいといっておきながら、なぜ完全に姿を消したのか。パニックについにパニックに陥り、今は逃走中なのか。しかしそれもありえないことだ。パニックは完全に力をなくすことだが、トラーベンがそんな状態になるとは思えない。ジムで会ったときトラーベンが憎悪で口をゆがめていたことや、前日はブルドーザーの上で目が静かな敵意に燃えていたことを思い出した。いや、何かほかのことが起きつつあるにちがいない。

オールトンは十時まで精力的に書類仕事をこなした。それから無線室に上がっていき、交代したチームと連絡を取った。彼らもトラーベンの居場所を突き止めていない。キンケイドに電話したが、話し中だ。モーテルの事務所に電話したところ、キンケイドの電話は受話器をはずしてあるようだという。ポケベルを使ってみて、十分待ったあとガレージに向かった。

オールトンがローマン・インの駐車場に車を入れたとき、キンケイドのミニバンの隣に小型の外国車が停まっていた。前にもどこかで見たような車だ。オールトンは腕時計を見てからドアをノックした。午前十一時をちょっとまわったところだ。すぐには答えがない。またノックした。「ジャック、開けてくれ、おれだ」中で人が動きまわっているのが聞こえる。

やっとキンケイドがドアを開けた。ボクサーショーツだけの姿で、眠そうに顔をしかめている。日差しが顔に当たって目を細めた。「ベンか……何時だ」

「もうすぐ昼だよ、どうしたんだ」

「入れ」暗くした部屋に足を踏み入れたオールトンは、ベッドに寝た形跡があるのに気がついたが、まだ誰かがそこにいるように思えた。キンケイドが「ちょっと待ってくれ」といってバスルームに入りドアを閉める。オールトンは目が暗がりに慣れるのを待った。

女が一人、ベッドで起き上がった。「あら、ベン・オールトンじゃないの」ローラ・ウエルトンだった。ビリー・スローンの義理の姉だ。オールトンがにやりとした。「そうだよ、やあ」

キンケイドがローブを着ながら出てきた。「十一時すぎだ、ローラ」

「えっ、大変、家に帰って着替えしてから仕事に行かなきゃ」

「支度するあいだ、われわれは外に出てるよ」

二人が外に出ると、オールトンは声をひそめて、「どうしてこういうことになったんだ」といった。

キンケイドがバスローブのポケットからたばこのパックを取り出し、一本に火をつける。「ゆうべここで降ろしてもらったあと、まだ喉が渇いてたんで、彼女がバーテンやってるレストランに行き、そして……」

「そして……？」

「最後までいわなきゃ、わからんのか。結婚して何年になるんだ」

「十分長いことは確かだ」オールトンが笑う。「あんたが女を好きだってことさえ、知らなかった」

「おまえさんと付き合ってれば、女にちょっかいの一つも出したくなるよ」キンケイドの口からあくびが漏れた。

「やっとぐっすり寝たようだな」

キンケイドがうなずく。「ベッドで寝たのも久しぶりだ」

「ひょっとしたら、あんたにお似合いかもしれんぞ」オールトンがいった。「彼女が慈悲深い女だってことは明らかだし」

「それがまちがいだってことを彼女に教えてやれる人間がいるとすれば、それはおれだ」

「あんたに電話してたんだが、トラーベンが姿を消した。ゆうべは一度も現れなかった。ずらかったかどうかは知らない。監視チームが一晩中やつの家に張り付いてたんだ。まったく出入りがなかったそうだ」

「それでここに来たってことは、二人で探してみようというわけだな」

オールトンがそれに答える前に、ドアが開いてローラが出てきた。バーの制服を着てタイだけはつけず、バッグに入れようとしている。「今夜会えるかしら、キンケイド捜査官」

「手錠が見つかったら、きっと会える」

キンケイドに短いが熱のこもったキスをしてから「じゃあね、ベン」といい残して車に乗りこむと、スピードを上げて昼近い車の流れの中に消えていく。

キンケイドが身支度をするあいだ、コーヒーを買いに行き、B・Cのためにドーナツまでもってもどってきた。二人と犬が車に乗りこんだとたん、オールトンのポケットベルが鳴った。彼の自宅のナンバーのあとに、9の字がいくつも並んでいる。前もってテスと決めてある緊急連絡用だ。彼がポケットベルをもつようになって以来、テスはこのシグナルを使ったことがない。オールトンは携帯で家にかけた。

「テス、おれだ」

「サラがいないの」テスが取り乱していることは声から明らかだったが、オールトンは自分までパニックに陥りたくなかった。「ちょっと落ちつけ。いないとは、どういうことだ」

「女友だちのマイラって子が電話してきたんだけど、サラを車でショッピングモールまで送っていって、別れたというの。サラはスカートを返すことになってたって。三十分後に会おうと約束してたのに、サラはやってこないというのよ」

「いつのことだ？」

「もう二時間近くになるわ」

目のくらむようなパニックがオールトンの体を駆け抜け、頭が突然空っぽになってくらくらっとした。娘が電話もせずに約束に遅れることは、これまで一度もなかった。「よし、そっちに行く。なるべくこの電話を空けておくように」

オールトンが電話を切るとすぐにキンケイドが訊いた。「どうした」

「サラがいない。モールで姿を消した。おれがまちがってることを祈るが、サラの身になんかあったんじゃないかと心配だ」最悪の事態がなんであるか、キンケイドにいいたくなかった。それをいうと現実になるような気がして、その言葉を聞きたくなかったからだ。

「年はいくつだ、十六か。それくらいの子は、しょっちゅうふらふら出歩くもんだ」

「サラはそんなことはない。おれがいつも何を見てるか知ってて、心配するのがわかってるんだ。サラはぜったいそんなことはしない」

オールトンはちらっとキンケイドを見て、目をそむけた。「どういうことだ、ベン」だがオールトンは答えない。「おい、どういうことなんだ」

「ヘマをやったらしい」

「なに？」

「トラーベンだよ。ゆうべ、あいつがすっぽかしたとき、おじけづいたかと思った。だが、今わかった。自分がよく知ってる場所であるジムにおびき寄せ、おれの家まであとをつけてきたんだ」

二人ともしばらく口をつぐみ、そうでないことを証明する理屈を見つけようとした。だがトラーベンがそんなことをするのは、大いにありうるとキンケイドは思った。なにしろチャイナ・ヒルズ署に意趣返しをするためにリーア・ツィーヴェンを誘拐しているのだ。それにオールトンが彼にしたことを考えると、トラーベンがチャイナ・ヒルズ署よりはるかにオールトンのほうを憎悪していることは確かだ。ついにキンケイドがいった。「家に帰ったほうがいい。着く前に彼女が帰ってくるかもしれない。そして、万一ってことがあるから、おれは支局に行くよ。家に着いたら電話してくれ」

キンケイドと犬は車から出て、モーテルの駐車場から尻を振りながら出ていく車を見守った。オールトンの顔にこれまで見たこともない表情が浮かんでいた——それは恐怖のあまりなすすべもなく途方に暮れたといった顔だった。キンケイドはB・Cを部屋に入れると、ミニバンのほうへ急いだ。

19

キンケイドが支局に着いたとき、オールトンはすでに家に帰って支局長に電話していた。サラはまだ見つかっていないという。ソーン支局長は、三人の捜査官と一人の女性とともに、支局長室にある小さな会議用テーブルについていた。その女性は報道担当だと、キンケイドは気づいた。顔を知っている男性捜査官は、副支局長のアル・バルトリだけだ。支局長が話をし、全員がメモを取っている。「ベンによると、サラは、スカートを返すために女友だちの車でモールに行ったという。サラを降ろしたあと、友だちのマイラ・トネリは別の店の化粧品売り場に行った。二人は三十分後に、フードコートの時計の下で会うことになっていた。サラは現れなかった。その女友だちからくわしい話を聞いてほしい。誰か二人のあとをつけてる者はいなかったか、ほかに何か不審なことがなかったか」

「売り場の店員はどうします」一人の捜査官が訊いた。

「人をやって話を聞くようにしてくれ」ソーンがいった。「それから、モール中の監視カメラも調べさせろ。トム、オールトンの家に向かった連中が着いたら、サラの近影を誰かに大至急もってこさせてくれ。また、チャイナ・ヒルズ署に人をやって、トラーベンの写真も取ってこさせるんだ。どうやって彼女を捕まえたのかわからないが、誰かが何かを見てるかもしれない」

キンケイドがいった。「警官になりすますのは簡単ですよ。その手のバッジはどこにでもありますからね。警官らしく振る舞うのもお手のものだから、捜査官の娘でもだまされるでしょうよ」

「よし、これは正式に誘拐事件として捜査しよう」ソーンがキンケイドに向かっていった。「ジャック、この男と話をしたんだろう。ようすを教えてくれ」

「話をしたとき、えらくぴりぴりしてました。どうみても、やつですよ。前にも人を殺してるのはわかってますしね。ツィーヴェンの娘とスローンを殺した動機は、復讐だと思います。自分を首にした警察の連中より頭がいいことを見せたかったんですよ。そして今、ベンがそのことを嗅ぎつけて、やみくもに追ってきたので、同じことをＦＢＩに対してもやろうとしたわけです。われわれの鼻をあかし、同時にベンをたきのめしてやろうとね」

キンケイドの話の意味するところを了解したほかの捜査官たちは、しばし言葉もなくそこに座っていた。あの朝、受付で母親に紹介されたときのサラの手の感触を、キンケイドはまざまざと思い出した。まさかこんなことになろうとは。これまでに自分が犯したもろもろの罪が、今この悪夢となって襲いかかってきたような気がする。ベン・オールトンの家では今ごろどうしているだろう、と思い浮かべようとした。そのときキンケイドは、トラーベンがたんにベン・オールトンだけでなく、この誘拐事件を知った者全員を恐怖に陥れようとしているのだと気づいた。ベンの家族、ＦＢＩ、そしてキンケイドをも含めて、全員に対して報復するつもりなのだ。

ソーンがいった。「ダイアン、二人の写真が届いたら、大々的にマスコミで扱うよう手配してくれ。サラがいなくなったこと、事情を聞くためあの男を捜していることなども。この事案が解決するまで、新聞を開いたりテレビをつければ、必ず二人の写真が目に入るようにしたい。それからきみたちだが、全捜査官を時間差交代の任務に就けてくれ。一六人のうち八人ずつが交代する。そして非番の者も、すぐに電話に出られるように。どんなささいな情報でも、ただちに調べること。任務に就いていないときでも、できるだけ人から話を聞いて手がかりを得るよう努めてほしい。この獣《けだもの》についてわかったことはすべて、私に報告すること。すべてだぞ」ソーンが一人一人の顔を見まわす。「彼女の命を救う可能性のあることでやり残したことがあった、など最後にいうようなことがあってはならない。この類の事案が残念な結果におわった経験を何度もしてきたが、ああすればよかったこうすればよかったと、必ず後々までもうじうじ考えることになるからな。何か質問は？」

ハーフレンズの読書用眼鏡を鼻にずり下ろした三十代の捜査官がいった。「法律顧問としてひと言警告しておきたいんですが、トラーベン氏が誘拐に関与した可能性があるなどというと——これが本当に誘拐事件だとしても——ＦＢＩが訴えられる恐れがありますよ」

ソーンは副支局長のほうを向いた。「アル、クアンティコに電話して、いちばん優秀なプロファイラーを至急寄越すよういってくれ。それから、例のジムに覆面捜査官を送りこめ。そこの誰かが何か情報をもっていたら、それを知りたいからな」

「承知しました」アル・バルトリは答えて、覆面捜査官の件をメモした。

「もう一つ、この誘拐事件でつぎに全員を集めて会議を開くときは——」ソーン支局長が法律顧問のほうをあごで示しながら「彼は除外するように」といった。法律顧問の捜査官の顔から血の気が引いた。

ソーンは全員を見渡した。刑務所に爆弾が仕掛けられたときすら見られなかった、静かな決意が彼らを固く結びつけている。ベン・オールトンと彼の家族の上に起きたことは、ここにいる捜査官たちの誰の身に起きても不思議ではない。これまで怖いもの知らずだった彼らが、オールトンやツィーヴェンの気持ちを理解できたのだ。FBI捜査官としての彼らの姿勢が変わったのを、ソーンは感じた。ソーンはこれまで、どの事案に対しても直接自分の身に起きたこととしてつねに取り組んできたが、今彼らも同じ気持ちで事に当たろうとしている。「ほかに何かあるかな?」誰も何もいわないので、ソーンがいった。「よし、始めよう」みんなが立ち上がりかけたとき、ソーンがいった。「ジャック、ちょっと残ってくれ」

「私も残りましょうか」バルトリがいった。

「なぜだ」ソーンが尋ねる。

バルトリは、はずされたのを自分への当てつけだと取ったようだ。しかし出世志向の強い彼は、上司に楯突いて得になるはずがないとわかっていたので、代わりにキンケイドを険悪な目でにらみつけた。まるでキンケイドのせいだとでもいうように。そしてドアを閉めて出ていった。「どうやら、きみを嫌うことにしたようだな」ソーンがいった。

「それは自分が正しいことの証拠だと思うことにします」

「彼を見くびってはいけないよ。私も彼を軽く見てるように思えるかもしれないが、あの手の人間には寝首を掻《か》かれないようつねに注意している」

「こっちはＦＢＩで出世する気もないし、出世に必要なリップサービスもできない人間なので、何をされたって大してこたえませんよ」

「彼に決定的打撃を与えることだけは避けるようにしている」ソーンがいう。「ところでどうだね、当たってみたい心当たりはあるかね」

「何かする前に、ベンの家に行って、力になれることがないかみてみようと思ってたんですが」

「それがいい。しかし彼とちょっと話をしたときの印象では、ぜんぶ自分で責任を背負い込む気でいるよ。それにあのとおり頑固なやつだ、考えを大きく変えることはないだろう。きみは彼のために何をやればいちばんいいか、わかっているはずだ」

「サラを見つけるためには、できるだけのことをするつもりです」

「こういうときには、できるだけのことをやってもまだ足りない場合もある。こういう事案の担当になったとき、まず私がやるのは、いかなる犠牲を払ってでもやるべきことをやりそうな人間を探すことだ」

キンケイドはちょっとのあいだ支局長をじっと見返して、自分に求められているのが何であるか了解したことを無言のうちに告げた。「もう探さなくていいです」

キンケイドは、オールトンの家に着いて道に車を停めた。ポーチのステップを上がっていくと、見たことのない若い捜査官がドアを開けた。テスが出てきて、型通りに握手をし、来てくれて感謝しているという。もともと礼儀正しい彼女が無意識のうちに手をさしだし、うわの空で挨拶をしているのは明らかだ。彼女が手を引っ込めようとしても、その手を離さなかったので、少しはこっちに注意を向けさせることができた。「テス、娘さんは大丈夫だよ」テスは、知らない方言で意味はわからないが耳に心地よい言葉を聞いたとでもいうようにキンケイドの唇をじっと見つめた。「だがまず、コーヒーが飲みたいな」

彼女は弱々しく微笑むと向きを変えて行きだした。「もってきますよ。ベンは居間にいます」

そこは一種の作戦本部になっていた。たっぷり詰め物をしたカウチとラブシートと安楽椅子は、近くの壁に押しつけてある。長い折りたたみテーブルが三つ置いてあり、まわりを折りたたみ椅子が取り囲んでいる。二人の捜査官がオープンリール式のテープレコーダーの前に座って、サウンドレベルをチェックしている。ベン・オールトンは室内を背にして立ち、片脚ずつ交互に体重をかけながら、ガラスの引き戸越しに裏庭をにらんでいた。「ベン」キンケイドが声をかけた。

振り向いたオールトンが、キンケイドの顔を思い出すのに一瞬の間を要した。「ジャックか、来てくれてありがたい」握手に心がこもっている。「支局に行ったのか」

「うん」

「何も情報は入ってないんだろうな」

「ソーンがどんな人間か知ってるだろ――支局の中ににらみをきかし、協力を渋るやつがいれば容赦なくやっつけてるよ」オールトンはありがたいというようにうなずいたが、すぐにまたその顔は苦渋の表情に固く閉ざされた。「二人で考えてどこから始めればいいかわかり次第、おれが行くから」

「ゆうべつけられてたのを、なんでまた気づかなかったんだろう」

「家までつけてきたんなら、ゆうべと、それからたぶん今朝も、しばらくここにいたにちがいない。この近所はもう当たってみたかね」

「いや、まだだと思う。そこに気がつくべきだった」

「今は、そういうことはほかの者にやらせればいい。すぐもどってくる」キンケイドは、外に出ると、同じブロックを歩いてオールトンの家を見張るのにつごうのいい場所がないか調べた。つぎにその通りの反対方向も調べる。家にもどってから、捜査本部に電話し、誘拐事件捜査の責任者に状況を説明した。オールトンとテスは、キッチンに腰掛けてテーブル越しに両手を握りあっている。キンケイドを見るとテスが、「コーヒー、すぐできますよ」といって立ち上がり、新たにコーヒーをいれはじめた。

キンケイドが腰を下ろす。「近所をそれとなく当たらせるために、リー・ジャクソンが二人ばかり寄越してくれることになった。裏の家はどうなんだ。トラーベンが裏に隠れてた可能性はあるかな」

「ないね、家の中に入ったら別だけど。今朝、裏の家の人が外に出てたのを見たから、それはないと思うよ」

「いずれにしろ、それもチェックさせることにしよう」

オールトンが妻のほうを見た。彼女はちょっと困惑した顔で、がたがた音を立てるコーヒーメーカーも一瞬頭から離れているようすだ。オールトンはキンケイドについてくるよう合図し、地下室に向かう。そこに硬水軟化剤の袋が二つ置いてあり、二人がそのそれぞれに腰を下ろすとオールトンが、「あいつの望みはなんだと思う」と訊いた。

「FBIの面目をつぶしたいんだよ」

「どうやって」

その質問はたったひと言だが、父親としての重い自責の念が表れていて、どんな問題でも、その起源がいかに漠然としていて遠回しであっても、彼はそれを自分のせいにしてしまいかねないことを示していた。しかしオールトンが〈どうやって〉という質問をしたのには、もう一つの、もっと不吉な目的がある。つまり、トラーベンはサラを殺すつもりだろうか、と訊いているのだ。キンケイドも支局を出て以来、その問題を考えつづけ、殺すつもりだという結論はすぐに出た。そのあとは、殺さない理由が見つからないか、考えつづけていた。客観的に考えれば、一つもない。これまでのトラーベンの行動で一貫しているのは、自分に嫌疑のかかる証拠を一切残さないということだ。そしてサラを誘拐したからには、サラが彼を犯人だと証言できるから、サラが証拠だということになる。オールトンも、質問はしたものの答えはわかっており、キンケイドと同じくどんなにささいなことでもいいから何か希望をつなぐものはないか探しているのだ。「やつがおかしいことはわかっているが、気がふれているわけではない。きっとこの事件をおわらせる方法を考えているだろうし、そのとき罪を免れるには、サラが無事でないとまずいはずだ」キンケイドがいった。

その理屈はあやふやであまり筋が通っているとはいえなかったが、途方に暮れていたオールトンは、キンケイドの言葉を信じることにした。故意に理屈が曲げてあることを指摘できないことはなかったが、怖くてそれができなかった。キンケイドの言葉によって最悪の予想はひとまずお預けとなったが、今のところ彼にとって何よりも必要なのはそのことだった。だが、思わずオールトンは、「サラの身に何かあったら、あいつが助かる見込みはない。おれが殺してやるから」といってしまった。

そのあとオールトンは遠くを見る目つきになった。新たに生じた自責の念と闘っているのだろうと、キンケイドは思った。「ベン、しっかりしてくれよ、おれ一人じゃなんともできないんだからさ」

オールトンが彼を見て、注意をもどそうとしている。「すまない」

「元気を出せ、なんとかなるって。ところで、見逃したことはないかな。初めにもどって考えよう。とっかかりが必要だ」

「トラーベンについて最初にわかったことは、スローンをたれ込み屋として使っていたということだ」

「二人がはめようとした強盗犯を見つけるべきかもしれない」

「その連中はスローンを知ってたが、トラーベンのことは知らないはずだ。大した役に立たないんじゃないか」

オールトンの目がまた焦点を失いかけた。「スローン殺しはどうだ」キンケイドが尋ねる。「あれについては、まだ何も調べていない。トラーベンがやったことはわかってるんだから、あれから何か出てくるかもしれない。死体が見つかったのはどこだっけ……ベン」

「ああ、あれはシカゴのウエストサイドじゃなかったかな」

それはキンケイドも知っていた。「そうだな。シカゴ市警を当たってみよう。副署長はなんて名前だったかな、爆弾事件の現場にいた男だよ」

「おれが悪いんだ」オールトンの目に涙があふれ出した。

「ベン――」

「いや、そうなんだ。がむしゃらにあいつのあとを追っていった……だからあいつがおれを襲ってきたんだ。自分の家族のことは、考えもしなかった。まずリーア・ツィーヴェンの誘拐事件を解決しそこない、今度はサラだ」

キンケイドは立ち上がってオールトンの腕を取ると、上の階に連れていった。

「車のところまで送ってくれ」二人が外に出ると、キンケイドは振り向いて、オールトンと向き合うようにして立った。「ベン、秘密を胸にしまっておけるかね」オールトンが答えないでいると、キンケイドが優しく微笑んで、「どうだ、できるか」と訊いた。

「わかった、できるよ」

キンケイドが身を乗り出す。「サラは二人できっと取り返す」

20

副支局長の専用電話が鳴った。アル・バルトリはなんとなく気が進まないながら最下段の引き出しを開けて受話器を取った。「バルトリです」

「アル……マート・ハンプトンだ」

「マートだって？」専用電話にかかってくるのはすべて誘拐がらみだと思っていたが、ハンプトンはＦＢＩ本部管理部の課長だ。彼の守備範囲は凶悪犯罪の捜査とはなんの関係もない。「なんでまた、あんたのレーダーにおれが引っかかったんだ。それも土曜だってのに」

「オールトンの娘の件で忙しいのはわかってるが、ちょいとそっちの行く手に立ちはだかりそうなことが持ち上がってね、知らせると感謝してもらえるんじゃないかと思ったんだよ」

ハンプトンの言葉からは、いくつかの微妙な政治的意図が読み取れる。もっとも露骨なのは〈感謝〉という言葉だ。これの意味するところは、ハンプトンが将来のいつか、バルトリからなんらかの見返りを期待しているということだ。その見返りがハンプトンの出世に役立つものであることは疑う余地がない。誘拐事件が最優先されるとわかっているのにあえて電話してきたということは、かなりの重要性がありしかも消費期限の短い秘密情報であることを示している。これから聞かされるのが望ましくない内容であるにもかかわらず、バルトリはこの電話には明るい面もあると思った。というのも、FBI中の噂を耳にする機会がある本部にいるハンプトンが、彼に〈投資をする〉ことにしたのだ。そこから引き出される推論は、あの聖なる殿堂におけるバルトリの株価が上昇基調にあるらしいということだ。近い将来の見返りが期待できない者に親切にすることはありえない。そういった、持ちつ持たれつの関係はバルトリの世渡りにおける基軸通貨だったが、その交換レートはつねに交渉次第で決まるのだ。これから受ける情報のインパクトは最小限に抑えなければならない。そうすれば、借りも少なくなるというものだ。「じつはここの暮らしも悪くないような気がしてたんだ。ソーンが誘拐事件の指揮を執り、おれが支局の指揮を執る。大してやっかいなこともないんでね」そこでバルトリはできるだけ関心がなさそうに聞こえるように、声の調子を落としていった。「ところで、何があったんだ」

「ああ、まだこれを長官に上げてないんだが、その前にあんたに知らせとこうと思ってね」

ハンプトンはＦＢＩ長官にまだ知らせていないといって、値段をつり上げようとしている。バルトリは秘書に通じるブザーを三度押した。そうすれば彼女がブザーを押して返すことに前もって決めてある。たいていは、予定にない電話をつなぐなという合図だ。ブザーが一度返ってきた。「マート、ちょっと待ってくれないか。国税局からかけ直してくるのを待ってたところなんだ」ハンプトンの答えを待たずに、バルトリは電話を保留にした。つぎの二分ばかりをかけて、バルトリは最近のオフィスのメールに目を通した。そのあと受話器を取っていった。「マート、悪かったな、国税局のやつがなかなか電話を切らなくてね。話のつづきを聞かせてくれないか」

「あんたのところでＯＰＲの問題が持ち上がったんだ」ハンプトンが少し気を悪くしたような、気抜けしたような声の調子でいった。

職務倫理監査室《ＯＰＲ》の調査が入りそうだと電話で知らせてもらうのは、ふつうは非常にありがたいことなのだが、バルトリはあまりうれしそうに聞こえないよう気をつけた。「前もって知らせてくれる人には、いつも感謝しているよ」

〈感謝している〉という言葉を聞いて、ハンプトンはバルトリが言外の取り引きを理解していると思って満足した。「未解決の銀行窃盗事件がそっちの管轄に四件あるのを知ってるかね。どれも西の郊外で起きているが」

「窃盗というと?」

「夜間金庫にトラップを仕掛けたやつだよ」

シカゴ地区の犯罪事案についてほとんど知らないことを認めたくないバルトリは、

「管理部門に関係あるのがどの銀行窃盗事件か、教えてもらえるかね」といった。

「その地域担当のジャック・キンケイドという捜査官がいるだろ。彼が四件の事件すべてを担当している。キンケイドを知ってるかね」

「うん」倫理監査室の調査対象になろうとしているのがキンケイドだと勘づいて、しかもハンプトンを優位に立たせないための戦略を続行しようと、バルトリがいった。

「彼にはいささか手を焼いていてね。それにあの男には、なんとなく信用できないところがあるんだよ」

「おたくの銀行強盗班調整官が、回収されたトラップを、最近になって遺留指紋の検査にまわしたんだよ。あんたも知ってるにちがいないが、捜査官が証拠を台無しにしかねないから、どの指紋もまず担当捜査官のものでないかどうかつねにチェックすることになっている。その結果、キンケイドの指紋がついていた」

「わからないな。捜査官はつねに証拠の扱いを誤りかねないと、今いったじゃないか」

「そのトラップには、両端に両面テープがついていた。おそらくシュート内に留めておくためだろう。検査官が細心の注意を払ってそれをはがしたところ、その下に指紋が一個見つかった。それがキンケイドの右手人差し指のものだったわけだ。検査官によると、そこに指紋を残せるのは、トラップを作った人間以外にありえないそうだ」

「マート、そいつはかなり根拠薄弱に思えるがね。キンケイドはそれをいじくりまわしてて、テープをはがしてからまた元にもどしたのかもしれないよ」

「その可能性も検査官に訊いてみたところ、もしそうならテープをはがした形跡があるはずだが、そんな跡はないそうだ。この検査官は、うらでも非常に優秀なやつでね、これを報告するのはあまり気が進まないようだったが、トラップを作ったのがキンケイドにまちがいないことは、証明してみせられるといっていた」

「キンケイドは好きじゃないが、それでもまだ腑《ふ》に落ちないな」

「キンケイドはフィラデルフィアにいるとき、酔っぱらい運転で捕まり、捜査局の車を使う権利をなくしてるんだよ」

「彼のファイルで読んだ。しかし銀行からカネを盗むのと、酒を飲んで運転するのとでは、少々ちがうんじゃないのかな」

「銀行強盗班の調整官が、指紋調査のためトラップを送ってきたとき、同時に四件の事件を、銀行窃盗の手口ファイルと照合してみてくれと頼んでおいた。十年前、アルフレッド・ジェームズ・マニングという男が、まさにほぼ同じ装置を使って百回以上犯行を重ねている……それがフィラデルフィアなんだよ、アル。しかもそのときの担当捜査官がジョン・ウイリアム・キンケイドだった」

バルトリはちょっとのあいだ無言だった。「それはかなり説得力があるな」

「監査室からチームを送りこんで彼から事情を聞く必要がある。その結果もし彼が認めなかったら、ただちにこっちに呼んで嘘発見器にかけることになる」

「彼が認めたら？」

「解雇されるし、昨今のやり方に従えば、訴追されることになるだろう」

「長官に報告するまでに、何日余裕がある」

「ここにとどめておけるのは、二日か三日だろうね。そうすることで、何か役に立つことがあれば」

「今のところ誘拐の件が最優先されるんで、こういうことに注意がそらされるのは、誰にとっても好ましくないんじゃないかと思うんだよ」

バルトリの口調にちょっとしたためらいが認められたので、もっと個人的理由から報告を遅らせたいのではないかと、ハンプトンは思った。「いいよアル、わかった。監査官がそっちに出掛けるときは、知らせるよ」

バルトリはデスクの前に腰掛け、この情報をどう使ったらもっとも効果的かと思案した。監査を遅らせることができるかとハンプトンに訊いたのは、キンケイドの犯罪のニュースと、彼自身がその問題に介入して監査を遅らせたことの両方を支局長に知らせることにより、自分の利益にしようという腹づもりがあったからだ。ソーン支局長は、最初からバルトリを副支局長としてそれなりに扱ってくれてはいたが、あまり自分のことを好いていないような気がして仕方なかった。

今度のことが、それをひっくり返してくれるだろう。FBI捜査官が銀行窃盗を働いている。そのことをバルトリがそっと支局長の耳に入れ、公表を遅らせて世間の非難から支局を守ることにより、もっとも大事なこと、つまり誘拐事件の捜査に支局が集中できるよう彼があらゆる手を尽くす――あまり覚えのめでたくない副支局長として、これほど立派な行為がほかにあるだろうか。支局長のお気に入りへと導いてくれるのが、ほかならぬキンケイドだったことに、バルトリはひそかに快哉《かいさい》を叫んでいた。奇妙なことだが、無断で会議を欠席したことで注意を引いたあのうらぶれた捜査官を、支局長は次第に気に入ってきたらしい。だがたまたま爆弾事件で運がよかったから名誉回復をしただけのことだ。それには爆弾事件のときの派手なスタンドプレーが一役買っている。しかしそれもすべて変わろうとしている。

　支局長室のドアが開いていたにもかかわらず、バルトリはノックをして中に身を乗り出し、それとわかるだけの敬意を表した。「ちょっとよろしいでしょうか」

　デスクの向こうで椅子を横に向けて腰を掛けファイルを読んでいたソーン支局長が顔を上げた。バルトリが行くといつも支局長はなんとなく嫌な顔をするのだが、今回もそれが感じられる。「いいよ、だがちょっと待ってくれないか」

　バルトリはドアを閉めようかと思ったが、それはちょっとやりすぎに思えた。開けたままだと、ソーンのデスクのそばに腰掛け、秘密めかした低い声でしゃべることになる。すぐに彼は、キンケイドの話をした。ソーンは唇の前で両手の指先をつきあわせている。「きみに電話してきた者は、いつそれを公表するといってたかね」

　バルトリは悪いニュースを伝えに来ただけのつもりだったが、それ以上に点を稼ぐチャンスだとみた。「それはいいませんでしたが、こちらから連絡するまで公表しないよう私が頼んでおきました。なにしろ捜査官の不祥事ともなると、長官は容赦しない方針ですからね。なんとか二、三日は留め置かせることができると思います」ここでちょっとためらってから、「彼は私に借りがあるんですよ」と強調する。

「きみにわざわざ電話してきたからには、少しのあいだは内密にできるにちがいない」

FBI職員間の食物連鎖の中でやりとりされる便宜についてソーンが理解しているものと、バルトリは推測していた。すべての便宜は、相互主義にもとづいて必ず見返りが生じることになっている。それなのに、情報を提供しても支局長が少しもありがたそうな顔をしないので、支局長がわかっているのかどうか、若い副支局長は自信がなくなった。ソーンが少しは辛抱して政治的駆け引きに精を出していたら、もっと出世できたはずだと誰もが思っていたが、どうやらその方面では努力しなかったらしい。今の地位に昇ったのは、現場の最高指揮官としてきわめて有能だったからで、第一線の指揮だけでここまで到達する者が今後現れるとはとても思えない。

「私に任せてください、ロイ」これまで支局長をファーストネームで呼んだことはなかった。今ロイと呼んだのは、ふつうの支局長―副支局長関係の見直しを迫るためではなく、二人のあいだにある隔たりをソーンが埋めるつもりでいるのかどうか、さぐりを入れたかったからだ。

ソーンはまたファイルに目をもどした。「いいだろう」それだけが答えだったので、バルトリは自分のもくろみが成功したのかどうか、皆目わからなかった。

「できるだけ公表をのばすよう頼んでみますが、ご存じのように、捜査官の不祥事ともなると恐ろしい勢いで噂が広がりますからね」

ソーンが目を上げた。「忘れてほしくないのは、今のところ大変な不幸に見舞われている捜査官は一人だけだということだ」

シカゴ市警本部で、キンケイドはビリー・ハットン副署長のオフィスに腰を掛けウイリアム・スローン殺害に関するファイルを読んでいた。

「それは大した捜査もしてないと思いますよ。ドラッグがらみの殺しに分類されてましたからね。一つの問題で別の問題が帳消しになっただけのことで、ここでは、特に優先順位が高くなかったもんで」

「殺される前に、シカゴでは一度も逮捕されたことがなかったのかな」

「うちの記録にはないですね」

「おかしいとは思いませんか」キンケイドが訊く。

「ふつうじゃないな。しかし今時のふつうってなんですかね。この手のケースじゃ、たいてい犠牲者とわれわれはその前になんらかの接触があったってことでしょう」

「電話、借りていいですか」

「署長と会う約束の時間がすぎてしまった」ハットンが立ち上がった。「私の椅子に掛けてゆっくりやってください。ほかに何かいるようだったら、外に秘書がいますから。それから、ベンの娘さんのことでこっちにできることがあれば、いってもらえればやりますよ」

握手を交わして副署長が出ていくと、キンケイドは電話を取って、ローラ・ウエルトンの職場にかけた。彼女が出ると、「夜のニュース、見たかい」と訊いた。

「まだよ」

「ベンの娘が誘拐された」

「えっ」

「アラン・トラーベンという元警官の仕業だってことは、かなりはっきりしている。それから、あんたの義理の弟を殺したのも彼だと思っている」

「なんてこと。ベンはパニック状態でしょう」

「そう。トラーベンって名前を前に聞いたことある？」

「ないわ」

「弟があんたの家にいたとき、わけのわからない相手と会ったり、なんの用かいわずに車で送らせたことはなかった？」

「そんなことない。前にもいったとおりあの子は大変なおしゃべりなんだけど、あのころは——なんていうかおびえてるみたいで——なんにもしゃべらなかったのよ」

「殺されたことは、どうやってわかった」

「シカゴ市警が財布の中から私のナンバーを見つけて電話してきたの。そして遺体の確認に来てくれといったのよ。なぜシカゴで殺されたのか、どうしてもわからない。シカゴは大嫌いだったのに。行ったこともなかったのよ」

「ドラッグを手に入れるためにも？」

「売人がシカゴにいたのは知ってたわ。この騒ぎが始まる前、弟の車が壊れたことがあって、私が売人の家に迎えに行ったことがあるの。あの子はそのころ、盛んにドラッグを使ってたから。私が車で行ってその家を見つけて、住所を電話で知らせてもいいけど」

「ありがとう。しかしその線からはトラーベンとのつながりは出てきそうもないな。あんたの弟をシカゴのウエストサイドに捨てたのは、ドラッグがらみのもつれからだと見せかけるためだったことはまちがいない。そしてシカゴ市警の管轄にもってったのは、トラーベンのような元警官は、あそこが忙しすぎて念入りに調べてるひまがないのを見越してたんだろう。特にドラッグがらみと見せかければね」

「これがベンの娘さんとどう関係あるの」

「無関係かもしれないが、じつは大してとっかかりがないんでね。何かに当たるかもしれないと、闇夜で鉄砲撃ってるところ」

「気をつけてね」

「赤毛の女は用心深い男が嫌いだって、どっかで聞いたような気がするが」

「茶化さないでよ、ジャック」

キンケイドのポケットベルが鳴った。知らないナンバーだったが、支局の交換台を通っている。「もう切るよ。時間ははっきりわからないけど、なるべく今夜会えるようにするからね」キンケイドはそのナンバーに電話した。

「キンケイドか」

そっけなくて重々しい声を聞いて支局長だとすぐにわかったが、いつもよりカドがあるような気がする。「そうです」

「問題が起きたから、きみの力を借りなければならない。すぐに会いたい」

問題？　誘拐事件からソーン支局長の注意をそらすほどの大問題なのか？　最初に頭に浮かんだのは、銀行のトラップのことだった。なにしろオールトンが嗅ぎつけて以来、こっちはまだ捜査をするふりさえもしていないのだ。そして今、支局長からオフィスに呼びつけられたが、どうやら誘拐とは無関係のことらしい。支局長がそれほど優先させる事柄はほかに思いつかなかった。

こんなときによくも自分の問題を心配していられるものだと思うと、キンケイドの体を嫌悪感が駆け抜けた。しかし支離滅裂《しりめつれつ》に思える意識の奥底では、いつかはこの日が来ることを最初からわかっていたような気がする。むしろ、だからこそあんなことをしたのかもしれない。ゆっくりと育つ自滅の種をまいて、勝ち目のない最後の闘いを用意しようとしたともいえるのだ。「すぐ行きます」

ソーン支局長のオフィスは暗かった。ソーンが椅子の背に寄りかかっているのが、廊下から射すぼんやりした光で見て取れる。眠っているのか、暗がりの中で考えごとをしているのか。振り向きもせずにソーンがいった。「ジャック、入れ」

ソーンが小さな真鍮《しんちゅう》のスタンドをつけた。ここに呼ばれた理由をキンケイドが承知していることが、低いスタンドから漏れる明かりの中でもソーンには見て取れた。例によって詰問したりはぐらかしたりする一幕は必要なさそうだ。「銀行のトラップの件だ、ジャック」

しばらくは熱い重しがのしかかったような状態がつづいたが、やがて、安堵の気持ちとともにそれが消えた。〈吐いてしまえば気が楽になるよ〉というセリフを、これまで被疑者を自白させるためによく使っていたが、それが本当だったことを今、身をもって知った。いずれ自白することになるなら、尊敬できる人物に話してしまったほうがよさそうだ。キンケイドはにっこりした。「それの、どういうことでしょうか」

「回収されたトラップからきみの指紋が発見された。その中には、あるはずのない場所から見つかったものがあった。それに、きみが昔フィラデルフィアで担当したアルフレッド・マニングの手口と照合して一致したんだ」

キンケイドはいくぶん賞賛の意をこめて頭を振った。「まったくベン・オールトンって男は、嫌なやつですなあ」

「何をいうか、ジャック、ふざけてる場合じゃないぞ」

「何か質問されることはありますか」

「訊きたくない質問はあるがね。その答えを聞きたくないから」

「だったら訊かないでください。支局長に嘘をつきたくないので」

「まったく、きみってやつは」ソーンはいきなり立ち上がると、窓のところへ行った。長い間外の暗がりをのぞき込んだあと、「やるべきことは明らかだ。連邦検事に電話して、きみの逮捕許可をもらう」といったが、キンケイドが答えないので、さっと振り向いて「どうだね」と尋ねた。

「支局長には十分その権利がありますよ。私はそれだけのことをやったんだから。しかし逃げたりはしませんから、二日ばかりして今回の事件にカタをつけてからにしてもらえませんか」

「偉大なるジャック・キンケイド、従容《しょうよう》として毒を仰ぐか……」というと、ソーンはひと言吐き捨てるように鋭く〈ふん!〉といった。「そいつは大した気遣いだ。こういったことが、みんなの士気にどう影響するか、わかっているのか。FBIの評判に? きみだけの問題じゃないんだぞ」

「おっしゃるとおりです。まったく手前勝手な行為で、こんなことをお願いする権利はないんですが、あえてお願いします。ベンの娘を取りもどすまで、このままにしておいてもらえませんか。そのあと、なんでもいわれるとおりにしますから」

ソーンは窓のほうに向き直った。「本部から前もって警告してきた。これが公《おおやけ》になるまでに、二、三日の猶予《ゆうよ》があるだろう。公になったらただちに、そっちから自首して署名入りの書面を提出すること」

「わかりました」

「なぜこんなことをするか、わかるか」

「ベンと家族のためでしょう」

「そのとおり。今のところベンは手一杯なんだ。きみが逮捕されたと知れば、彼は自分のせいだと思うに決まっている」

「そうですね」

ソーンは首を振って、「どうしてもわからない、これほど有能な男がなぜこんなことができるのか」というと、椅子にどさっと倒れこみ、急に疲れ果てた顔になった。

「支局内でこのことを知ってるのは私だけじゃないから、ここには近寄るな。傷ついた捜査官をへこますチャンスを失すると、けちな出世の妨げになると思うやからがいるからね。だから今回のことがおわるまで支局には顔を出すな。きみの所在を知る者は少ないほどいい。きみを見れば、何かいいたくてうずうずするにちがいないから。私が会う必要のあるときは、細心の注意を払うことにするよ」

ソーンは特定の人間を考えて、避けるようにと警告しているような印象をもったが、キンケイドはそれでなくても思いわずらうことがいっぱいあったので、新しい敵の名前を訊くことはしなかった。「こちらから連絡する必要があるときは、どうしますか」

「さっき知らせたナンバーが、私の専用電話だ」

ソーンはデスクに手をのばしてライトを消した。

廊下に出たキンケイドは、たばこに火をつけてガレージに向かった。この十三年間で初めて、彼はたった一人になった。彼の下にあった目に見えない役所のセーフティーネットは、もはやなくなった。その捜査官が優秀だろうと無能だろうと、どんな問題があろうとも、誰かが手を貸してくれたものだ。といっても、捜査官たちの結束の元である宣誓に違反するような問題は別なのだ。そして今、自分はその絆《きずな》さえもぶちこわしにする行為をしてきた。人生におけるさまざまなこと——結婚、友情、息子など——を当然のこととして軽く考えていた。それらが取り返しのつかないところまで壊れて初めて、その価値に気づくありさまだった。残されたチャンスはただ一つ、サラを見つけだすことだ。それを、前途に必ず待ち受けていることを避けるためではなく、これから起きることの出発点にするのだ。絶体絶命のところに追いつめられて負けたことを知ったオールトンの恐怖を、キンケイドは初めて身にしみて理解した。

21

二、三枚の着替えを入れた一つしかないスーツケースを、キンケイドがバンの後ろに投げこんだときは、すでに暗くなっていた。それからスペアタイヤが入っていた床のコンパートメントを開けた。去年の初めイリノイ州に運転してきて以来、そこにはタイヤが入っていない。パンクしてタイヤがすっかりだめになったので、スペアと付け替えたからだ。そのコンパートメントから、ホルスターに入った九ミリのシグ・ザウエルを取り出した。シカゴに来て以来、それを持ち歩いていない。おかしなことに、研修をおえたばかりのころは、フィラデルフィアの町なかで〈真昼の決闘〉もどきの撃ち合いに備える夢想にとりつかれていたので、銃は身を守るための必需品だった。だが何年もたつうちに、重い銃を持ち歩くのが次第におっくうになり、ついには、銃を必要とする事態に追いこまれるのは、相当ひどい判断ミスをしたときにちがいないと結論づけた。そういった判断ミスをしないために、銃を携帯することをやめたのだ。だがこの誘拐事件ではそんな勝手をいってはいられない。銃をホルスターから取り出してみると、金属部分の表面があらかた錆《さび》で覆われていた。拭き取ろうとしたが、思ったよりも深いところまで変色していて、被膜がはがれてきた。マガジンを抜き出してフル装塡《そうてん》してあることを確かめたあと、元にもどしてから、薬室に弾薬を入れて給弾し、その銃をベルトにはさんだ。フロント・シートの下にあるスナブノーズも予備にもっていこうかとちょっと思ったが、それのための弾薬をもっていないことを思い出した。

ボーダーコリーは、前にも誰かがスーツケースを詰めたあと自分を残して行ってしまったことを思い出したらしく、運転席のドアの横で心配そうに待っていた。キンケイドがドアを開けると、B・Cは飛びこんできて助手席に陣取ったが、それでもまだ不安そうな目つきをしている。

キンケイドは手をのばして犬の頭をなでてやった。「また置いてけぼりにされるかと心配なんだろ。少なくとも当面は大丈夫だ。だが正直な話、判事の前に立たされたときは、トラップの件はぜんぶおまえのアイデアだったというつもりだからな」犬はちょっとあえぎながら彼を見た。「おまえのことで気に入ってるのはこれなんだよ。おまえは現在のことしかわからない。おれにも確かなのは今のことだけだ。今夜はチーズバーガーなんかどうだい」犬はチーズバーガーという名詞がなんとなくわかったらしく、期待をこめてうれしそうに身じろぎした。

ドライブスルーにちょっと立ち寄ったあと道の端に車を停め、チーズバーガーの包みを開けると、後ろに手をのばしてそれを後部座席に置いた。犬はじっとしていたが、キンケイドが「よし、食っていいぞ」というと、シートをひと飛びで越えて、チーズのかかったハンバーグをパンのあいだから慎重に抜き出しはじめる。キンケイドは後ろを向いてカートンに入ったポテトフライを包み紙の上に置いてやった。それからブラックコーヒーを開けてたばこに火をつける。「いいかB・C、これでおれたちはれっきとしたホームレスだ」

それからの二時間、何軒かのうらぶれた家にロニー・ウイリアムズと血縁関係にある者を訪ねて、彼の居場所を訊いてまわった。最初は誰もが、「そんなやつは知らない」と言い張った。ロニー・ウイリアムズは三年前にウイリアム・スローンの死体を発見した男だ。トラーベンかサラを見つけだすのに、ウイリアムズが役に立つとはあまり思っていなかったが、ともかく何かしないわけにはいかない。それにソーン支局長はほかの要員をトラーベンが立ち寄りそうな場所すべてに張り込ませているが、彼が行きそうだとこっちが予想できる場所は、トラーベンもＦＢＩが張り込んでいることを予想するにちがいない。

やっとウイリアムズがあるスーパーマーケットにいることを聞きだした。ドラッグがらみの凶悪犯罪で二回逮捕され、一件の酒酔い運転を含む交通違反二件で逮捕状が出ているにもかかわらず、夜警としてそこに雇われていたのだ。当時は対立する犯罪組織に関わっていたかもしれないので〈忘れていた〉ことも、三年後には思い出せるかもしれないと、キンケイドは望みをつないでいた。夜勤のマネージャーが店の奥の倉庫にある狭いオフィスにキンケイドを案内した。ノックをせずに開けると、ごたごたと物が置かれた小さなデスクの前の椅子で、ウイリアムズは手足を投げ出して眠りこけていた。目は閉じているが、その黒人の顔は色つやが悪くほおがこけていて、一見して麻薬中毒だとわかる。これはキンケイドにとって貴重な情報だった。というのも麻薬中毒者は、たとえささいな違法行為で一晩勾留されるようなことでも、捕まるのを避けるためならなんでもするとわかっていたからだ。

キンケイドは椅子をウイリアムズのすぐ前に引き寄せ、「ロニー……ロニー！」と声をかけた。動かないので、膝を叩く。「ロニー、起きろ」また膝を叩くとやっとウイリアムズは目を覚ましはじめた。そして一瞬、時間と場所がわからないというように、侵入者を見つめた。キンケイドは身分証を開いて、ウイリアムズの顔の前、数センチのところにかざした。突然、ウイリアムズの目が忙しくあたりを見まわしはじめ、最後に、開いたままの出口で止まった。そこからほかの警官がどっとなだれ込んできて、どれだかわからないが過去に犯した重罪の逮捕状を執行するのではないかと思ったようだ。ウイリアムズは立ち上がろうとしたが、キンケイドがシャツの前をつかんだ。「落ちつけ、ロニー。手荒なことをしに来たんじゃない」

ウイリアムズはそろそろと椅子に掛けながら、何しに来たんだろうとキンケイドの顔をさぐっているが、目の端ではまだドアのほうを窺っている。「おれは一人だ。三年前におまえが見つけた死体の話がしたいだけだ」

「おれが殺《や》ったとでも思ってんのか」

「落ちつくんだ、被害妄想になるんじゃない。おまえがあの死体となんの関係もないことはわかっている。誰が殺ったかも知っている。ただ型通りの質問をしたいだけだ」

ロニー・ウイリアムズはひょろ長い手で顔に残っていた眠気をぬぐい去った。「おれの権利やなんかを読み上げてくれんだろうな」

「ロニー、しっかりしろ。おまえを疑ってるんじゃない。殺した男はわかってるんだ。思い出せないかもしれんが、おまえじゃない。ただ死体を見つけたときの状況を知りたいだけだ」

「弁護士、呼びてえ」

「立て」ウイリアムズが動かないので、キンケイドがうなり声を上げた。「立てといっただろう」ウイリアムズが立ち上がって、ぶたれることを予想したようにちょっと後ろに引いた。「ポケットの中身をデスクに空《あ》けろ」のろのろとウイリアムズがそれに従い、しわくちゃの一ドル紙幣二枚とバスの乗換券とポケットナイフをデスクに置いた。ナイフの刃にはスプリングがついていて、刃先はさやにおさまっている。これは街のごろつきが使うもので、衣服の上から片手でさわるだけで刃が開く類のものだ。キンケイドはそれを取り上げ、ポケットに入れた。つぎにウイリアムズのポケットを叩いて、ほかに何も入っていないか調べる。「さてと、こういうことだな、つまり財布をもっていない、車のキーもない、家の鍵すらない。それなのに弁護士は雇ってるってことだ。報酬はバスの乗換券か」

被害者意識のこもった怒りの目で、ウイリアムズはキンケイドをにらんだ。「あれについちゃ、なんにも覚えてねえよ」

「おれの仕事にとって、いちばんやっかいなのはなんだか知ってるか、ロニー。目撃者が説明のつかない記憶喪失に陥ることだよ。医者はこれを想起不全と呼んでいて、その中には動機性忘却というのもある。これは意識的あるいは無意識的願望によって引き起こされる。ここまではわかったか」

「わからん」

「よし。ところで、もしおまえの動機を逆にしたら、記憶が回復すると考えるのが順当だと思わんか」

「なんだよ、何いってんだか、さっぱりわからんよ」

「ちっとばかり、理論的すぎたかな。すまん。もっと具体的にいうとこういうことだ、三年前の死体発見について知ってることをぜんぶ話したら――細かいことは覚えてないなんて一切いわずにだ――残りの勤務時間は眠らせてやるし、例の二件の逮捕状のことだが、そんなことは知らんとおまえはいうだろうが、あの件で牢屋に入らなくてもすむように取りはからってやる」

またもやウイリアムズは、被害者意識のこもった目つきをキンケイドに向けたが、やがていった。「何を知りたい」

それから三十分間、あの手この手で聞きだそうとしたが、何一つ収穫のないままでおわった。バンにもどったキンケイドは、メモを調べ直した結果、自分がスローンの死体が捨てられていた場所の近くにいることを知った。三年間自分の経歴を隠して暮らしていたのに、なぜだかわからないがロニー・ウイリアムズはこのあたりから逃げ出す決心がつかなかったらしい。ヤク中にはよくあることだ。キンケイドはガソリンスタンドに行って、そこの地図で正確な場所を確認した。

道の両側に新しく更地《さらち》になった区画が点在している。そのあいだには粗末な平屋や、四世帯から八世帯からなる小さなアパートが建っていて、そのうちの何軒かには板が打ちつけてあった。番地が偶数の家が道の北側にあるのを見て、番地をブロックの端から見ていき、ブロックの端で曲がって家々の背後にある路地に車を入れた。ちょうど曲がっているとき、テールライトが遠ざかっていくのが目に入った。その車は交差点に出ると北に曲がって視界から消えた。キンケイドはアイドリングさせながら番地を調べていき、裏でウイリアム・スローンの死体が発見されたアパートを突き止めた。住民たちが出ていくときに捨てたがらくたが地面に散乱している。泥だらけの古いマットレスを車で乗り越えて、アパートを見上げた。

突然Ｂ・Ｃが吠えた。頭を下げて耳を後ろに引いている。二度目はおかしな声で苦しそうに吠えた。エンジンを切り、ガタのきたバンのドアをできるだけ速く開けて外に出た。もちつけない九ミリがずしりと腰にこたえる。一瞬ののち煙の臭いに気づいた。アパートから臭ってくる。窓もドアもすべてがしっかり板でふさいであるが、一階の窓から細い煙が出はじめていた。これほど厳重に封鎖された建物から、自然発火するとは考えられない。人が使わなくなった建物から出火するのは珍しいことではないが、それにしてもなんというタイミングだろう。

銃をホルスターから抜いた。脇のドアは、ほかの出入り口とちがって封鎖されていない。ドア枠に打ちつけてあった板がそばに落ちていて、ドア自体は半開きになっている。そのドアに大きな〈3〉の数字がスプレーで吹きつけてある。人差し指の先でさわってみた。ペイントはまだ濡れている。大きな木のドアを足で押し開けた。廊下に充満している煙のもとは、表に面した部屋の一つらしい。短い階段を上がりかけたが、熱気と轟音《ごうおん》が次第に増してくる。勢いをつけるために一歩下がってから突進し、その部屋のドアを蹴り開けた。どっと噴き出す煙と炎のあいだから中を見ようとした。「だれかいるか」と怒鳴る。咳き込んでむせながら、さっきよりさらに声を張り上げて叫んだ。答えがないので、階段を下りていった。そのときひらめいた――路地にいた車だ。

バンに駆けもどり中に飛び乗った。テールライトが去っていったのと同じ方向をスピードを上げて走りながら道の両側を調べたが、何もない。さらに二ブロック走ったあと、捜索範囲を広げて、車がいないか見てまわったが、真夜中なのであたりにはほとんど車がない。

消防車のサイレンが近づいてきた。アパートにもどったのと消防車が着いたのが、ほぼ同時だった。数分後にシカゴ市警の車が一台やってきた。警官が消防隊員のところへ行って短く質問している。キンケイドが乗ったおんぼろバンがそばに停車しているのに気づくと、警官は警戒しながら近づいてきた。身分証を見せても、その警官はすぐには納得しなかった。車から出ると、着崩れを直すようなふりをしながらスーツのジャケットを引っ張って銃が見えるようにした。警官は銃に気づいてもまだ疑わしそうな顔だ。「ここで何をしている」

「誘拐された捜査官の娘の件だ」マスコミできちんと報道されていることを願いながらキンケイドがいった。警官はあれかというようにうなずき、やっと納得したようだ。「手がかりをたどってきたら、ここに行き着いた」

キンケイドと同じく警官も、たんなる偶然ではなさそうだとわかったらしい。「あの連中と話してこよう」ちょっと不安そうにいったのは、どうやらキンケイドの言葉の裏にあるものに気づいたかららしい。

消防隊員たちの手際よい働きで、火は正面の部屋と廊下を焼いただけでおさまった。二十分ほどして警官がキンケイドのバンのところにもどってきた。「中に死体があった」

「男か女か？」恐怖のあまりキンケイドの声が詰まった。

「ひどく焼けていてわからないそうだ。しかし小さいから女か子どもだろう」

つぎの十分間、キンケイドは電話を探してウエストサイドを走りまわった。一度か二度、電話のそばを走りすぎたような気がしたが、引き返せなかった。止まったらいけないのだ。スピードとともにがたぴしとゆれるバンがかえって心地よく、音が大きいほど気が休まる。催眠術にかかったように凝視する目の前で、幾何学的な街の形がぼやけていき、フロントガラスの両端で消えていく。もう電話は探していなかった。サラ・オールトンが誘拐されるずっと前から、生きていくためには逃避が必要不可欠になっていた。逃避によって得られる安心感に溺《おぼ》れていた。だが今、その安心感がくずれようとしている。

バンの中が暑くなってきたような気がし、それとともに臭いも強くなりだした。彼はスローンの家の屋根裏にいて、なんとか息をつこうとしながら、同時に鼻を突く悪臭を拒んでいる。しみだらけのベッドカバーを嫌々めくると、今回そこに横たわっていたのはサラだった。まわりに火が迫ってきた。キンケイドはサラをつかんだが、手を触れたところから焼けていく。火を消そうとベッドカバーを彼女の上に叩きつけたが、そのカバーまでが炎に包まれた。這《は》って後ずさりした。身を守るには後退しかない、それが自分を守る唯一の手段だった。

だが明るく照らされた四角い脱出口はもはや見あたらない。

キンケイドは急ブレーキを踏んだ。B・Cがシートからすべって床に落ちた。そのボーダーコリーを隣の席に引き上げて頭をなでてやる。あと五分早くあのアパートに行っていたら、サラはまだ生きていたかもしれない。それに、今回のことが起きたそもそもの始まりはなんだ。ベンにアルコールを無理強いしたせいで、トラーベンが家までつけてきたことに気がつかなかったのだ。あるいは、ベンを一人でトラーベンに会いに行かせたことかもしれない。代わりに自分がトラーベンと対決していれば、トラーベンがベンと娘をターゲットにしなかったはずだ。自分が相手なら、トラーベンにできることは自分の命を奪うことぐらいなのに。自分の命など今後値上がりが見込めそうな商品でないことは確かだ。

道のちょうど反対側に終夜営業のコンビニがあった。キンケイドは公衆電話で支局長の専用電話を呼びだした。

キンケイドがくわしい話をしたあと、ソーンが訊いた。「彼女だと思うのか」

「考えたくもないです」

「歯医者の記録を調べる必要が出てくる」

「ベンに電話しろといわれるんですか」やめてくれ、と嘆願するようにキンケイドがいった。

「わかった、私が直接出掛けてって彼に話そう」とソーンが疲れた声でいった。

「いや、私が行きます」

「いいのか、愉快な仕事じゃないぞ。今夜中に歯のX線写真がいるんだ」

「行きます」

「すまん。それからできれば、こっちに電話するよういってくれ。その間に歯医者の手配をしておくから」

電話を切ると、体中の力が抜けたような気がした。

車を走らせるあいだ、自分のことだけを考えようと努めた。つねに頼もしい仲間であるわがままが、今起きたこととこれからしなければいけないことを忘れさせてくれるのではないか、という希望があったからだ。だがアパートの火事の感触が、少なくとも心理的に喉に貼りついて、どうしてもベンと娘のことを頭から追い払えない。ジャック・キンケイドにとって、自分の未来などどうでもよくなっていた。

オールトンの家に着いたときは夜中の二時近くになっていた。中にはぼんやり明るい場所が二、三ヵ所見える。ノックするのとほぼ同時に、前にここで見た捜査官の一人がドアを開けた。「ベンはまだ起きてる?」

「キッチンにいます」

キンケイドが入っていったとき、オールトンは十代末と思われる黒人の若者とテーブルの前に掛けていた。鼻が広がったところと額《ひたい》の狭いところがオールトンに似ている。目を上げたオールトンは、キンケイドの顔にためらいの色があるのを見て取った。どんな知らせも聞きたくないというように、オールトンは立ち上がると、「ジャック、息子のダリアンだ」といった。若者も立ち上がり、握手をして無理に笑おうとする。「コーヒー飲むかね、ジャック」

「あんたの車から道具を借りたい」キンケイドが重い口調でいった。

オールトンががっくり肩を落としたように見えた。何かがあって、それを息子に聞かれたくないということを理解したのだ。「キーを取ってくる」二人がキッチンから出るとき、キンケイドはダリアンのほうをちらとみた。息子も父親と同じく何かを感じたのだ――恐れのあまり大きく目を見開いている。

オールトンも息子がひどく心配そうにしているのを見て取った。「ダリアン、もう寝ろ。明日の朝、頭がはっきりしてないと困るから」

キンケイドは車に向かうオールトンを見て、いつもより足をひどく引きずっているのに気がついた。肉体的精神的疲労が激しくて、脚の悪いのを隠す気力もないのだろう。公用車で体を支えながら、キンケイドが話すのを待っている。「ベン、スローンの死体が発見された場所を見てみようと、ウエストサイドに行ったんだ。使われなくなった建物の裏だった。おれがそこに着く直前に誰かが火をつけた。消防隊員が中で死体を見つけた」

オールトンが息を止めた。「それはサラか」

「焼け方がひどくてよくわからない」

オールトンの表情は変わらなかったが、涙が一筋、頬を流れた。「歯医者の記録を調べる必要がある」

「確認のためにね。だがあわてて結論を出すのはよそう。たんなる偶然かもしれないから」

オールトンが疑わしげにキンケイドを見た。「はっきりするまで、テスにはいわないことにしよう」

二人は家にもどった。オールトンが家の電話帳を調べているあいだに、キンケイドは一人の捜査官を脇に呼んで事情を話した。「歯医者を起こさなければならない。ベンの電話帳に歯医者の自宅のナンバーが載っていない場合は、電話番号簿を調べてくれ。そこにもなかったら、研究所に問い合わせれば教えてくれるだろう。すぐにX線写真がいるんだ」

オールトンが入ってきて、手にした紙片をさしだした。若い捜査官はそれを受け取り部屋から出ていく。オールトンが、「コーヒー飲むか」といった。

「そうだな、あったら飲みたいね」

オールトンが新しくコーヒーをいれて、二人は無言でそれを飲みながらキッチンのテーブルの前に掛けた。別の捜査官が小声で携帯電話で話しながら部屋に入ってくると、それをキンケイドに渡した。「支局長が話したいそうです」

キンケイドがそれを受け取る。「もしもし」

「ジャック、死体が検死官のところに届いたんで、ざっと見たそうだ。犠牲者の歯はぜんぶ引き抜かれていた」

キンケイドは死体は男のものか女のものか、年齢と身長と体重はどれくらいかなどと訊きたかったが、そういった単語をオールトンの前で口にすることができなかった。別室に行こうと立ち上がりかけたとき、オールトンが手をのばしてキンケイドを引き留め、椅子に掛けさせた。オールトンを見ると、最悪のケースでも聞く用意はあるといった顔をしている。今や知らないよりはましだと思っているのだ。「肉体的特徴は何かわかりましたか」

ソーン支局長がいった。「女だ。黒人と思われる。よく調べなければ年齢はわからない。身長と体重は、ここまでひどく焼けてたら見ただけで判断したらまちがうだろう」つぎにソーンはあることをオールトンに尋ねてくれといった。

キンケイドの目が自分に向けられたので、オールトンがいった。「知りたいのはなんだ」

「彼女の血液型を知ってるか」

「歯のX線写真があるのになぜ血液型が必要なんだ。何を隠してる」

「頼むから質問に答えてくれ。そのあとでなぜ必要か理由を話すから」

「テスと同じO型のプラスだ」

「これまでに骨折したことがあるか」

「いや、一度もない。待て、訂正だ、骨折したのは――」思い出そうと片手を上げた。「――右手の人差し指だ。ソフトボールやってたときに」

「背骨に異常があったり病気があったりしたことは」

「知るかぎりでは、ない」

キンケイドはそれをソーンに伝えてから電話を切った。

「遺体は、検死官のところに届いたとき……ぜんぶの歯が抜いてあった」

「だから確認できないんだな」オールトンはそういったあと、まるで弁明でもするように声がかすれてきた。「知る方法はあるんだろうか、その——」目をそむけて涙をぬぐい、鼻をすすってから、キンケイドの肩越しに目をやった。「——生きてるうちに抜かれたかどうか」

「そんなこと考えるな、ベン」

「すまん。だが妻と息子のところへ行ってサラが殺されたと話す前に、一人で悲しむ時間がほしいんだ」オールトンはガラスの引き戸を開けて裏庭に出ると、背後の戸を閉めた。

キンケイドが自分のバンにもどると、例によって犬がにおいを嗅いで、何をしてきたかと調べる。このまま帰りたかったが、エンジンをスタートさせることができない。家の中の空気は息が詰まりそうだが、ここでバンに一人でいると、頭がさっきより正常に働いた。窓を下ろしてたばこに火をつけ、しばらくオールトンと娘のことを頭から閉め出すことにした。二人から気をそらすには、ローラ・ウエルトンのところに行くのがいちばん安直な方法だ。たばこを深く吸いこんで目を閉じる。サテンのようになめらかな、乾いた温かい彼女の太ももと、その下にある筋肉や骨の感触が指の先によみがえってきた。

　そのとき、さっとひらめいた。アパートにあった焼死体はサラではない。キンケイドはバンから飛び出すと、ドアも閉めずにステップを駆け上がって家に入った。オールトンはキッチンにもどって皿洗いをしている。「ベン、サラはまだ生きてるよ。まだ生きている」

　オールトンが目を上げた。「どうして」というのが彼の口から出た唯一の言葉だった。

「考えてもみろ。犠牲者の歯で身元確認することをトラーベンは知っている。だからサラの身元確認ができないように歯を抜いた。ところが、そのせいでわれわれは死体が彼女だと推定した。だがもし本当に殺したのなら、すぐにおまえに知らせたいはずだ」

「おれを震え上がらせるためだけに、どこかの気の毒な女の子を殺したというのか」

「チャイナ・ヒルズ署への当てつけのためだけに、リーア・ツィーヴェンを殺すような男だよ。いいか、こうやれば彼は何度もおまえを懲らしめることができる。確認ができなくておまえを苦しめることができるんだ」

「ジャック、それを信じたいのはやまやまだが、今はっきりしてるのは、自分が冷静に考えられないってことだけだ。おれは……おれはあんたの判断力を頼りに、あんたが正しいことを神に祈ることにするよ」

「にわかに信じられない気持ちはわかるさ。もしおれがトラーベンに会ったことがなければ、あれこれ考えているうちにこういう作り話をでっち上げたと自分でも思うかもしれない。しかし、ツィーヴェンの誘拐のためにスローンを使ったやり方や、どうやったら三年前にあの事件を解決できたかあいつが話したときのことを考えてもみろ。なんであんな話をしたかというと、ただおれたちをバカにしたかっただけなんだ。今度もあいつのひねくれた頭が考えだしたことにちがいない」

「いつになったらはっきりするんだ……その、死体のことが」

「年齢を確認する検査をいくつかしなけりゃならない。おもに骨の検査だ。病理学的検査だね。十二時間後ぐらいになると思うよ。しかし、今のところおれが正しいと思うことにしよう」

「そう思いたいよ、ジャック。だが自信がない」

「信じてくれ、ベン。一度はあんたを見捨てそうになったが、二度とそんなことはしないからさ」

22

　ソーン支局長は、スティーブ・トラスが一人で仕事をしつけている男だと見て取った。捜査官というものは、しばらくＦＢＩにいてまわりの者と歩調を合わせているうちに、組織の基調をなす画一的管理体制に順応していくものだ。ところがトラスは犯罪者の心理分析官《プロファイラー》だから、ＦＢＩの外で仕事をすることが多い。そういった立場を生かして、ほかの者たちに惰性で従うようなことはせず、その他大勢と差をつけることに成功していた。髪はふつうより少し長めだし、高そうなスーツを着てそれとよく合ったセンスのいいシャツとネクタイを身につけている。だが彼が管理体制から自由であることをもっともよく示しているのは、仕事のスピードだった。チャイナ・ヒルズ警察署から取り寄せたアラン・トラーベンの人事ファイルを、捜査官が居並ぶ支局長のオフィスでなく通勤電車の中ででも読むようにのんびりと読んでいる。そこに集まった捜査官の大半は、もしも能力より肩書が権威を測る物差しだとするなら、トラスよりは格が上だというのに。

ソーン支局長は、こういったことすべてをいい兆候だとみた。勤務期間のほとんどを全米の警察署ですごしただけに、事件解決に役立ちそうなこの凶悪犯の顕著な特徴についてのトラスの説明には説得力があるはずだ。何を調べたらもっとも効果的かということを、トラスはほんの二時間あまりで捜査官たちに納得させなければならない。これまでFBIの束縛から自由だったため、上司があれこれ口を出して自分の〈見解〉を押しつけようとしても、それに左右されないという能力を身につけることができているようだ。犯人追跡の意欲に燃えるまわりの雰囲気に惑わされず、トラスがあくまでも冷静な態度を保っているので、こっちがいらいらさせられることも確かだが、彼の意見が感情に左右されていないという点で、そのことはまた心強くもあった。

やっとファイルを閉じたトラスは、自分が読みおわるのを全員が待っていたと知って驚いたようすだった。「すでにファイルを読まれた方も多いと思いますが」とトラスがいうと、大半の者は、活気に乏しい教室の生徒のように目をそらした。ソーンがいった。「ざっと目を通したよ」

トラスが如才なく、「まだ読む機会がなかった方は」といってファイルを掲げて見せる。「読んでみるだけのことはありますよ。暴走したアラン・トラーベンを解雇することになったとき、署では精神鑑定をして彼を追い出す口実にしようと考えたのです。そこで、私の知るかぎりでは適任と思われる三人の精神分析医や精神科医が彼を診《み》ました。心理学的なくわしい話をしても、現場の方々にはちんぷんかんぷんなたわ言《ごと》といわれそうなので、より重要な彼の経歴を二、三お話しすれば、彼の意図や目的を考えるうえでヒントになるかもしれません。彼の子ども時代は、反社会的人間の育つ環境の中でも、特に悲惨なものだったようです。父親には見捨てられ、母親はアル中でした。母親は、男はろくでなしだとたえず彼に吹きこんでいましたが、彼自身も好むと好まざるとにかかわらず、まさにそのろくでなしのひな形だったのです。母親は、夜の気晴らしが必要になると、彼を暗いクロゼットに閉じこめて鍵をかけ、近くのバーに出掛けることも珍しくなかったんです。母親が寝室一つのアパートに帰ってきたときは、たいてい男といっしょでした。その界隈《かいわい》に住んでいたのは大半が黒人であり、したがって母親が家に連れてくる男も黒人でした。トラーベンは母親たちの行為の音を聞かされたばかりか、クロゼットからも出してもらえず、ときには十六時間も飲まず食わずでトイレにも行けない状態のまま閉じこめられていました。ある時彼が泣き出したところ、男が一時的に彼をクロゼットから出して殴りました。それ以後彼が騒がなくなったのは、無理もありません。そして翌朝になって、まだ酔いのためふらついている母親が彼を出してくれるのでした。尿の臭いがしみこんだ服を着たま学校に行くこともよくあって、そんな彼に級友が優しくしてくれるはずはありません」

トラスが身を乗り出してコーヒーカップを取り、ひと口飲んだ。「知能は標準よりかなり上だったのに、学校の成績はふるいませんでした。同じく、力が強くて敏捷《びんしょう》だったのに、スポーツをするうえで必要な精神力を培《つちか》うことができず、社会性に欠けていたためチームのためにプレーすることもできなかったようです。その結果、自分はだめな人間だという感情にさいなまれながら育ち、頭はいいのに成績は不振なので、そのために困惑が深まったのでしょう」

トラスが話を中断すると、全員が目を上げて彼を見た。「これから私がいうことは、警察官や捜査官にとって決して心地いいことではないのですが、どうか広い心で聞いてください」また躊躇《ちゅうちょ》してからつづける。「警官や捜査官になりたいと思う人の中には、彼と同じような劣等感を心の奥にもっている場合が少なくないのです。そういう人は、社会の悪をことごとく正すことによって、自分の中にあるそういった感情を克服できると考えるわけです」

テーブルのまわりの何人かがぶつぶついうのもかまわず、トラスがつづける。「これまでの経験からわかったのは、こういうことをいわれて感情を害するのは、思い当たるふしがある人だけだということです」部屋の中が静まりかえった。

「冗談ですよ」といってトラスがにっこりする。聞き手の注意を引きつけるためにこの手を使ったのはこれがはじめてではないようだと、ソーン支局長は思った。「成長していく過程で、トラーベンのような者に自信を与えたのはウェイトリフティングだけのようでした。ウェイトリフティングをやれば、意志の力であらゆる障害を克服できるという気がしてくるからです。これこそは自分の人生で思うままにできるものであって、彼は早くからウェイトリフティングに熱中しました。それが彼に大きな力を与えたのです。彼はいじめっ子にはなりませんでしたが——少なくとも彼はそういっています——相手が誰であれ打ちのめすことができる力をもったとひそかに自負できるようになりました。コミックのスーパーヒーローにも似た、秘密の正体というわけです。そしてついに警官になったとき、長年の抑制が解き放たれ、常軌を逸したタイプの警察官ができあがったのです。彼の上司によると、ドアを蹴破る人間が必要なときに真っ先に思い浮かべるのが彼であり、逆にちょっとでも的確な判断や節度がほしいときに、いちばんお呼びでないのが彼だったといいます。彼を分析した三人は全員が、彼の内面で沸々《ふつふつ》とたぎる恐るべき凶暴性を感じています」

「するとそういう人間は、どうやって警官から誘拐犯や殺人犯になるんだ」ソーンが訊く。

「彼の視点に立ってみる必要があります。警官になることにより、彼は人生で初めて力を手にした。ウェイトリフティングの力でなく、他人に対して行使できる力です。そしてそれは一部の警官にときどきあることですが、野放し状態に置かれたため、抑えがきかなくなったのです。世の悪をすべて正すことができる、言い換えれば、アラン・トラーベンに対しておこなわれたすべての悪を正すということです。首になったことによってその力は剝奪《はくだつ》されましたが——彼は、自分が有能すぎたからこういう目にあったのだと解釈しました。彼の人生ではこれまでずっとそうであったように、自分より劣った連中が、自分がもつべき力を奪おうとたくらんでいたというわけです。奪われた力を取りもどして、力を奪った者たちの面目をつぶすために、彼はツィーヴェンの娘を誘拐しました。身代金目的ではなくて、もっぱら自分が優れていることを示すためだったのです」

「だがなぜFBIに対してそれをやろうとしてるんだ」ソーン支局長が訊いた。

「例のおとり捜査の件のとき、容疑者の一人が黒人で、その弁護士が公民権の侵害だとして訴えたのです。公民権関係の訴えはすべてFBIが捜査することになっているので、シカゴ支局の捜査官が二人、トラーベンから事情を聞いています。トラーベンにはいわなかったのですが、この件は公民権法の適用外だとしてひそかに取り下げになりましたがね。彼から事情を聞いた日を調べたところ、解雇されるちょうど四日前でした。あらゆることに疑心暗鬼になっていたので、警察における自分のキャリアに最後のとどめを刺したのがＦＢＩだと思ったのでしょう。報復としての犯罪に誘拐を選んだ理由がそこにあったというのは、大いにありうることです。なにしろ誘拐ならチャイナ・ヒルズ警察ばかりかＦＢＩをも巻き込むことができますからね」

ソーンがいった。「ここで一足飛びに話を現在にもっていくと、ＦＢＩの黒人捜査官が彼を捕らえようとしていたわけだ。彼にしてみれば、法を適用する側にいたときも適用される側にいたときも、彼の身に起きたことすべてのもとになっているのが黒人だ。子どものときに自分を殴ったのも黒人なら、警官の職を奪ったのも黒人だった」

「まさにそのとおりです。それに忘れてはいけないのは、ＦＢＩより頭がいいと三年間思っていたのに、突然黒人の男が目の前に現れて、そうではないところを見せつけようとしだした。自分の優越感を打ち砕いたうえ、自由まで奪おうというんですから」

「すると彼の動機はもっぱら復讐だというわけだな」

「復讐こそは彼のエゴを満足させるものだったはずですが、これほど心が損傷を受けている人間にとっては、ざるで水をすくうようなむなしい行為なんです。しかし彼を見くびってはいけません。恐ろしく抜け目のない男ですから」

「となると身代金は要求してこないと思うわけだな」

「ツィーヴェンの娘のときも金目当てじゃなかったし、今回もまさに同じです。私の推測がまちがっていなければ、彼にとってオールトンはスラム街育ちの身障者で、マリファナを吸う黒人であり、FBIに採用されたのは、彼がマイノリティだという理由だけから。いっぽうトラーベンは、頭がよくて力がある白人なのに、肉体労働を余儀なくされている。また少なからぬ警官が考えるように、彼もFBI捜査官になることを夢見たのではないでしょうか。それが叶《かな》わなかったことが、FBIを憎む気持ちを増幅させたのでしょう。もしそうなら、自分が手に入れるはずだったポジションをオールトンが奪ったと見ているはずです。こういうタイプの人間は、世の中の者を、我慢のできる人間と我慢のならない人間とに分けてしまうのです。そして彼のようなタイプは必ず、白人男性以外の人間は自分の人生にとって敵だとみなします。子ども時代の経験があるから、女性も含めたマイノリティを憎悪しているにちがいありません。きっと心中では愛国者を自任していることでしょう。白人男性のために闘ったばかりか、次世代を生み出す能力のある黒人女性をもう一人排除したからです」

ソーンの秘書が入ってきて何事かを耳打ちした。ソーンが電話を取り上げる。「電話をするあいだちょっと待ってくれ。みんなもこのニュースを聞きたいと思うんでね」

オールトンの家にいる捜査官が受話器を渡すと、オールトンがいった。「もしもし」

「ベン、そっちはどんな具合だ」

「なんとかやっています」

「たった今入った情報によると、ゆうべの死体は昔右腕を骨折したあとがあるそうだ。したがってあれはサラじゃない」よかったというささやきが部屋にいる捜査官のあいだで交わされた。

「ああ、よかった」オールトンがいった。

「われわれはできるかぎりのことをするからな、ベン。だから希望を捨ててはだめだぞ」

「少しは希望が出てきました。ありがとうございます」

「きみは家族のことだけを考えていればいい。あとのことは、こっちでやるから」ソーンがほかのナンバーをダイヤルした。その電話にしばらく耳を傾けていたが、つぎにポケベルらしいものにいくつかのナンバーを打ちこんだ。そのあとでソーンはトラスに向かって訊いた。「ゆうべ女を殺して焼いたのがトラーベンだったとしたら、彼はなぜそんなことをしたんだろう」

「人に屈辱を与えることから、人を責めさいなむことへと移行したようで、これはあまりいい兆候ではありません。社会とその基盤をなす秩序を完全になめてかかっていることを示すからです。自分の目的を果たすためなら、あらゆる犠牲を払うことでしょう」

「〈あらゆる犠牲を払う〉とはどういうことだ」

「間接的には、自殺もしかねないということです。自分から自殺することはありえませんが、自分の優秀性を示すためなら死をも恐れないでしょう。したがって、その目的に向かって進むためならどんなことだってするはずなので、きわめて危険な存在になります。今回やったことを考えてみてください——オールトンを恐怖に陥れるためだけに、罪もない女を殺したんです。それでもなお、彼は捕まって有罪になるのは避けたい。なぜならそうなるとＦＢＩが結局勝者になってしまうからです。では実際にはどういうことかというと、自殺もいとわないが、同時にいかなる証拠も残さないようにする。逆説的に思えるかもしれませんが、自分の目的のためなら死ぬ気でいるが、その過程で捕まりたくはない」

くぐもった電話の呼び出し音が聞こえた。ソーンが、「ちょっと失礼するよ」といって、自分のデスクにもどり、下の大きな引き出しを開けた。電話が前より大きな音でまた鳴る。ソーンがそれを取った。キンケイドが眠そうなしゃがれ声でいった。

「私を呼び出しましたか」

部屋の向こうにいる捜査官たちに聞かれないようにしてソーンがいった。「今聞いたばかりだが、死体はサラじゃないそうだ」

「それはよかった。サラじゃないってベンにいったんですが、確信はなかったですからね。新しい手がかりでもありましたか」

「これといったものは何もない。ゆうべきみから電話があったあと、ウエストサイドに人をやって例のアパートやそのまわりを当たらせた。むろん誰も何も見ちゃいないさ。しかし今朝また別のチームを行かせるつもりだ。ゆうべきみは、彼に相当接近したようだね」

「あれは計画的というより偶然ですよ」

「どうかな。スローンの死体を置いた場所にあの女の死体を残して立ち去ることにより、それを証明する証拠をまったく残さずにそのことをわれわれに教えたんだよ。ともかく、きみはこのままつづけてくれ」

「わかりました。引きつづきあのあたりをうろついてみますよ」

「スティーブ・トラスが昨夜クアンティコから着いた。今ブリーフィングをやってるところだ」キンケイドがだまっていると、ソーンがいった。「プロファイラーだよ。何か解決の糸口はないか、考えてくれている」

「ドアにペンキで書いてあった〈3〉について彼に話しましたか」

「話したが、まだそれについては何もいっていない」

「わかったら知らせてください」

「つぎの連絡で話すよ」ソーンが電話を切ってテーブルにもどった。「ところで、ドアに書いてあった〈3〉の字についてはどう思う」

トラスが答える。「トラーベンのような突拍子もないことを考える人間のやることですから、ほとんど推測不可能です」

「こういうことは訊きたくないんだが……」といってソーンは口ごもったが、彼が何を訊きたいのか、誰もがわかっていた。

「娘を殺すつもりかどうか、ということですか」

「そうだ」

「そんなことはないといいたいんですが、無理ですね。時間の問題だと思います」

「すると、彼はしばらくこっちをいたぶるつもりだと考えるのか」

「昨夜それをやりましたね。その結果生じる騒ぎの大きさ次第でしょう」トラスがテーブルを見まわす。「ドアの〈3〉が何を意味するか、どなたかわかりますか」捜査官が二人ばかり、わからないといった。「ともかく何か意味があるんでしょう。意味のほうはよくわかりませんが、彼にとっては副次的利点はありますね。この先、数字とともに別の死体を残しておけば、それが彼の仕業だとわれわれにわかるわけです。そうすれば、やったのが自分だと名乗らなくてすむから、また証拠が残らない。数字を残しているので、私は支局長のいわれたことが正しいんじゃないか、彼はまだこちらをいたぶり足りないんじゃないか、と思うんですよ。理屈からすれば、彼を追いつめれば、それだけサラの命を絶つ可能性が高くなるんですが、間一髪で逃れる快感に彼がどれだけ酔いしれているかによりますね。わいせつ物の開陳と同じく、この犯罪は捕まる可能性が高ければそれだけ値打ちが出るんですから」

「また彼が何か仕掛けてくるとしたら、それはいつだろう」

「あの女の子を殺したのは、サラを誘拐した日でした。この手の異常行為はくり返される間隔が短くなる傾向にありますから、二十四時間以内に何かやらかしても不思議じゃありませんね」

「場所については、何か心当たりがあるかね」

「ここなら安全と彼が思う場所でしょうが、してやられたと後でこっちが地団駄《じだんだ》踏むようなところでしょう」

23

「起きて誰かに電話した？　それとも夢だったのかしら」キンケイドがネクタイを締めながらバスルームから出ると、ローラ・ウエルトンが訊いた。ボーダーコリーがぱっと立ち上がってドアのほうへ駆けていく。

「すまん、起こさないように気をつけたんだが。支局からだよ」

「さよならもいわずに出掛けるつもりだったの？」

キンケイドが軽く笑う。「少なくとも一人は眠ったほうがいいと思ってね」

ローラは起き上がってシーツを胸のところまで引き上げた。「夜どおし寝返りを打ってたわよ。どうしたのよ、ジャック」

「どうしたって？」

「あれよ」

「あれ？」

「ワン・ストライク。バンに着替えを入れてるから、しばらくはモーテルに帰らないいんでね」

「そうか。ちょっと人に追われてて、ベンの娘の一件が解決するまで出くわすとまずいんでね」

「借金取りかなんか？」

「そんなもんだと思っててていいよ」

「悪いけど、ごまかさないで、もうちょっと正確に答えてほしいの。これでツー・ストライク」

初めて会って以来、率直なところが彼女のいちばんの魅力だと思っていた。今、ぜったいに譲らないという態度で迫られると、キンケイドとしては、正直に話すしか道はなかった。「あいまいに答えたのは、きみは知らないほうがいいからだよ」

「それがあなたにとって都合がいいからじゃない？」

そうかもしれない、とキンケイドは気づいた。恥ずかしくてとても話せない。「両方だろうね。すまないローラ、こういうことは、きみのような人にはふさわしくないよ。おれは荷物をまとめて出ていく」

「女より男のほうがぜったいに得意なことはなんだかわかる？　――それは逃げることと」ローラは両膝を胸のところまで起こしてそれにもたれかかった。「可愛い犬を連れた男となら、誰とでもすぐにベッドに飛びこむとでも思ってるの？」キンケイドがその質問を考えるあいだ、ローラはちょっと待った。「あなたが何をしたか知らないけど、私はビリー・スローンの義理の姉だったのよ。そりゃあ、誘拐とか殺人は悪いわ。でも私はいいことにも目を向けるのよ。さあ話してちょうだい」手を取ってキンケイドを横に引き寄せる。

自分の愚行をさらけ出すのが嫌なのは確かだが、話してしまえばすっきりするはずだった。「話せば三振アウトになるのはほぼまちがいないが、いいだろう。銀行からカネを盗むとはどういうことだか、わかるか」

キンケイドが家の前のステップを上がっていくと、今回はオールトンがドアを開けた。前と同様暗い顔をしているが、その表情には何かほかのもの、新たな決意のようなものがあった。「少しは眠ったか」キンケイドが訊く。

「なんとかね。そっちは？」

「たっぷり寝た。テスと息子さんはどうしてる」

「まあ大丈夫だ。何かわかったか」

「死体のことだけだ。ソーンが今朝教えてくれた」

「ジャック、もうじっとしていられないよ」

「落ちつけ、ベン。まともに頭が働かないって、自分でゆうべいったじゃないか。出掛けたりしたら、もっとまずいことになるよ」

「いっしょに行く。何もしないと誓うから。なんでもやるのはそっちだ。おれはただ車に乗ってるだけ」

「だめだ」

「サラが焼かれたとゆうべ思ったとき、どんな気持ちだったと思う」

「想像できない」

「少しはわかってくれると思ったのに」今にも怒りだしそうな声でオールトンがいう。「いっしょに行くか、さもなくばおれが一人で行くかだが、そんなことは考えたくもないだろう」

「ベン、そんなに単純じゃないんだ……問題が起きた」

「なんだ」

「知らせがあって……二日もすれば職務倫理監査室から人がやってきて、おれの耳の後ろに銃を突きつけることになっている」

「トラップの件だな？」キンケイドがうなずく。「おれのせいだ。指紋の検査に送ったし、手口ファイルを調べさせた」

「何をいう、やるべきことをやったまでだ。いずれはばれることだよ。だが今のところは、人目につかないようにしていて、サラを取りもどさなければならない」

「だからといっておれの気が変わるわけじゃない。やっぱりいっしょに行くよ。ちょっとテスにいってくる」

キンケイドはミニバンに行ってブリーフケースを取り、B・Cを連れてきた。もどってきたときオールトンはすでにFBIの車に乗っていた。「テスはどうだった」

「二十七年間の結婚生活で初めて、結婚相手をまちがえたという顔をした」

「ほんとに家にいなくてもいいのか」

「テスも時間がたてばわかるさ。おれが出掛けるのがベストだってね」

「そこまで信じてくれる女房がいるってのは、幸せなことなんだろうな」

「そうだよ」オールトンがキンケイドを見て微笑んだ。「そっちにも誰かさんがいると思うがね」

キンケイドがトラップの件を話したときの、がっくりしたローラの目つきがまだ忘れられない。「ねえジャック、あなたを選んだのは賢明だったと思ってたのよ。FBI捜査官なら、これまで付き合ったほかの男たちのように面倒なことにならないだろうって」ローラは言い訳か慰めの言葉を期待しているようだったが、キンケイドは何もいうことがなかった。だまって座ったまま待っていた。しばらくしてローラが口を開いた。「これはおわりなの、それとも始まり?」

キンケイドがオールトンのほうを見た。「うん、まあどうなるかわからんがね」

車がバックで通りに出るとオールトンが、「どこに行く」と訊いた。

「あいつの職場に行って手当たり次第に事情を聞けば、何かわかるかと思ったんだが」

オールトンのほうを見ると、力をこめてハンドルを握っている。疲れと悲しみのせいで光を失った目を、車の下に消えていく車道に据えたままだ。

ハイウェイに出たときオールトンがいった。「監査室のことは、誰から聞いた」

キンケイドがオールトンのほうを見た。「誰にもいえないことになっている」

「ソーンか」

「誰かのところへ本部から電話がかかってきた。その誰かはソーンじゃないような気がする。ソーンは寝耳に水って感じでおれに話してたから。おれはどこの支局長のブラックリストにも載ってないと思うが、ましてロイ・K・ソーンはそんなことをしないと思う。もっとも当面の間だけどね」

「〈当面の間〉とはどういうことだ」キンケイドは、自分の問題でこれ以上オールトンに負担をかけたくないと思って躊躇した。「どういうことなんだ、ジャック」

「署名入りの供述書を出すとソーンにいったんだよ」

「自己保存の感情は、いくらジャック・キンケイドでももう少し優先順位が上だと思ったがね」

「盗んだんだぞ。ということはおれは盗っ人だ。それに嘘をつくのは得意じゃない」

「ジャック、悪いニュースを教えようか。あんたは盗みも得意じゃない」二人は笑った。オールトンがいった。「自白することにしたのは、これをつづけるためなんだろう？」

「どうってことないさ」

「どうってことあるんだよ」

「ともかく、このことは誰にもいわないでくれよ。たった一度の軽率な行動で、一世一代の重要課題を台無しにしたくないから」

二人の乗った車は、建設現場に入った。「ジャック、訊きたいことがある」

「おれがなぜあんなことをしたか、だろ」

「その点がどう考えてもわからない」

「じつをいうと、自分でもそれを考えてたんだ。おれはいつのまにかUターンして、それに気づかなかったんだろうな。十八のころは、何もかもがうまくいった。望むものはなんでも手に入ると思っていた。すべてがおれの目の前にそろえて置いてあったんだ。幸せな家族、いい友だち、いい学校。簡単に手に入りすぎたような気がするよ。たぶんそうだったんだ。道を踏み外さないためには、手に入れそこなうという恐れがいくらか必要なんだろう。よくわからないが。必要なものはみんな手に入ると思っていたが、当然ながらそんなことはありえない。自分の息子が生まれたとき、おれは怖くなったんだと思う——ほら人生のサイクルってやつだよ。自分がいつかは死ぬってことに気づくわけだ——よくわからんが。怖くなったのかもしれないし、たんに退屈しただけなのかもしれない。いずれにしろ、何かがまちがってると思うが、それがなんだかわからない。今は何に対しても無感覚になっている。まるで古いモノクロ映画のゾンビみたいに、たとえ撃たれても、なんの痛みも感じないんじゃないか。なんでもいいから何かの感覚をしっかり感じたい、きれいな空気を一度深く吸いこみたい。生き返りたい。そうすれば新規まき直しができる。ところがまた同じことの繰り返しで、今度こそはこれが最後だと誓うありさま。むろん最後なんかじゃないんだけど」キンケイドはフロントガラス越しに外をじっと見つめた。「リーア・ツィーヴェンを見つけたとき、あんたがものすごい目つきをした。ああ、羨ましかったね。もう一度あんな感情をもてるなら、何を失っても惜しくない」

それを聞いたオールトンは、今にそうなるさといいたかったが、キンケイドの告白の暗さを思うと、必ずしも取り返しがきくとはかぎらないような気がした。二人は車を出て現場事務所に向かって歩きだした。無駄足のような気がして足取りが重く、二人とも恐れていることを口に出したくはなかった。つまりトラーベンは見つからないのではないかということだ。つぎに動くのはトラーベンのほうにちがいない。

真夜中を少しすぎたころ、シカゴの救急サービスに、ローアーワッカー・ドライブで車が一台燃えているという電話が入った。電話を受けた911番のオペレーターは、急いで消防署とシカゴ市警のパトカー一台に連絡した。消防自動車より十分遅れで現場に到着した警官たちは、火元は車のトランクなので、こじ開ける必要があると知らされた。中に入っていたのは死体だった。

ソーン支局長が第一報を受けたのは、夜中の一時十五分前だ。また女が殺され、ローアーワッカー・ドライブで焼かれたという。コンラッド・ツィーヴェンが娘を取りもどすために切手のコレクションを車の下に差し入れたのと、まったく同じ場所だった。

キンケイドとオールトンは、前夜の十時半ごろにオールトンの家に帰っていた。二人が家の中に入ったとき、妻のテスは夫の顔に失望と疲労の色があるのを見て取った。その日何度もオールトンがテスに電話したのは、新事実を知らせるためというより妻を励ますためだった。家に待機している捜査員たちにテスはすでに食事をさせていて、夫たちにもぜひ食べるよう言い張る。ボーダーコリーも、シチューをボウルに入れて床に置いてもらうと、しっぽを小刻みに振ってうれしそうに食べだした。

ソーン支局長に呼びだされたとき、キンケイドはカウチでぐっすり眠っていた。

「歯は抜いてありましたか」

ソーンがちょっとためらった。「いや」

「くそっ」

「現場に行ってくれないか。死体はすでに研究所に向かっている。検死官のところへは、昨日すでにサラの歯のカルテを渡してある。二時間以内ぐらいに検証しなくちゃならないんでね」

「私がベンに話しますよ。きっといっしょに行くというでしょう」

「こっちから話そうか」

「大丈夫です。今彼の家にいますから。なんとかします」

キンケイドは寝室のドアをそっと叩いて、しばらく待ってから首を突っこんだ。「ベン、ちょっといいかな」

テスがナイトテーブルに手をのばして小さなライトをつけた。「何かあったんですか」

キンケイドがオールトンを見る。「ジャック、テスにも話すべきだ」

キンケイドは小声でも聞こえるように半分ほどベッドに近づいた。「また死体が見つかった。ローアーワッカーの車の中で……ツィーヴェン事件で切手を渡したのと同じ場所だ」テスを見ると、新たな恐怖で顔が引きつっている。

「歯は？」浅い息をしながらオールトンが訊く。

キンケイドが目を伏せた。「そのままだ」テスが思わず息をのんだのがわかった。泣き声を上げようとしたが、大粒の涙が両頬を伝いはじめた。オールトンが身をかがめて両腕を彼女にまわし掛ける。「二時間以内にもっとはっきりさせなければならない。現場に行って車を見てほしいとソーンにいわれた」

「いっしょに行く。二分ばかり待ってくれ」

キンケイドはカウチにもどってジャケットを手に取った。B・Cはそのそばに寝ていた。「来い、車に乗るぞ」

　細かい雨が降りだした。キンケイドが運転して、アイゼンハワー・エクスプレスを東に向かう。市内に向かう車はほとんどない。オールトンはフロントガラスを左右に行き来するワイパー越しに前方を凝視して、規則的につづくそのリズムで雑念を追い払おうとしている。轟音を立てるセミトレーラーを追い越したとき、しぶきを浴びて一瞬視界がぼやけた。キンケイドは窓を少し開けて、塩気を含んだ雨の中で息をした。もう一度細かい雨のしぶきが左頰を冷やしたとき、キンケイドはこのまま永遠に車に乗っていられればいいが、と思った。

　ローアーワッカーに入ると、前方に火事の現場が見えた。車を停めたとき、オールトンはまだくすぶっている黒こげの車から目をそむけた。キンケイドがいった。「ここで待っててくれ」

　シカゴ市警の車が一台だけ、例によって黄と黒のテープで囲った現場を警備している。キンケイドが身分証を見せると、テープの中に入れてくれた。それは普通サイズのビュイックで、黒こげになったトランクのふたがこじ開けられて曲がっている。トランクの中はほかより焼け方がひどい。死体が完全に焼けるよう、なんらかの燃焼促進物が使われたことは明らかだ。車の前にまわってみた。そのとき、それに気づいた。もともとはブルーだったボンネットの上のペンキは、ほとんどが火のせいで消えかかっているが、大きな〈2〉という数字がかすかに見て取れる。ボンネットについたその白いペンキを日でなぞった。それから反対側に歩いていってちがう角度から調べた。警官の懐中電灯を借りて、もう一度それを見た。数字の幅がアパートのドアにあったのと同じだということは、かろうじてわかる。それから、数字のふちを見るとペンキがかすかに飛び散っていることから、スプレー缶を使ったことがわかる。キンケイドはそれだけ見ると満足し、懐中電灯を警官に返して車にもどった。

キンケイドが何もいわないので、オールトンが見ると、驚いたことに微笑みを浮かべている。オールトンが身を起こした。「どうした」

「あの死体はサラじゃない」

「なんだって」

「考えてもみろ。今度の死体から歯が抜いてあったら、前回のことがあるから、サラじゃないとすぐわかる。しかし、歯が残してあるから、われわれは彼女だろうと考える。少なくとも検死の結果が出るまではね」

「確信があるのか」

「それだけじゃない」キンケイドがいった。

「なんだ」

「ボンネットに〈2〉の数字が書いてあった」

「だから?」

「最初の火事のとき、アパートのドアに何が書いてあった」

「〈3〉という数字?」オールトンが答えて、はっと思い当たった。「カウントダウンだ」オールトンは一瞬、助かったと思った。だがそれが結局何を意味するか、気がついた。「ということは、つぎがサラだ。3、2、1」

カウントダウンの意味にオールトンがしばらく気づかなければいいがとキンケイドは思っていたが、肝心なのは希望が出たことだ。それにたぶんサラはまだ生きているだろう。キンケイドが車を動かしだしたとき、あることがひらめいて車を停めた。

「だがトラーベンがつぎの場所をどこにするか、わかったよ」

24

キンケイドをのぞく全員が、朝の六時までには支局長の会議室に集まっていた。前夜オールトンを降ろしたあと、キンケイドはソーン支局長に電話して、トラーベンがつぎにどうするか、自分の考えを説明した。その可能性について納得したソーン支局長は、少し眠るようキンケイドにいってから、朝一番に来るよう全員に招集をかけたのだった。

長いテーブルの上座でソーンが立ち上がると、部屋はすぐ静かになった。「今は諸君も承知のことと思うが、歯科のカルテを照合した結果、昨夜ローアーワッカーで発見された死体はサラ・オールトンではなかった。現場を調べたところ、〈2〉という数字が車のボンネットに書いてあることがわかった。今からその意味するところについて、スティーブ・トラスに説明してもらう」

トラスは立ち上がると、ごくわずかに部屋の片方に位置を移した。「これからいうことは、すでにみなさんおわかりだと思いますが、この犯罪には、ほかの連続犯罪の多くと同じく、いくつかのパターンができています。犯罪の手口がこのようにパターン化するのは、犯罪者がそうしたいからではなく、そうせずにいられないからです。この強い衝動は、犯罪者が目標とする夢想から来ています。今回の場合、アラン・トラーベンの目的はただ一つ——復讐です。初めて自分が手にした力、すなわち警官であり刑事である彼の力を奪い去った元凶だと彼が考える組織に対する復讐なのです。彼の心中における小さな心理劇では、悪役はすべて法執行機関ですが、これはひとえにそういったところが彼を排除したためです。もっと具体的にいうと、彼を解雇したということでFBIを恨み、最近では、ツィーヴェン誘拐殺人と彼を結びつけたベン・オールトンを恨んでいる。いとも簡単に人を殺していることからわかるように、彼の精神状態は悪化しており、支局長にはすでに説明しましたが、追いつめられると死をもいとわないでしょう。そうなると彼には怖いものがなくなるわけで、目的を達成するためにはなんだってしかねないということになります。一昨日の夜に見つかった女は、行方不明の売春婦ではないかとされていますが、そういう女はねらいやすいという点で納得がいきます。見知らぬ男の車に乗るのが彼女たちの商売だからです。昨日の死体も売春婦だろうと思っています。トラーベンがこういう女たちを殺すのは、おもにベンとその家族を、できるだけ多くの回数、しかもできるだけ強く恐れさせるためです」

女性班長が手を上げた。「結局どういうことですか。いともあっさりと女性を殺していますが、サラ・オールトンが生存している可能性はあるんでしょうか」

トラスはネクタイを直してから口を開いた。「プロファイラーがそういう質問にお答えしないのは、はっきりいって答えがわからないからです。その犯罪についていくら分析しても無理というものです。すでに彼女が死んでいる可能性も否定できませんが、忘れてならないのは、これがトラーベンにとってのゲームだということです。相手に勝つチャンスを与えておいて、しかも相手を出し抜くことに成功すれば、彼の勝利はいっそう満足のいくものになるでしょう。サラの場合、そのチャンスとは、最後の瞬間まで彼女を生かしておくことです。検死官によると、二体の焼死体は火がつけられるまで生きていたそうです」

別の班長が信じられないというように口をはさんだ。「ということは、最初の女は生きたまますべての歯を抜かれたわけですか？」

「そのことからも、彼の精神がいかにゆがんでいるかがわかるというものです。最後の瞬間まで殺さないでおくことにより、われわれのほうは、もうちょっと早ければ、もうちょっと頭を働かせていれば、彼女が殺されずにすんだだろうといつまでも悔やむことになるのです」

ソーンがいった。「ということは、現場に数字を残したのは、サラへと数字を逆に数えていくことにより、われわれを愚弄《ぐろう》しようというわけだな。それが彼の意図だと思うのかね」

「それが私の推理です。サラ・オールトンが〈1〉だと考えられます。さて、その時間がいつで場所がどこであるかを考えなければなりません。私としては、時間は今夜の夜中ではないかと思います。〈3〉が二晩前の午前零時でした。〈2〉は昨夜の午前零時です。最初にいったように、パターンができているのです。残るのは場所ですが、二晩前の場所は、彼がウイリアム・スローンの死体を捨てたところだったし、昨夜はツィーヴェン誘拐で切手が置かれたところでした。これもまた、すべて彼のゲームの一部なのです。前と同じ場所を使うことにより、おまえたちは間抜けだから三年前におれを捕まえられなかったし、今も、前と同じ場所を使っているのに、間抜けだからおれを捕まえられない、といいたいのです。すると、今夜の真夜中に選ばれるのはどこでしょうか。私はほとんど夜を徹してツィーヴェンのファイルを読んだのですが、彼がパターンを変えないとすれば、つぎの三ヵ所のどれかになるのではないでしょうか。リーア・ツィーヴェンが連れ去られたコンビニ。銀行の向かいにある電話ボックス。ツィーヴェンが呼びだされて切手の受け渡し場所を指示されたところです。それからリーアの死体が発見されたスローンの家」

監視班の班長が訊いた。「もっともありそうなのは、どこだろう」

「それはなんともいえません。しかし、しいていえば、銀行のそばの電話ボックスでしょうね。彼にとって特別な意味がある場所のような気がするからです。誘拐事件を解決しようと二人の捜査官がそこにおもむき、その結果容疑者としてトラーベンが浮かび上がることになったところだからです。でもいっときますが、これはあくまでも推測にしかすぎません」

トラスがつづける前にソーン支局長が立ち上がっていった。「ありがとう、スティーブ。さてそこでだ、今夜はこの三ヵ所を見張ることにする。ここを解散したら、全員を見張りにつかせるように——ごくごく目立たないようにして、午後の六時までには配置につきおわるようにすること。真夜中までに六時間もあるが、こっちが大がかりに監視していることを彼に見られたくないからな。決してこの男を見くびってはいけない。警察の張り込みについては知り尽くしているし、これまでことごとくわれわれを出し抜いてきた。車から見張るのに適当な場所が見つからなかったら、なんとしてでも建物の中に潜り込め。車の中にいることになったら、やつがあたり一帯を見てまわっても見つからないように、十分距離を取ること」ソーン支局長が班長の一人に向かい、「スタン、シカゴ警察と連絡を取って、売春婦の出没する地区を見張る手はずを整えてほしい」といって紙片を渡した。「シカゴ市警によると、最初の犠牲者が客を取ってたのが、そういう場所の一つだったそうだ。夜になる前に昨夜の死体の身元がわかったら、その女のいた場所もまわって同じような監視態勢をしいてほしい。何か質問は？」質問がないので彼が、「これには何がかかっているか、忘れるな」といった。

全員が出ていったあと、ソーン支局長はキンケイドを呼びだした。キンケイドは今度もローラ・ウエルトンの隣で眠っていた。キンケイドは起きて電話をするためキッチンに行き、ローラは急いでシャワーを浴びに行く。カウンターにたばこがあるのを見つけると、一本取り出してマッチを探しはじめた。彼が開けた二つ目の引き出しは、がらくたがいっぱい詰まっていた。日頃の暮らしで忘れられた小道具だが、家の住人が整理をしないので、いつまでもそこに置いてもらえる品々だ――一度も開けた形跡のないビタミンの入った小ビンが二つ、ドライバーが一本、壊れたラジオのハンドセット、よれよれになった新聞切り抜きのレシピが三、四枚。やっと見つけたブックマッチには、ローラが勤めるレストランの名前がついていた。

たばこに火をつけてソーン支局長の専用電話にかけた。ソーンはトラスのブリーフィングの内容を説明したあと、その結果三ヵ所に監視をつけることを話した。「ジャック、ベンが家にじっとしていられないのはわかる。それがどんなにつらいことか、わかっているが、この三ヵ所にぜったいに近寄ってほしくないんだ。彼の監視役をきみに任せるから、車でそこら辺を連れまわし、この作戦がおわるまでお守《も》りをしてくれないか」

「できるだけやってみますが、彼がこうと決めたらどんな具合か、ご存じでしょう」

「トラスは、きみがゆうべ考えた結論とほぼ同じことをいったよ」

「それが当たっていればいいんですがね。こっちがそれを割り出したことをトラーベンに悟られないよう祈っててください」

電話がおわってから、キンケイドはローラがゆうべセットしておいたコーヒーメーカーのスイッチを入れた。たばこをもう一度吸ってから、カップはないかとシンクの上の戸棚を開けた。そろいのマグカップが六個あったので、その中からいちばん汚れていて欠けたのを選びだす。そのほうが気楽で、なぜかそうする必要があるような気がしたのだ。コーヒーがしたたり落ちだしたとき、手早くポットをのけて代わりにマグカップを置く。心安まる濃厚な香りがキッチンを満たした。

「コーヒーができあがるまで待てないところを見ると、それをもってすぐ出掛けるんでしょう」ローラが腕をまわし掛けてキンケイドの胸をさすった。「またこっそり逃げるつもりね」

キンケイドは振り向いて彼女を両腕に抱いた。「それが盗っ人の得意とするところでね」

「ゆうべは大きな寝息を立ててたわよ。まるでチェーンソーみたいな音」

「すまん、起こしてしまったかな」

「ちょっとね、でも男がそばで立てる寝息って好きなの」

「告白したから心が安らいだにちがいない」

コーヒーメーカーの下に置いたままになっていたキンケイドのカップがあふれ出した。ローラがキンケイドの横からさっと手をのばして、手際よくカップとポットを置き換える。そして振り返ると両手を彼の胸に置いた。「ジャック、これからどうなるの」

努めて明るい声でキンケイドがいった。「そうだな、いうなれば司法長官の保護監督下に置かれるってことだ」

ローラが笑わないので、キンケイドがちょっとキスをすると、ローラが彼の胸に顔を埋《うず》めた。キンケイドは固く目をつむり、香ばしいコーヒーの香りと、濡れた赤毛の匂いを記憶の中に取りこんだ。

三ヵ所のうちの二ヵ所に関しては、相手に見られずにすむ絶好の監視場所があっけないほど簡単に見つかった。リーア・ツィーヴェンの娘が誘拐されたマンダラインの町のコンビニを所有しているペルー人は、妻と三人の子どもとともに店の上のアパートに住んでいた。四年前にアメリカの市民権を手に入れていて、そうした移民によくあることだが、自分の愛国心を顕示することにかけてはいたって熱心だった。事件発生当時の協力の模様や、その後何度かにわたって事情を聞いたときのようすは、ちゃんと記録に残っている。捜査官が出向くと、彼は自分の住まいを監視場所として提供した。その代わり、その夜は家族とともにシカゴのダウンタウンにあるホテルに一泊することになった。駐車場を見張るには、そこの窓に内側からしか見通せない目隠しを置くだけですむ。ちょっとでもおかしな動きがあれば、近くに待機するＦＢＩの車に知らせればいいのだ。

二つ目の場所、ホイーリングにあるビリー・スローンの家は、三ヵ所のなかでももっとも問題が少なかった。リーア・ツィーヴェンの遺体が発見されて以来、犯行現場として施錠されていたが、これはランシング刑事への電話一本で解決した。ここの張り込みは楽なものだった。通りはめったに車が通らないしおまけに行き止まりなので、やってくる車があればすぐわかるはずだ。

頭を使う必要があった場所は、キンケイドとオールトンがビリー・スローンの存在を発見した銀行の前の電話ボックスだけだ。あとで考えると、最初の誘拐のときにそこを選んだのは、まわりに張り込みに適した場所がなかったからだとわかる。すぐ近くに繁華街があるので、駐車スペースはごく少ない。バンとかキャンピングカーといった、監視によく使う車は、トラーベンのような人間ならすぐ見破るにちがいない。最初、コンビニの場合のような場所が確保できないかと、銀行の警備担当であるボブ・ニューマンにひそかに打診してみた。ニューマンは銀行を自由に使っていいといったが、捜査官が中に入ってみたところ、電話ボックスを見下ろそうにも、安全重視の建築なので窓が一つもないのだ。まわりの建物から協力者を捜しだすとなると、ひと騒動は避けられないし、リスクが大きすぎる。というのも、三年前にトラーベンがこのあたりを使っているので、知り合いがいて彼に通報するかもしれないからだ。まさかそんなことはないだろうが、どんなに小さな可能性でも今は大きなリスクなのだ。この問題が解決したのは、技術班の班長のおかげだった。ひしゃげた古いトライアンフを技術班のガレージから見つけだして、新しい監視用車両を作ってくれたのだ。そのオートバイは、数年前にドラッグ関連の事件で没収したまま忘れていたものだった。かつてコカインの運搬に使われたファイバーグラス製の大きなサドルバッグが後ろ端についている。二つのバッグの外側に、それぞれ小さなのぞき穴をあけて中にビデオカメラを入れ、道の反対側の銀行から遠隔操作ができるようにした。こうして二つのカメラで周囲二百七十度を見ることができるようになった。オートバイは、その駐車場のいちばん端に駐車していた4ドアセダンの隣に停めたので、残りの九十度は監視の必要がなくなった。

トラーベンがFBIの周波数を知っている場合に備えて、すべての周波数帯変換器は、その午後にプログラムし直した。電話ボックスの監視班をのぞく全捜査員は、支局長の命令どおり午後六時までには配置についた。オートバイは手を加える必要があったので、銀行の向かい側に置かれたときは、八時をまわっていた。

すぐに暗くなったが、そのあとの時間が長かった。午前零時前の数時間になると、もともと張り込みを軽く見る傾向のある捜査官たちは、その間何かしらほかのことをやっていた。ある者は見張りにつきながら居眠りをし、またある者はほかにすることがある時ならとても我慢ならないような陳腐な話を蒸し返して時間をつぶした。だがその日の最後の瞬間が近づくにつれ、彼らも口数が少なくなり、トラーベンがこの場所にやってきたらどう始末してやろうかと考えていた。押し殺した声で話をし、銃を何度もチェックする。銃弾はすぐに手が届くところへ置き換えた。無線をテストした。最後の数分間がすぎると、手錠をそっと持ち上げて一重の部分を二重になった部分に親指で何度も押しこむ者もいた。

最後の三十分は、張り込みについた者は誰もひと言もしゃべらないし、ほかの場所にいる者たちも、ほとんど口をきかなくなった。そしてそのまま午前零時になったが、三ヵ所とも、あやしい車も人影もない。誰もが内心ほっとしたが、失望感のほうが大きかった。

四分がすぎたとき、銀行内の捜査官たちは、一瞬モニターに映ったそれを見たが次の瞬間に爆発音を聞いた。オートバイのカメラは爆発で壊れたらしく、映像がとぎれてスクリーンが砂嵐状になった。オートバイの隣に駐車していた古ぼけた4ドアセダンに爆発物が積んであったのだ。爆発した場所はトランクで、ふたが高く跳ね上がり、中は強烈な白い火炎に包まれた。配置についていた全員が駐車場に駆けつけたが、すさまじい熱気のせいで、手のほどこしようがない。トランクの中で何かが焼けて形を変えながら縮んでいく。誰もが恐怖のあまり思わず後ずさりした。一人がトランクのふたを見に行った。見下ろすと、ふたの裏側に、〈1〉の文字が大きく書いてあった。

25

無線通信はパニック状態で混乱を極めていたが、この二十四時間総力をあげて食い止めようとした殺人の阻止に、FBIが失敗したことをキンケイドはすぐに理解した。プロファイラーが〈署名パターン〉と呼ぶ犯行手口を、トラーベンは意識的に作り上げ、FBIがそれに気づいて予想される場所に監視班を張り付かせることを承知の上で、それに応じたのだ。またもや彼は、こちらの動きを予想して、こちらがそのパターンを突き止めて阻止策を講じる前に、人間という荷物を積んだ車を配置しおえていた。

座って前方をにらんだままのオールトンの顔から、すべての表情が消えていた。

「現場に行くか」キンケイドが訊いた。

彼が穏やかでしかも悲痛な笑みを浮かべた。「家に連れてってくれないか」

サラでない可能性はまだあるといいたかったが、オールトンはすでに何度もそう言い聞かされてきたのだ。希望をふくらませては、それをあえなくしぼませるということを、二度もくり返した。もうたくさんだ。トラーベンは完璧にオールトンから生きる力を奪ってしまった。オールトンを逆さづりにしてはらわたを掻《か》きだすよりもひどい仕打ちだ。オールトンにはもう何も残っていない。

キンケイドがオールトンの家の敷地に入ると、車から出たオールトンの唇から、ほとんど聞こえるか聞こえないかの〈ありがとう〉のひと言が漏れた。玄関のところで一瞬迷ったあと、一度息を吸いこんでから、実際より重そうにドアを引き開けた。

キンケイドは、怒りの感情はどこへ行ったのかといぶかりながら、しばらく車に座っていた。長い間感じなかった恐怖心を感じていた。身体的な危害に対する恐怖ではないし、いくらでも人を殺せるトラーベンに対する恐怖でもない。自分が何も感じることができないことに対する恐怖だった。こんなとき誰しも、オールトンの身になって怒りに燃え殺してやりたいと思うものだが、キンケイドはそういった衝動をみじんも感じることができなかった。結婚がおわりを迎えたときと同じだった。一晩を酒とギャンブルに明かしたあと、前妻は彼を待ち受けていて長々と非難攻撃し、夫であり父親である彼の責任感に訴えようとしたものだが、キンケイドはまったく罪の意識を感じなかったし、ふつうならおたおたしてなんとかしなければと思うものだが、そんなこともなかった。自分の感情を閉め出していたわけではない。もはや感情というものが存在しないようなのだ。キンケイドは私道をバックで出て支局に向かった。

支局長は一人でデスクの前に腰掛け、前方をにらんでいた。キンケイドを見て一瞬驚いたようすだった。間近に迫った職務倫理監査室の調査のために出頭したのかと思ったが、それは誘拐事件が解決したあとにしようという合意ができているはずだ。そのとき、支局に人がいないこんな時間にやってきたのは、キンケイドに何か考えがあるはずだと思い当たった。支局長は疲れ切ったようすで、ちょっと手を動かして座れと合図した。それから引き出しを開けると、バーボンのボトルを取り出し、飲むかというようにキンケイドに向かってかざしてみせる。キンケイドがうなずくと、ソーン支局長はコーヒーテーブルからマグカップを二個取ってきて、かなりの量をそれぞれに注いだ。「彼女は検死官のところに運んでった」

キンケイドは注がれたバーボンの半分をがぶっと飲んだ。「結果はいつ出ますか」

「わからない」ひと口飲んだソーンは反射的に答えたあとで質問の意味を考え直した。「彼女じゃない可能性があると思うかね」

今度はキンケイドのほうが、自分はなぜそんなことを訊いたのだろうといぶかった。急いで考えてみて、誰もがとらわれている悲しみの感情から自由だからできた質問なのだと気づいた。何事にも利点があるはずで、たとえ自滅しつつあっても例外ではない。

「その答えを出すには、トラーベンの身になってみる必要があるでしょう。仮にそれが可能ならね。あそこまで抜け目がない男が、3―2―1とやって、それでおわりにするかどうか。その場合、華々しいフィナーレは期待できません。確かに爆発はあったし、こっちは屈辱感を味わわされた。しかしトラーベンなら考えるでしょう、これでは、でかいことをやった達成感は感じられない、とね」

「わからんな。あの男にはさんざん引っかきまわされたからね。犠牲者の歯を抜いたり、3―2―1と数字を残したり……もう、さっぱりわからんよ、ジャック」

「われわれに恐怖感と屈辱感を味わわせるのが、彼の目的であることを思い起こしてください。もし今回のがサラなら、その目的は達成できたでしょうか。そうは思いませんね。サラのときは、われわれがその場ですぐに彼女だとわかるようにしなければ気がすまないでしょう。ＦＢＩがいつまでも屈辱感にさいなまれることになるように」

ソーン支局長が受話器を取ってダイヤルする。「そうだ、ロイ・ソーンだが、彼はそこに……ボブ、どうかね……そうか……それはどれくらいかかるか……知らせてくれ……ありがとう」電話を切る。「今回は発燃用の化合物が使われてたそうだ。数千度で燃えるらしい。それがトランク中にまいてあったばかりか、容器に入れて彼女の頭のそばにもあったという。歯とあごの骨は溶けてしまった。それがわれわれを惑わすためであることはまちがいない。少なくとも私は混乱しているね」

「サラかどうかがわかる方法はほかにないんですか」

「検死官によると、黒人で女だそうだ。火がつけられたとき、まだ生きていたはずだといっている。ある種の検査はすでにやっている。私にはよくわからないが、なんでも肋骨《ろっこつ》の端の軟骨から、年齢が十六歳から二十四歳のあいだだとわかったということだ。古い骨折の跡はない。しばらく時間がかかるが、いくつかの化学的検査をやっていて、それから年齢がもっと正確にわかるらしい」

「薬物検査はどうなんです」

「それは聞いていない。何を見るんだ」

「それがまた売春婦だったら、体内から薬物が検出される可能性が大いにあり、そうなるとサラではないということになる」

「トラーベンがサラに何か与えていないならということだが、そういうことはありそうにないしな」

キンケイドが何かいう前に、ソーンはまた電話を取ってダイヤルボタンを押した。

電話を切ってソーンがいった。「今調べている。彼もきみのいうことに賛成で、死んだのが売春婦なら、ほぼまちがいなくドラッグが検出されるそうだ」

キンケイドはまわりの静けさに耳を澄ますようなそぶりをした。「人が大勢いるとは思わなかったが、誰もいませんね」

「少し眠るようにといって、全員を家に帰したんだ。まだやるべきことがあるとでもいうのかね」

「サラだと確定するまでは、トランクの中の女はサラじゃないと考えるべきですよ。そして、もしサラでなかったら、つぎの真夜中はどこなのかを考えなければなりません」

ソーンが立ち上がって、腕の時計を見た。「まもなく二時だ。六時に全員を呼びだそう。それまでには毒物検査の結果がわかるだろう。きみも六時にはここに来てくれるね？」

「しばらくは身をひそめてたほうがいいと思ってましたが」

「緊急事態だ。きみがここにいることのほうがより重要だよ。私から全支局に電話して、この事件の決着がつくまで、きみをそっとしておくという保証を取りつけることも考えたが、うまくいくかどうかわからない。何かあってもここでなんとか処理する方法があると思う。きみも少し寝たほうがいい」

「カウチを探して寝ます」

キンケイドが立ち去りかけたときソーンがいった。「ジャック、このごたごたのさなかに、どうしてきみがそんなに落ちついていられるのか不思議でしょうがないよ」

かすかに不可解な笑みを浮かべたキンケイドが首をかしげた。「社会的落伍者にも、たまには取り柄があるんですよ」


キンケイドはほとんど眠らなかった。四時間のあいだ、なんのものとも知れない機械的な音が、連邦ビルの地下二階あたりからたえず聞こえてきて、そのせいで彼は無意識の境目で後ろへ前へと行きつ戻りつしていたからだ。時計を見た。六時をまわっているから、今ごろ夜勤の職員は電話をかけるのに忙しいはずだ。検死官は検査結果を知らせてきたんだろうかと思ったが、ともかくすぐにはそれを知りたくないと思った。寝ていたのはある班長のオフィスで、キンケイドは歯磨きとひげそりはないかと引き出しを探しはじめた。ファイル・キャビネットに両方ともあったので、オールトンと初めていっしょに仕事をした夜にオールトンが使ったシャワーを探しに行った。

六時数分すぎに、支局長がバルトリのオフィスに入ってきて、ゆったりと腰を下ろした。「おはよう」

「おはようございます。ご用はないか、今そちらに伺うところでした」

ソーン支局長は片手であごを支え、人差し指で上唇をなでながら、どう切り出したものか思案した。「本部に電話して頼み事をしたことは、この二十七年間一度もない。もしきみのことで本部に電話したら、きみのキャリアはどうなると思う」

「支局長ほどの実績があれば、誰かを生かすも殺すも思いのままでしょう」

「あいにくと、そのとおりなんだ。そこできみに頼みたいことがある。今度の事件に決着がつくまで、監査室がジャック・キンケイドに手を出さないようにする必要がある。そのために必要な手を打ってほしいんだ」

バルトリはソーンがどういうつもりかよくわからなかったが、訊かないほうがよさそうだと本能的に思った。「もちろんできることはなんでもしますよ」

「よかった」といってソーンが立ち上がりかけた。

支局長の意図をまだつかみかねたバルトリは、訊いてみることにした。「よけいなことを伺うようですが、私がこれをやれば、私のために本部に電話してくださるということですか」

「どうやら誤解されたようだな。監査室がここに来ないよう手を打ってくれたら、電話しないと約束するよ」

キンケイドは六時半には支局長のオフィスに着いていた。ほかにはスティーブ・トラスしかいない。ソーン支局長が二人を引き合わせたあと、「今いい知らせが入ったばかりだ。犠牲者の体内からコカインが検出された」といって、検死官からファックスで送られてきた薬物検査の結果報告書を、キンケイドに渡した。

「するとサラじゃなかったわけだ」キンケイドがいって、報告書を声に出して読んだ。「〈および抗精神病薬トリフルオペラジンを検出〉。それでわかった、女の意識をもうろうとさせる必要があったわけだ。さもなくば、車のトランクに入ってるとき、なんらかの音を立てて人に気づかれたはずだから」キンケイドはサイドテーブルに行ってコーヒーを注いだ。

トラスがいった。「トラーベンのもくろみについて、あなたの意見を支局長から聞きました。そのとおりだと思いますね。昨夜のがサラだったら、すぐわれわれにサラだとわかるように仕組んだはずです。特にベンにね。そうするか、あるいは彼女を殺しておいて遺体がどこにあるかぜったいにわからないようにするかです。そうすると、一家にとっておわりがなくなるわけです。そういう可能性もまだあります。しかし、彼女が死んだとベンに思わせたがっているということは、あなたの考えどおり、もっとドラマティックな幕切れをもくろんでいるんだと思いますよ」

ソーンがキンケイドにいった。「ベンにはまだ電話してないんだ。これは彼に直接知らせるべきだと思う。きみは誰よりも彼と親しいようだから、電話してくれないかね」

「これが朗報だってことはわかりますが、また彼をローラー・コースターに乗せることになりますね」

トラスが、「それこそがトラーベンの思うつぼなんですよ」という。

「ただでさえ忌《い》まわしい状況をよけい暗くするのは嫌なんだが、性的暴行の可能性はあるかね」とソーンが訊いた。

ソーン支局長がトラーベンともサラとも、名前を一切いわなかったので、この質問に不快感を覚えているのがトラスにはわかった。質問しないわけにはいかないが、具体的状況から距離を置こうとしているわけだ。「私の推測では、その可能性はごく少ないです。彼のファイルにあった精神鑑定の結果から、トラーベンの内面を徹底的に分析してみました。一つ気づいたのは、母親以外に女性が出てこないということです。どこにも女性の記述がありません。母親との関係からすると、彼がインポテンツであることはまちがいないでしょう。死んだ母親と男たちの行動が、彼の性的欲求を押し潰したんでしょう。彼がひどく苦しんだのはそのためでもあるんです。理屈に頼りすぎていると思われるなら、未来の行動を予測するには過去の行動を見るのがいちばんだってことを思い出してください。リーア・ツィーヴェンは性的暴行を受けていませんでした」

それで納得したらしく、ソーンが、「そうか。そこで肝心なのが、われわれはつぎに何をやったらいいかだ。きみたちに考えがないなら、残りの二ヵ所を監視したらどうだろう。ゆうべのが本当にサラでないのなら、引きつづきわれわれをコケにするため、二ヵ所のうちのどっちかを使いたくなるにちがいない」といって、同意を求めるようにトラスを見た。

「私もそう思います」トラスがいう。

「それがいちばん妥当でしょう」キンケイドも同意した。「ただし、彼がパターンを変えなければの話ですが」

「これまでのところは、変えていない」

キンケイドがコーヒーをひと口飲む。「それが心配になってきたところなんです」

26

キンケイドがオールトンの家に入ったとき、二人の捜査官の姿しか見えなかった。一人は眠そうな顔でテープレコーダーの前に座ってコーヒーを飲んでいる。もう一人は、カウチの上で丸まり、青白い早朝の光から顔をそむけて寝ている。

オールトンがローブのひもを結びながら寝室から出てきた。顔に血の気がなく、眠っていなかったことは一目瞭然だ。「どうした」

キンケイドが手振りでキッチンを示し、二人は腰を下ろした。「ベン、まだ確定したわけじゃないが、ゆうべのはサラではなさそうだ」

テスが寝室から飛び出してきた。今の話を聞いていたらしい。「どうしてそう思うんです」とテスが急《せ》きこんで訊く。

キンケイドが薬物検査の結果を話した。

「確かにそうだな」といってオールトンが妻のほうを見た。

疲れ切ったテスの顔を涙が流れ落ちる。彼女も眠っていなかった。なんとかして正気を保つため、その夜は娘が生きて元気だったときのことを思い出していたのだ。真夜中の産声《うぶごえ》、その喜び、そのありがたさ。初めて学校に行ったとき、小さな体に大きなバックパックがサラを小さく見せていたが、喜び勇んだ彼女の気持ちは小さくなかった。サラと、ちょっと反抗的なダリアンが夕食のテーブルについて笑っていた。夜遅く男の子たちからバカな電話がかかってきた。だけどいちばん印象に残っているのは、初めて友だちからぶたれたとき。びっくりしたサラの顔。テスがいくらなだめても無駄で、友だちとの仲が元どおりになることはなかった。

オールトンがテスの手を握った。「残りの二ヵ所は今夜見張るのか」

「すでに取りかかっている」

三人はそこに座ったまま、あとひと言でも何かいったら、まわりにただよっているかすかな希望の風船に穴があくかもしれないと恐れていた。ついにキンケイドが、自分の声の調子にいささか驚きながら口を開いた。「サラが生きている理由があるんだよ。それがなんだかよくわからないが、必ず理由があるんだ。きっと彼女を救いだせるといっただろ」

三人ともしばらくそこに座っていたが、テスが立ち上がってキンケイドのほおに手を置き、「来てくれてありがとう、ジャック」というと、寝室にもどってドアを閉めた。

「ソーンの命令で、監視班が正午までに配置につくことになっている。おれにできることがないか、これからもどってみるつもりだ。今夜家から出るなといっても無駄だろうな」

キンケイドはオールトンの目が新たな決意に満ちているのを見て、「六時ごろ迎えにもどってくるよ」といった。

支局に行ったキンケイドは、会議室に行くようにいわれた。そこはすでに人でいっぱいになっていて、それぞれが作戦要項を手にしていた。その一枚目には、トラーベンの写真がホッチキスで留めてある。ソーン支局長が説明をおこなっていて、シカゴ市警爆発物処理班のダン・エルキンズ警部補が横に立っていた。「容疑者がまたもや死体の入った車を置く場合に備え、道路清掃の口実のもとに、例の二ヵ所を駐車禁止にしてほしいと市に頼んでいるところだ。そうすれば、疑わしい車両があればそこから引っ張っていけるからな。そこに書いてある二つのガレージのどっちかにレッカーで牽引していくことになっている。そこでエルキンズ警部補のチームが爆発物や発火装置がないか調べる。ゆうべの二の舞は演じたくない。班長の諸君は、部下が配置についたら捜査本部に連絡して、必要なことがあれば知らせてくれ」ソーンはちょっと間をおいてまた口を開いた。「トラーベンにいつも先を越されるのは、彼がこっちのやり方をよく知っているからだ。そして一度方針を決めたら、それに固執することも知っている。今夜は臨機応変にやってもらいたいので、現場で困難な決断をせざるを得ないこともあるだろう。それを恐れてはいけない。狭い考えにとらわれたり、柔軟に考えなかったりしたら、彼に勝つことはできないんだ。だから落ちついて、しかも油断してはいけない」

命令どおり、正午までには全員が配置についていた。ソーン支局長は捜査本部でキンケイドとともに腰を下ろし、監視班からの電話を受けていた。今回も、ウイリアム・スローンが最後に住んでいた家のあたりは、前の通りが行き止まりになっているので、あたりに駐車した車はない。コンビニの駐車場のほうは、時たまやってくる客の車のほかは、店主のバンが一台駐車しているだけだ。今回もコンビニの主人は、ホテルに一晩泊まることに同意した。店の近くには、〈駐車禁止〉の標識が出してある。

「ベンはどうだった」とソーンが訊いた。

「かなり立ち直っています。ただしエデンの園以来のあらゆることを自分のせいにしていますけどね」

「今夜はどうしても現場のそばに行くといってきかないだろうね」

「近寄るなといったけど、問題外って感じでしたよ」

「彼を押しとどめるのは容易じゃないからね。しかし今回も現場の一キロ以内には行かせるなよ。それからジャック——」キンケイドはソーンのほうを見た。「——トラーベンを捕まえたら、必要とあれば何をやってもかまわないが、ベンを彼のそばに近寄らせないようにしろ」

　キンケイドがオールトンを車に乗せたときは、七時をすぎていた。B・Cを連れて行ったのは、犬がいれば気晴らしになると思ったからだ。「テスはどうしてる」そう訊いたが、それによってオールトンの状態をさぐりたい気持ちのほうが強かった。

「あれは大丈夫だ。用があったら電話してくることになっている」ブリーフケースから携帯電話を出して座席の上に置く。「検死官からほかに何か知らせてきたか」

「まだだ。二つの場所を遠巻きにまわってようすを見ようと思うんだが。十分距離を置いて、ぜったいにばれないようにね」

「なんでも好きにしてくれ」

　それからの四時間半は、スローンの家の前の通りでは何も変わった様子もないし一台の車も通らなかったが、コンビニのほうはたえまない客の出入りがあり、監視班は無線連絡に忙しかった。誰かが駐車場に入ってくるたびに、そのナンバープレートが支局に報告された。

十一時半をすぎたとたん、スローンの家にいる捜査官の一人が、「全員に告ぐ。ブルーのクライスラーがやってきた」というのが聞こえた。キンケイドが横目でオールトンを見ると、息が止まったような顔をしている。

「できるだけ早くナンバーを教えてくれ」ソーンの声だ。まだ捜査本部にいるらしい。

「了解」と答えたあとしばらくして、「前にはプレートがついてないようです。ここからは後ろが見えません」といった。

「何人乗ってるかわかるか」

「見たかぎりでは、運転手だけです」

オールトンがマイクを手にした。「体格は?」

「ふつう。しかし髪が長くて、肩の下まである」

オールトンがキンケイドを見た。「かつらだ」

「それは連中もわかってるよ、ベン。任せておけ」

スローンの家の捜査官がいった。「家の正面の道に車を寄せて停まり、エンジンを切ってます。よくはわからないけど、片手を耳のところに上げて、電話でもかけているみたいです」

「外に出たら教えてくれ」ソーンがいった。

オールトンのポケベルが振動した。「今はだめだ、テス」といいながら画面を見る。番号はよく見なかったが、そのあとにゼロの数字がつながっているのに気づいた。「くそっ！」

「誰だ」キンケイドが訊く。

「あいつからだ」といってポケベルのクリップをはずしてキンケイドに見せた。「このゼロに覚えがあるだろ。あの晩、バーにいたおれを呼びだしたときだ。これでやっとわかった――〈1〉が最後じゃなかったんだ。〈0〉が最後なんだよ」

「ということは、ゆうべのはサラじゃないんだな」

「そうだ」というと、オールトンが電話を手にして車から出ようとする。

「どこに行く」

「無線を聞かれて、張り込みがばれるとまずいから」

オールトンはそのナンバーに電話した。最初の呼び出し音が鳴りおわらないうちに、愉快そうなトラーベンの声が聞こえた。「そっちのナンバーを教えろ」オールトンがすぐに答えないでいると、トラーベンが、「もう一度娘に会うチャンスがほしいんだろ」といった。

オールトンはナンバーを教えた。自分の立場が絶対的優位にあることを強調するために、わざと甘ったるい声でトラーベンが、「すぐにかけ直すからな」といった。オールトンは車にもどった。

「なんていった」

「かけ直してくる」

トラーベンはどういうつもりなんだろうと二人が思っていると、スローンの家にいる捜査官の怒声が聞こえた。「家の中に爆発物があった」つぎにもどかしいほどの沈黙があり、そのあと大混乱になった。やっとソーン支局長の声が聞こえた。「みんな通信やめろ。誰か家が見えるか」

「今、急行中です」誰だかわからないが、捜査官がいった。「家が炎上してて、クライスラーも燃えてます。二班がすでに現場に着き、家に入ろうとしてます。私も入ります」通信がいきなり切れた。

「全員、スローンの家に急行せよ」ソーン支局長が命令する。

キンケイドがエンジンをかけた。車が動き出したとき、オールトンの電話が鳴った。オールトンが無線の音量を落とす。「もしもし」

「何かおもしろいことが起きてるのかね」トラーベンだった。

「このカス野郎！」

「娘と話をさせようと思ってたが、そんな態度じゃあ、やめにしとこう」

オールトンはあらん限りの力をふりしぼって自分を抑えた。「何が望みだ」

「まだわかってないといけないからいうが、ビリー・スローンの家にいたのはおれじゃないよ。あれはジムで拾った使い捨て可能のステロイド・フリークだ。おまえの娘は元気にしている、当面はな。おまえのような偉大なるアメリカン・ヒーローは、娘を救出するチャンスがほしいだろう」

「そっちのいうことはなんでも聞くが、もし何かがあったら——」

「おまえさんをＦＢＩのバーベキューに招待しなかったんだから、もう少し友好的になると思ったがな」

「いいか、誰かがおまえを殺すぞ」

「その幸運な男が自分だと思ってるんだろう。よし、そのチャンスをくれてやろう。といっても可能性は低いけど、おれは付き合いがよすぎるんでね。おまえは現場の近くにいると思うから、リバティビルに向かって車を走らせろ。つぎのバーベキューが始まるまでに、三十分の余裕がある。お好みは黒い肉なんだろ？　わかってるって」

オールトンは腕の時計に目をやってから、電話を手で覆ってキンケイドにささやいた。「リバティビルだ」キンケイドは急いでターンしてその方向に向かった。

「ジムにいた捜査官がいっしょだな」

オールトンはトラーベンが当てずっぽうをいっているのを知っていたが、主導権を握っていると彼に思わせておきたかった。「そうだ。それがまずいか」

「いや、その反対だ。二人そろって来てほしい。おまえのために用意してやった問題を解くにはもう一人の手がいる。だがおまえたちの車のほかに一台でも目に入ったら、彼女の居場所は教えない。そうなると、煙を頼りに探すしかなくなるぞ。それから無線はつけておけ。そっちのようすを知りたいし、スクランブルをかけたその周波数で援護を頼んでいないという確信が必要だからな」

オールトンが手をのばしてボリュームを上げたので、たえまなく交わされるやりとりが、車の中で大きく響いた。「聞こえるか」

トラーベンはすぐには答えなかった。一人の捜査官が、全員家から救出したとマイクに向かってがなり立てている。ひどい火傷《やけど》を負ったものがいるが、命に別状はないという。ソーン支局長が、今、救急車がそっちに向かうといっていた。やっとトラーベンが、「どうやらおれの仕掛けに気を取られて、みなさん忙しそうだな」といった。

「おいトラーベン、どこに行けばいいんだ」

「ＦＢＩの有名な仲間意識は、急にどうでもよくなったのかね」オールトンが答えずにいると、トラーベンがいった。「一七六番地に金物屋がある。そこに着いたら知らせろ。それからおれの時計が、残りは二十八分でございます、といっている」

オールトンはブリーフケースからメモパッドを取り出すと、〈残り時間二十八分〉と書いてキンケイドに見せた。キンケイドがめいっぱいアクセルを踏んだ。

七分後、金物屋が見えてきた。「よしトラーベン、着いたぞ」

「三ブロック進んで、工場のところで左折し、川のところまで行け」

オールトンがその指示を復唱して腕時計を見た。そしてメモパッドに〈二十分〉と書くと、キンケイドはそれを読んで、工場の角を猛スピードで曲がる。「よし、川に近づいている」

「あわてるな。ほかに誰もいないとわかったら、すぐに指示を出すから」

道はボートを下ろす小さな傾斜路で行き止まりになっていた。二人のすぐ背後には、道の両側に大きな建物があった。オールトンが腕時計の秒針に目をこらす。その間もＦＢＩの無線交信はひっきりなしにつづいている。三十秒後、オールトンが電話に向かっていった。「いつまでここで待たせるんだ」

「落ちついたほうが身のためだぞ。これからは頭を使う必要があるからな」トラーベンがいった。「さてと、おまえの後ろに茶色のデカい骨組式のビルがあるが、あれは貸し駐車場だ。中に三台の車がある。その中の一台に娘がいる。それはどの車でしょう？　おれの時計では、あと十八分だ。電話をもっていったほうがいいぞ」トラーベンが電話を切った。

オールトンが、「駐車場の中だ」というと、二人は車から飛び出した。ボーダーコリーがすぐあとに従う。オールトンが駐車場のドアに手をかけた。鍵はかかっていない。オールトンが中に入りかけたときキンケイドが肩をつかんだ。「待て、ベン。ここに爆弾がセットしてある可能性がある。あいにくと、おれは爆発物の研修を受けてるんで、先に行ったほうがよさそうだ」

「わかった」オールトンがいって、キンケイドをドアの中に押しこむようにしながらいった。「急げ」

ここは駐車場になる前はほかの目的に使っていたようだ。九メートルほどの高さの天井近くには、縦横に鉄骨や作業用の通路が張り巡らしてある。はるか奥のほうに木の階段があり、それが二階の事務所に通じている。事務所の横にある一基の投光器だけが、ビルの中の光源だった。それが三台の車の後部を照らしている。車はきちんと並んでいて、それぞれのトランクには、表にペンキで〈0〉と大きくスプレーしてある。キンケイドが近寄ってみると、真ん中の車のトランクから両側の車へと、細いケーブルがのびているのがわかった。「ケーブルが張ってある」

どうしたものかと二人が立ちすくんでいると、オールトンの電話が鳴った。オールトンがボタンを押して、キンケイドにも聞こえるように掲げてもつ。「FBIともあろうものが、迷っててんじゃないだろうな」

「これからどうしろってんだ」オールトンが訊いた。

「そうだな、おれとしてはおまえを殺したいところだが、うまくやればそっちの全員が生き残るチャンスはある。そのためには、どの車に彼女がいるかを当てて、あとの二台の車をどんぴしゃり同時に開けることだ。チャンスは三つに一つ。それから残り時間は十二分を切ったようだな。ぐわ——んば——ってやれよ」トラーベンがまた電話を切る。

キンケイドはさらに近づいてトランクを見た。三台ともロックがつぶしてあり、トランクはグレーのダクトテープ一本だけで固定してある。三台のトランクのあいだに渡してあるケーブルを調べた。「クレイモア地雷のケーブルだ」

「ということは？」

「ちょっと考えさせてくれ」オールトンが時計を見た。そのときキンケイドは犬を思い出した。「B・C、来い」ボーダーコリーは、用心深くしっぽを振りながらいわれたとおり横に立った。キンケイドが犬を左の車に連れていく。「いい子だ、彼女を探せ」犬は命令の意味がよくわからないまま、おざなりに車を嗅いだ。つぎにキンケイドは真ん中の車に連れていき、また「彼女を探せ」といった。犬は同じように嗅いだあと、しっぽを振りながらくーんくーんと鳴きだした。

オールトンがすぐにトランクの横を叩きはじめる。「サラ、いるのか？　父さんだ、そこにいるのか？」やっと聞き取れるほどのうめき声がそれに答えた。もう一度時計を見る。「待ってろ、すぐに出してやるから」

二人はひと言も相談せずにそれぞれ両側の車に行き、同時にトランクを開ける用意をした。オールトンがトランクを固定しているダクトテープの端を握って、「一、二、三でいこう」という。オールトンは時計をちらっと調べてから、キンケイドの用意はいいかと見た。あと九分だ。

「ちょっと待て」キンケイドがいった。「どうもおかしい」

「何いってんだ、ジャック、ここから出るにはあと九分しかないぞ」

「銀行の駐車場で殺された女だが、薬漬けで意識がなかった。サラにはなんでそうしなかった」オールトンを見ると、パニックになって今にも爆発しそうだ。キンケイドはオールトンのところに行ってぐいと腕をつかんだ。「よく聞け。サラが居場所を知らせるようにわざと仕向けてるんだ。そしてまず両側の車を開けさせようとしている。するとその二つが爆発してわれわれ二人が死に、同時にサラの車が爆発する。今回もなんの証拠も残らない」キンケイドが後ろに下がって三台の車を子細に見た。

「おれは専門家じゃないが、両側の二台が真ん中のを起爆させるようになってるのは確かだ。となるとサラの車にはブービートラップが仕掛けてない」

「それだったら、なぜぜんぶの車に爆弾を仕掛けない」

「ちがう、おれたちが判断を誤るように仕向けたんだよ。そうすれば彼のほうが頭がいいことになる。三台に爆発物を仕掛けるぐらいなら、入り口を入ったとたんにこのビル全体が吹っ飛ぶようにするだろう。やつはゲームを楽しみたいんだ」

オールトンが時計を見た。「時間がない」

「この手を試してみていいんだな？」

「いいよ！　さあ、あの子をここから出してやろう」

車に半分まで近づいたときキンケイドがはっと立ち止まった。「今度はなんだ」オールトンが訊く。

「あいつはここにいる」

二人ともその可能性は考えなかった。「どうしてわかる」

「彼には一部始終を見届ける必要がある――ここにいるよ」

「だがあいつまでがビルとともに吹っ飛ぶぞ」

「そうじゃない、そこがクレイモア地雷のいいところで、所定の方向にだけ被害が及ぶ、完全な指向性なんだ。その真ん前に立てば真っ二つになるが、脇によけていれば大きな音が聞こえるだけだ」

「わかった、わかった。しかしそれでもなお、あの子をここから出さなきゃならない」

キンケイドがまわりを見まわす。「そこから位置を変えずにまわれ右して、おれに背中を向け、あいつがいないか見張っていろ。もしあんたの後ろのほうにいるなら、おれが何してるかよく見えないはずだ。おれがトランクから彼女を出したらすぐに、あのライトを撃て。そうすれば暗がりに紛れて脱出できる」ちょっとオールトンが考える間を与える。「いいな」

オールトンがゆっくり百八十度まわった。「よし」

キンケイドはテープをむしり取ってトランクを開けた。縛られたサラが猿ぐつわをかまされて横になり、胸にはクレイモア地雷がテープで留めてある。地雷から二本のケーブルがのびて木箱に至っている。箱の中では、二本のケーブルの端が腕時計の文字盤にハンダづけしてあった。時計を見ると午前零時までに三分あり、午前零時のところに針が行くと、電気がつながるようになっている。キンケイドが自分の腕時計を見ると、六分早くタイマーがセットしてあるのがわかった。爆弾の研修で受けた実地試験が彼の頭をかすめた。ブービートラップが仕掛けられた偽爆弾の解除をさせられたときのことだ。それは時間のかかる困難な過程で、大半の研修生は注意してかかっても最後は吹っ飛ばされたものだ。最悪の事態を想定しろという研修だったようだ。あと二分。ブービートラップのことなんかかまっている時間はない。キンケイドはタイマーに通じるケーブルをしっかりつかむと、目を閉じてぐいと引いた。何も起こらない。つぎに雷管をクレイモア地雷からねじりとる。

オールトンが思わず肩越しに見ると、キンケイドが娘をトランクから出すところだった。「こっちを見るな」キンケイドがいった。

オールトンが顔をもどしたが、すでに遅かった。上のほうから突撃銃《アサルト・ライフル》で続けざまに撃ってきた。その銃弾が一発、前のコンクリートの床に当たって火花を出したあと、上に跳ね返っていいほうの脚に当たり、ふくらはぎを引き裂いた。倒れた拍子に落とした携帯電話がすべって暗闇に消えた。

キンケイドはサラを抱えて車の横にまわり、オールトンは反対側にすばやく這っていった。「ベン、大丈夫か」

「脚を撃たれた。だが大丈夫だ」

「車の前をまわってこっちに来られるか」

「行く」オールトンが這いながら車をまわり、キンケイドと娘のいるところに行った。そしてサラの胸にクレイモア地雷を留めているテープをむしり取ったが、まだかかとから鼻にかけて幾重にもテープが巻いてある。それも引きちぎったものの、ほんの一部分がはぎ取れただけだった。

「よし、これからドアをよく見て位置を覚えておけ」キンケイドがいった。「ライトを撃って消すから、彼女を連れてここから出ろ」

「誰かが来るまでここで待てばいいじゃないか」

「あっちには自動小銃がある。ぐるっと一回り撃てば、いずれはやられる」

今度は別の方角から撃ってきて、掃射がさっきより長くつづき、銃弾がまわりの床で跳ね返った。「連れていけないよ。サラは歩けないし、おれは担げそうもない」

「だったら引きずっていけ！」

「脚が……あんたが連れてったほうが脱出できるチャンスが大きいから、おれが残るよ」

キンケイドがにっこりした。「悪いな、ベン、おれが残る番だ」

なんといってもキンケイドの気が変わりそうもないので、オールトンは予備の弾倉《マガジン》を渡した。「この子を安全な場所に連れてったら、すぐに援軍を呼ぶから。じっと頭を下げてろ。おれのトランクにショットガンがある。あっちがもってるのは、ＡＫ－47らしいから、下手なまねはよせよ」

オールトンはキンケイドの肩をぎゅっと握って、「待ってろ、すぐにもどってくるから」というと、また入り口を見たあと力をふりしぼって娘を抱えた。「用意はいいよ」

頭上の暗がりから飛んできた弾が一発、車の後部に当たり、ぞっとするような音を立てた。車の上から顔を出さずに、キンケイドは自分のオートマチックだけを車の上に構えると、五発立てつづけに撃った。何かに当てようというのではなく、トラーベンの頭を下げさせるのがねらいだった。それから驚くほどすばやく立ち上がると、敵に全身をさらしたまま、一つだけのライトに注意深くねらいを定める。一発撃ってから床に倒れこんだ。パチンという音につづいて、シュッといってライトが消え、駐車場は真っ暗になった。

27

暗がりの中で聞こえるのは、止まってはまた動き出しながらオールトンと娘が床を這っていくリズミカルな音だけだ。キンケイドは、トラーベンが別の場所に移動しているかもしれないと思い、最後に撃ってきた方角から音が聞こえないかと耳を澄ましたが、何も聞こえない。キンケイドはオールトンの進む音を聞いて、入り口にどれだけ近づいたか測ろうとしたが、はっきりとはわからなかった。

突然、投光器がついて、弧《こ》を描きながら車から入り口までを照らしていき、オールトンと娘を探しはじめた。まずいことに、入り口まであと三メートルのところにいる二人をライトが捕らえた。キンケイドは立ち上がってライトの方向に一発撃った。すぐそばをかすめたが、どこにも当たらなかった。自信ありげなトラーベンの重い足音が、オールトンとサラのほうへ向かっているようだ。確実に撃てる場所まで行って二人の脱出を妨げるつもりだとわかっていたので、足音のほうへ三発撃った。足音が止む。キンケイドが動いた。ＡＫ－47が彼のほうへ短く撃ってきた。キンケイドは床に伏せて転がりながら銃口から逃げた。つぎにトラーベンが銃に新しいマガジンをカチャッと押しこむ音がし、スライドが元にもどって最初の一発が薬室に送りこまれたのが聞こえた。

それと同時に、入り口のドアがぱっと開いて、斜めにゆがんだ長方形の弱い光が、すぐ内側の床を照らした。その光の中をオールトンがサラを不器用に抱えて這ったり跳ねたりしながら進むのが見えた。と思ったらアサルト・ライフルの集中射撃が始まり、ドアの前のコンクリートに火花が散った。

キンケイドも撃った。そのときなぜか、キンケイドは自分でもわからなかったが、トラーベンのほうへ走りだしていた。ＡＫ－47がまた火を噴く。キンケイドも撃とうとしたとき、自分の銃のスライドが後退したままロックがかかっているのに気づいた。暗いので見えなかったが、弾を撃ち尽くしていたのだ。マガジンを抜いて捨て、新しいのを押しこむ。トラーベンがどれだけ銃弾の予備をもっているかわからないので、キンケイドは、〈無駄弾を撃つな、無駄弾を撃つなよ、ジャック〉と自分に言い聞かせた。

こうなれば、トラーベンは外に出てベンと娘を殺すしかないことがわかっていたので、キンケイドはトラーベンの注意を引いて時間稼ぎをしようと、「おい、トラーベン」と暗がりの中に呼びかけた。「当てがはずれたようだが、おれの思いちがいかな?」といっておいて、ゆっくりと撃ちながらドアへ向かって走った。そうやって自分の進むルートを相手に教えたのは、トラーベンが外に出るにはキンケイドを殺すしかないと、わからせるためだった。意外にもドアのすぐ近くから一発来た。キンケイドも撃ち返し、相手が撃ってきた方向へ移動しはじめる。二、三歩踏み出したとき、トラーベンが三発撃ったので、彼の居場所がわかった。弾はキンケイドの前の床に当たり、コンクリートのかけらが顔をめがけて飛び散った。キンケイドはさらに二歩進んでからぱっと伏せた。物音が消えた。口をしっかり閉じて鼻だけで息をしながら、何か動きがないか耳を澄ます。額が濡れた感じなので、それをぬぐった。出血している。コンクリートのかけらが眉毛のすぐ上に当たったのだ。キンケイドは最後のマガジンを九ミリに押しこむと立ち上がった。

外に出たオールトンは、FBIの車のトランクを開けて自分の用具袋からナイフを取り出した。娘の手足を縛っているテープをすばやくカットする。サラはすぐに立ち上がり、口からテープをむしり取った。オールトンはすでにショットガンに装弾し始めている。「お父さん、中にもどらないで」

オールトンは娘に車のキーを渡した。「すぐにここから出ろ。無線をつけて、ここのようすを知らせて、場所が川のそばのリバティビルだってことを話すんだ。それから人が大勢いる場所に行って警察に電話しろ。早く行け」

ショットガンを半ば杖のように使いながら、オールトンは足を引きずって駐車場に向かった。中で立てつづけに銃声がした。ＡＫ－47らしいポンポンポンという音につづいて、キンケイドの九ミリが発する太い音。相対する二人が接近しつつあるかのように、連射が短くなり、その間合いも短くなっていく。

やっとのことでドアに行き着いたオールトンは、壁にぴたっと身を押しつけて耳を澄ました。何も聞こえない。今や彼にできることは一つしかない。入り口から中に飛びこんで身を伏せ、転がりながら入り口から射す光の外に出た。すぐに腹這いになり射撃体勢をとって待った。静まりかえっている。暗闇の中、恐怖感が湧き上がってきた。声を上げてキンケイドに呼びかけたいが、それでは自分の居場所を知らせることになる。こうなれば待つしかない。速い呼吸がおさまると、クンクンと鳴く低い声が聞こえてきた。Ｂ・Ｃだ。犬が撃たれたんだろうか。

つぎの数分間は何時間にも思えた。ときどき、何かを引っかくようなかすかな音が聞こえるような気がしたが、どこから聞こえるかはわからない。ショットガンをそっちに向けると、犬がまた悲しげな声を出す。自分の汗の臭いまでしてきた。上唇をぬぐってから、注意してあたりの臭いを嗅いでみる。燃えた爆薬の臭いしかしない。犬の鳴き方が変わった。最初オールトンはそう思ったが、やがてその音がはっきりしてきた。サイレンの音だ。次第に大きくはっきりしてくる。それをオールトンは心強く思ういっぽうで、トラーベンがその音を隠《かく》れ蓑《みの》にして、動き回るのではないかと心配になった。オールトンはこのチャンスに、ドアから離れた場所に移動した。

外で車が急停車し、サイレンがいきなり止んだ。少なくとも二人の足音が走ってきて、「警官がいるのか」という声が聞こえた。

オールトンは床に伏せて答えた。「FBI捜査官のベン・オールトンだ。電話したのはたぶん娘のサラだ」

「ほかに誰がいる」

「もう一人、捜査官のジャック・キンケイドと、娘の誘拐犯だ」

「そいつは武器をもってるか」

「AK-47をもってる」

「どこにいる」

「わからない」

「よし、待て」

オールトンは目の隅でドアを見ていた。警官の一人が身を乗り出すと、手にしたライトで駐車場の中をすばやく隅々まで照らしていく。三メートル先に死体があった。AK－47が横に落ちている――トラーベンだ。オールトンは、またショットガンを杖代わりにして立ち上がった。「大丈夫だ」と警官たちに声をかける。「相棒が犯人をやっつけた」近寄ってみると、トラーベンは防弾チョッキを着けていた。胸に二発当たっているのが見える。つぎにオールトンは口に気がついた。上唇と下唇に、曲がった小さな裂け目がある。キンケイドの撃った弾が口から入って後頭部から抜けたのだ。後頭部にあいた大きな穴からまだ出血している。キンケイドの頭を回してみた。トラーベンの頭を回してみた。

「ジャック！」オールトンが怒鳴った。「ジャック！」だが答えがない。二人の警官も中に入ってきて、一人がトラーベンの死体にライトを当て、あとの一人が自分のライトをランダムに動かしながら駐車場の中を見ている。トラーベンから五、六メートルのところで、そのライトが二つの光る目玉を捕らえた。B・Cだ。キンケイドのそばに横たわってあごを主人の背中に載せている。全員がそこに急行し、警官の一人がキンケイドの顔を上に向けさせた。見たかぎりでも三発撃たれている。二発が腹に、一発が胸の真ん中に。犬が寂しげに一声遠吠えをし、オールトンはもっとも恐れていたことが現実になったのを知った。

28

告別式のあと、オールトンと家族は、ジャック・キンケイドの別れた妻サンドラと息子のコールに初めて挨拶した。サンドラは神経質そうなやせた女で、色あせた黒いビジネススーツは襟の形からして十年は古いものらしい。整った顔立ちの息子は、まっすぐ立ったまま悲しみと困惑を押し殺したような表情をしているが、この状況と闘うにはそれしかないのだ。オールトンはちょっとためらいながらローラ・ウエルトンを〈ジャックの友だち〉だといって紹介した。ローラはキンケイドの元の夫人にかしこまって頭を下げた。サンドラは、数あるジャックの欠点の中でも最たるものが、赤毛の美人に目がないことだったと思い出しながら、うさんくさそうに「そうですか……初めまして」と冷たく挨拶した。ローラは、息子の目と賢そうな口元にジャックの面影を見いだして、男の子に優しく微笑みかけた。

テスは息子と母親に向かって、追悼文にもあったとおり娘の命を救ったジャックはとても勇敢で無私の精神をもった人だったといった。オールトンが見ていると、サンドラはそれに対していねいに礼をいいながらも、疑わしそうな顔で微笑を浮かべている。サラの救出における前夫の役割が、彼が死んだことによって誇張されているのではないかと思っているようだ。これは殉職したあとではありうることだ。それとも、手に負えない彼の性格の下に、自分の知らないよさが本当に隠されていて、それが彼と別れたあとで表に出てきたのだろうか、と決めかねているらしい。その可能性を考えて、彼女はちょっと悲しそうな顔をしているのかもしれない。

「こんなことをお願いするのは心苦しいんですが」サンドラがオールトンに切り出した。「ジャックが住んでいたモーテルのご主人から電話がありまして、彼の遺品を取りに来てほしいといわれたんです。でもそんなことはできません。私は――」

「こっちでやりますよ」オールトンが穏やかにいった。

「私かコールのところに届けたほうがいいかどうかの判断は、お任せします。そんなものがあればの話ですが。あとはお好きにしていただいて結構です」

「差し支えなかったら、犬はうちで飼いたいんですが。私の娘の命を救った恩人ですから」

「ジャックが犬を飼ってたことさえ知りませんでした」悲しそうな声の調子が少し増した。疲れたようすなのは、儀式のせいというより、自分のところからなんとかしてぬぐい去ろうとしてきたジャック・キンケイドの人生に、否応《いやおう》なしに引き戻されたせいだろう。「あなたと娘さんに飼っていただけたら彼も喜ぶことでしょう」サンドラはオールトン家の四人と短く固い握手をしたあと、待っていたリムジンに息子とともに乗りこんだ。

ちょっと間をおいてオールトンは、ローラを車のところまで送っていった。「ベン、あなたが知ってるかどうかわからないけど、ジャックが話してくれたの……銀行のことを」オールトンがそのことを聞かされていないことは、彼の目を見ればわかった。「息子さんがあのことを知らないままでいられればいいんだけど」

「あの四件は、今度おれの担当になった。誰が犯人だか、とうていわかりそうもないね」

ローラは彼の頬にキスをして車に乗った。

オールトンは妻と息子を家に降ろしたあと、娘のサラと犬を乗せてローマン・インに向かった。オーナーのジミー・レイ・ヒラードは、葬儀に出た服装のままだった。二人のことは教会でも見ていたし、テレビのニュースでも見たのですぐにわかったようだ。重々しく握手をしながら目に涙を浮かべ、「ジャックのやつは、確かにちょっとした男でしたな」といった。

オールトンは笑いをかみ殺した。そして、確かにそうだ、と思った。キンケイドはなんのためらいもなく他人のために命を捨てたが、彼の特性のうちもっとも羨ましいのは、死ぬのを恐れなかったことではなく、生きるのを恐れなかったことだ。一瞬一瞬、生命力を絞り出すようにして生きていた。突然オールトンは、お互いもっと親しく付き合えばよかったと、新たな喪失感に襲われた。これまでの人生でオールトンが避けようとしたことはほかにもたくさんあったが、キンケイドと親しくするのも、彼がなんとかして避けようとしたことの一つだった。キンケイドとの友情は、偉大なるオールトンへ至る道の障害物だったのだ。ところが今になってみると、ジャック・キンケイドについて知っておけばよかったと思うことがいっぱいあるのだった。

オーナーは、鼻をすり寄せるようにしてサラの横にいる犬を見下ろした。「この犬、飼うんですか」

「ええ」とサラが答える。

「それはよかった。可愛がってもらえるとありがたい。ジャックはこの犬のことを〈のけ者同士〉といっていてね。彼は認めなかったけど、B・Cは彼にとってとても大事だったと思うんですよ」オーナーは後ろのボードまで歩いていって鍵を取った。「いらないものがあったら、なんでも部屋に残しておいてください。うちで処分しますから」

オールトンは、部屋のドアを開けたとき娘ががっかりしたのを見て取った。十六歳の女の子にしてみれば、不思議な勇気をもった男は夢のような高級アパートに住んでいるはずだった。だがほこりだらけのこの部屋は、不潔でみすぼらしくて、その勇気ある行為を汚しているような気がしたのだ。色あせた黄色い壁にはなんの飾りもなく、ところどころひび割れていて、飛び散ったケチャップのあとがある。衣類や新聞の山は、その持ち主であるジャックがいなくなるとよけいむさ苦しく感じられた。

犬はサラの横をすり抜けると、壊れた揺り椅子の横の床に陣取った。三日前の夜に駐車場で起きたことを忘れたかのようだ。オールトンはトップの反ったデスクの前に腰を下ろした。「サラ、クロゼットを調べて、ミセス・キンケイドと息子さんに渡すものがないか、見てくれないか」

サラが折りたたみ戸を押し開けると、五、六着のスーツやスポーツコートがたわんだ木の棒に掛かっていた。床に一足だけ、ほこりまみれの茶色いウイングチップがおいてあるが、恐ろしく古ぼけた代物《しろもの》でつま先が四十五度近く反り返っている。オールトンは、娘がクロゼットの端から端へと歩いていくのを見守った。いつの間にこれほど優美な動きをするようになっていたのだろう。一歩一歩の足取りがしなやかで、まるで練習を積んだダンサーのようだ。若さに輝く整った顔は、母親そっくりになってきた。甘く優しいソプラノでハミングを始めたところをみると、彼女が次第にうきうきしてきて、こんな単純な仕事にも喜びを見いだしていることがわかる。

デスクの上を見ると、黒いスプレー・ペンキの中にトラップの輪郭がかすかに残っている。オールトンはその上をゆっくりと手でなぞりながら微笑んだ。いちばん上の引き出しに封筒があり、〈コールへ〉とだけ書いてある。封がしてなく、中に手紙らしいものが入っている。

「お父さん、服は相当古ぼけてるわよ。取っておいてもしょうがないような気がするけど」

「そうか、あとで見ておくよ。犬が外に行きたいかもしれないから、連れてってくれないか。裏に草っ原があるから」

サラはボーダーコリーのところへ行って頭をなでた。「おいで……お父さん、そろそろこの子に名前をつけてやらなきゃだめよ」

この二日間、名前をつけてやってほしいというサラの頼みに抵抗していたのは、それによってジャックが本当にいなくなったのを認めることになるからだった。「アイアスはどうだ」

「アイ――アス」やっとのことで発音する。「それって、どういう名前?」

「ギリシャ神話から取ったんだよ」とオールトンが微笑んだ。「ジャックから聞いたんだ。偉大な勇士だったけど、自分の偉大さをわかっていなかった」

「この子が好きかどうか呼んでみる。おいで、アイアス」犬はすぐに立ち上がって、彼女のあとからドアを出ていった。

オールトンは手紙を読んだものかどうか迷った。これはジャックが息子に宛てたものだ。立ち上がって冷蔵庫のところに行き、上の棚からキンケイドが一個だけもっていたコップと、その隣にある中身が半分入ったピストル・ピートのウォッカを手に取った。コップに少しだけ注いでそのにおいを嗅いだ。工業用アルコールのようなきついにおいがする。キンケイドがなぜタバスコを加えるようになったのか、今わかった。オールトンも二滴たらしてコップを揺すった。できるだけ少し口に入れたところ、信じられないほどひどい味が口に広がった。オールトンはにやりと笑った。

それを置いて、クロゼットのところに行く。サラのいったとおりだ。恵まれない人々を助ける慈善事業団体でも、こんな惨めな服はほしがらないだろう。そこでオールトンは、キンケイドのおんぼろミニバンが自分の家にまだ置いてあったことを思い出し、あれの落ちつき先も考えなければならないと思った。そして折りたたみ戸を閉めはじめたが、スーツの上着を調べたほうがいいと気づいた。万が一、ジャックが何か値打ちのあるものを部屋に置いておくとすれば、机の引き出しに入れるか、それとも多くの男がするように、ポケットに入れておくだろう。そこでスーツのポケットを調べた。

中でもいちばん古そうなスポーツコートに、何かかさばったものがある。それを取り出してみると、驚いたことに五〇ドルと一〇〇ドルの札束を輪ゴムで留めたものだった。ざっと数えると五〇〇〇ドル以上ある。ジャック・キンケイドがこれほどのカネをもっているとは思わなかった、というよりそもそもいくらかでもカネをもっているとは思わなかった。そこで思い出したのは、最後に夜間金庫に仕掛けられたトラップだ。盗《と》られたのはこれほど多くはなかったが、ギャンブラーというものは、有り金ぜんぶを賭のために用意しておきたがるものだ。このカネを使い切らないうちにあの世に行くことになって、ジャックはさぞ悔しかったことだろう、と思うとオールトンの顔に笑みが浮かんだ。彼は息子に宛てた手紙を読むことにした。それは、彼が死んだ日付になっていた。

コールへ

人生で救いようのない失望を覚えるのは、往々にして、もっとも信頼していた人に裏切られたときだ。お母さんと私が離婚したことは、そんな類の失望をもたらしたと思うが、きみはそれをよくわかってくれて、立派に耐えてくれた。ところがお父さんは、いくじがなかった。お父さんは、きみに会わないのがきみにとっていちばんいいことだと自分に言い聞かせた。今思うと、それは自分のわがままから出た決断だった。だからといって勘違いしないでくれ。私は自分の命よりもきみを愛している。

まもなくお父さんについていろんなことを耳にするだろう。信じられないようなことなのだが、恥ずかしいことにそれは本当なのだ。心底すまないと思っている。こういう話を聞いたとき、それに負けないようにしっかりしないと、弱い気持ちに負けてしまうだろう。

きみが誇れるような父親でなくて、本当に申し訳ないと思う。私がきみを裏切ったことを、自分のせいにしたり、自分がなんとかすべきだったなどと決して考えないでくれ。

愛している
父より

オールトンは手紙を小さく引き裂くと、バスルームのトイレに流して、友が犯したあやまちの最後の証拠を破棄した。札束を封筒に入れ、封をして自分の上着の内ポケットに入れた。これをキンケイドの息子に渡し、そのときに、手紙の初めにあった言葉を、キンケイドから聞いた話として伝えようと心に決めた。オールトンはコップを掲げて、「お別れだな、ジャック」というと、焼けつくような液体を一気に飲み干した。

外に出ると、サラが犬に棒きれを投げてやっていた。白と黒のボーダーコリーが疲れも見せず飽きもせず、何度もその棒を取ってくるようすを、オールトンはしばらく眺めていた。草地の先には広葉樹の木立が連なっている。燃え立つような秋の紅葉はおわっていた。みずみずしい緑、あざやかな赤、きらめく黄金色はもうどこにもない。あるのは、目の粗いツイードのようなごつごつした冬の肌だけだ。まもなく襲ってくる冬の季節だが、ベンジャミン・オールトンにとって、もはやそれは恐れるに足るものではなくなっていた。

訳者あとがき

今回の主人公は、安酒とギャンブルにおぼれ、おまけにひそかな盗み（！）まで働いているうらぶれた現役捜査官ジャック・キンケイド。その彼を、怠惰と耽溺の日々から引きずり出すことになったのが、クック郡刑務所に仕掛けられた三六〇キロの爆発物だった。この事件の指揮をとることになった新任のシカゴ支局長ロイ・Ｋ・ソーンが、捜査官としてのキンケイドのずば抜けた能力をたちまちにして見抜いたからだ。嫌々捜査にあたることになったキンケイドの相棒は、癌のため片脚を切断した黒人捜査官のベン・オールトンである。彼は根性の塊のような人物ながら、かなり屈折した心情を抱えていて、身障者の年金で暮らすことを潔《いさぎよ》しとせず、予定より一《ひと》月も早く捜査の第一線に復帰する。お互い成り行きでコンビを組むことになった対照的なこの二人、辛辣なジョークの応酬を交えながらも、いつのまにか相手に対するひそかな尊敬の念を抱くようになる過程がおもしろい。

対照的といえば、作中のＦＢＩ支局長ロイ・Ｋ・ソーンと副支局長のアルバート・

バルトリもおよそ対極をなしている。引退間近いソーン支局長は、あくまでも現場第一主義。もう少しＦＢＩ内部の政治駆け引きに気を遣っていたら、まちがいなくもっと出世していただろうといわれる逸材である。いっぽうのバルトリ副支局長は、事件解決より、自らの保身と栄達に汲々とする典型的な官僚タイプ。作者のリンゼイがあるインタビューで述べているが、ＦＢＩ上層部は、大半が後者のタイプで占められていて、すぐれた捜査の指揮ができるリーダーは、ここ十年のうちに一人か二人しかいなかったという。だから本書にソーン支局長を登場させて、有能な指揮官とはどんな人物かを示したかったそうだ。

また同じインタビューで言っているが、第一作『目撃』にも書いたような、捜査の妨害しかしなかった人たちが、今ではＦＢＩでえらくなっているという。ワシントンの本部もこれらことなかれ主義者であふれていて、ＦＢＩの官僚化、リーダーシップの欠如、出世主義は今もまったく変わらない。その証拠が、９・11の同時多発テロ後にミネアポリス支局の女性捜査官がおこなった有名な内部告発だという。彼女は、テロ発生前にミネアポリスの航空学校に旅客機の操縦を習いに来た不審なアラブ系男性を逮捕した。そして彼のパソコンや持ち物を捜査する令状を本部に申請したが却下された。そのせいで同時多発テロを防止するチャンスを逸したと、ことの次第を記した書簡をFBI長官に送ったのだ。リンゼイによれば、この令状取得の妨害をした人物は、なんとその数ヵ月後に昇進しているそうだ。

この『鉄槌』が作者の第五作目だが、三作目の『殺戮』以外はすべて、こうした官僚組織に対する作者の怒りと危機感が作品の中に反映されている。今回も前作同様デヴリン捜査官が活躍するシリーズものではないが、シリーズものであろうとなかろうと、リンゼイのスタンスは一貫しているわけだ。彼の作品には、一見突拍子もない設定や人物が出てくるようであって、そのどれもが、単なる「絵空事」ではないのである。

本書の主人公キンケイド捜査官もそうだ。作者が本書の冒頭に献辞を呈しているディック・ボーリス捜査官もかなり破天荒な人物だったそうだが、キンケイド同様、どうしても憎めない男だったとか。それから、ベン・オールトンのように片脚を切断されながらも果敢に第一線で働いた捜査官もいたし、片手を失いながら仕事をつづけた人物もいたという。ちなみに、あなたはこの本の誰にもっとも近いですか、と質問されたリンゼイは、このベン・オールトンが一番心情的に似ていると答えている。

本書も例によって、波瀾万丈、小ネタ満載、屈折したジョークたっぷりの展開で、寝る前にでも読み出したら翌朝は寝不足まちがいなし、電車の中で読んだら乗り越し必定である。しかも小ネタ、エピソードがそれだけで遊離せず、どれもが有機的に結びつきながら一つの物語を編み上げていくあたり、作者の腕は一段の冴えを見せてきたといえる。思うにリンゼイは、書きたいネタをいっぱい抱えているにちがいない。つぎの作品はもう書き上げているらしいが、次作ではどんな話をどう料理してくれることかと、今から待ち遠しい気がする。

今回も講談社文庫出版部の方々、とりわけ小林龍之氏には大変お世話様になりました。心からお礼を申し上げます。

二〇〇五年六月

笹野洋子

|著者|ポール・リンゼイ　米国シカゴ生まれ。現役FBI捜査官の時に発表した『目撃』でデビュー。NYタイムズ・ブックレビュー紙上でP・コーンウェルが「妻を愛し、自己の信念に忠実に生きる特別捜査官デヴリンは、さわやかなヒーローだ」と絶賛。デヴリン捜査官シリーズの続編として『宿敵』『殺戮』を上梓。他の著書にやはりFBI捜査官の主人公が冷酷で頭脳明晰な犯人に挑む『覇者（上）（下）』（以上、講談社文庫）がある。

|訳者|笹野洋子　長崎県生まれ。お茶の水女子大学国文科卒業。訳書にリンゼイ『目撃』『宿敵』『殺戮』『覇者（上）（下）』、ハリソン『闇に消えた女』、ケイ『そして僕は家を出る（上）（下）』（以上、講談社文庫）など多数。

鉄槌《てつつい》

ポール・リンゼイ｜笹野洋子《ささのようこ》 訳

講談社文庫

定価はカバーに
表示してあります

2005年７月15日第１刷発行

発行者――野間佐和子
発行所――株式会社　講談社
東京都文京区音羽2-12-21　〒112-8001
電話　出版部（03）5395-3510
　　　販売部（03）5395-5817
　　　業務部（03）5395-3615

Printed in Japan

デザイン―菊地信義
本文データ制作―講談社プリプレス制作部
印刷―――株式会社廣済堂
製本―――株式会社国宝社

落丁本・乱丁本は購入書店名を明記のうえ、小社業務部あてにお送りください。送料は小社負担にてお取替えします。なお、この本の内容についてのお問い合わせは文庫出版部あてにお願いいたします。

ISBN4-06-275148-8

講談社文庫刊行の辞

二十一世紀の到来を目睫に望みながら、われわれはいま、人類史上かつて例を見ない巨大な転換期をむかえようとしている。

世界も、日本も、激動の予兆に対する期待とおののきを内に蔵して、未知の時代に歩み入ろうとしている。このときにあたり、創業の人野間清治の「ナショナル・エデュケイター」への志を現代に甦らせようと意図して、われわれはここに古今の文芸作品はいうまでもなく、ひろく人文・社会・自然の諸科学から東西の名著を網羅する、新しい綜合文庫の発刊を決意した。

激動の転換期はまた断絶の時代である。われわれは戦後二十五年間の出版文化のありかたへの深い反省をこめて、この断絶の時代にあえて人間的な持続を求めようとする。いたずらに浮薄な商業主義のあだ花を追い求めることなく、長期にわたって良書に生命をあたえようとつとめるところにしか、今後の出版文化の真の繁栄はあり得ないと信じるからである。

同時にわれわれはこの綜合文庫の刊行を通じて、人文・社会・自然の諸科学が、結局人間の学にほかならないことを立証しようと願っている。かつて知識とは、「汝自身を知る」ことにつきていた。現代社会の瑣末な情報の氾濫のなかから、力強い知識の源泉を掘り起し、技術文明のただなかに、生きた人間の姿を復活させること。それこそわれわれの切なる希求である。

われわれは権威に盲従せず、俗流に媚びることなく、渾然一体となって日本の「草の根」をかたちづくる若く新しい世代の人々に、心をこめてこの新しい綜合文庫をおくり届けたい。それは知識の泉であるとともに感受性のふるさとであり、もっとも有機的に組織され、社会に開かれた万人のための大学をめざしている。大方の支援と協力を衷心より切望してやまない。

一九七一年七月

野間省一